BUZZ

Título original: *Romantic Comedy*

Publisher ANDERSON CAVALCANTE
Editora TAMIRES VON ATZINGEN
Editora assistente FERNANDA FELIX
Preparação LÍGIA ALVES
Revisão PAULA QUEIROZ
Capa CASSIE GONZALES
Projeto gráfico e adaptação da capa ESTÚDIO GRIFO
Assistente de design LETÍCIA ZANFOLIM

Agradecemos a Hal Leonard LLC pela permissão para reproduzirmos um trecho de "Dairy Queen", letra e música de Amy Ray, Copyright © 2004, Songs of Universal, Inc. e Godhap Music. Todos os direitos de Songs of Universal, Inc. Todos os direitos reservados. Publicado mediante permissão de Hal Leonard LLC.

Nesta edição, respeitou-se o novo Acordo Ortográfico da Língua Portuguesa.

Dados Internacionais de Catalogação na Publicação (CIP)
(Câmara Brasileira do Livro, SP, Brasil)

Sittenfeld, Curtis
Comédia Romântica / Curtis Sittenfeld
Tradução: Juliana Dias de Lima
São Paulo, Buzz Editora, 2023
344 pp.

Título original: *Romantic Comedy*
ISBN 978-65-5393-273-9

1. Romance norte-americano I. Título.

23-168120 CDD–813.5

Índice para catálogo sistemático:
1. Romances: Literatura norte-americana 813.5
Aline Graziele Benitez, Bibliotecária, CRB – 1/3129

Todos os direitos desta edição reservados à:
Buzz Editora Ltda.
Av. Paulista, 726, Mezanino
CEP 01310-100, São Paulo, SP
[55 11] 4171 2317
www.buzzeditora.com.br

COMÉDIA ROMÂNTICA

CURTIS SITTENFELD

Tradução JULIANA LIMA

Para o amado e divertido C

PRÓLOGO

Fevereiro de 2018

Li muitas vezes que você não deve olhar o celular logo que acorda — as notícias, as redes sociais e os e-mails atrapalham os estágios naturais do despertar e causam estresse —, e é assim que vou introduzir o fato de que, quando olhei meu celular logo que acordei em uma manhã qualquer e descobri que Danny Horst e Annabel Lily estavam namorando, fiquei P da vida.

Não fiquei P da vida porque estava apaixonada por Danny Horst, nem, no caso, por Annabel Lily. Também não fiquei P da vida porque mais uma dupla no mundo tinha encontrado a felicidade amorosa enquanto eu permanecia solteira. E não fiquei P da vida por não ter recebido a notícia diretamente de Danny, embora dividíssemos a mesma sala no trabalho. A razão pela qual fiquei P da vida foi que Annabel Lily era uma estrela de cinema deslumbrante, talentosa e mundialmente famosa, e Danny era um zé-ninguém. Ele não era um cara ruim, e, assim como ela, também era talentoso. Mas, pelo amor de Deus, ele era roteirista de TV, um redator de comédia — uma versão masculina de *mim*. Danny era pálido, cansado e sarcástico. E, talvez por ser homem ou por ser dez anos mais novo que eu, era muito menos puxa-saco e muito mais grosseiro. Nas festas, estava sempre explicitamente chapado ou tropeçando. Ele se referia com frequência, quase que de forma inocente, à sua ansiedade social e ao consumo de pornografia. Quando considerou começar a usar Minoxidil, eu, a pedido dele, tirei fotos do topo de sua cabeça para que ele pudesse ver exatamente quão ralo estava o cabelo naquela região, e, quando ele aplicou a medicação pela primeira vez, me certifiquei de que a espuma estivesse uniformemente espalhada. E seus vários gêneros de arrotos eram tão familiares para mim que eu conseguia deduzir a partir deles o que ele tinha comido por último.

Danny era como um irmãozinho para mim — eu o adorava, *apesar* de ele feder e me dar nos nervos. No entanto, seus hábitos nojentos e irritantes aparentemente não impediram que Annabel Lily se interessasse por ele. Ela tinha sido a apresentadora convidada do *The Night Owls* três semanas antes, coincidindo com o lançamento de seu filme mais recente, o quarto de uma franquia na qual ela interpretou uma agente corrupta do FBI. Annabel fez o monólogo de abertura usando um vestido de cetim preto de um ombro só com uma fenda na coxa, destacando o corpo esguio e curvilíneo; os longos cabelos ruivos arrumados com as famosas ondas hollywoodianas. Annabel era linda, gentil e encantadora, e, mesmo que não tivesse o melhor timing cômico, era animada, o que era tão importante quanto. Em um dos esquetes, ela foi chamada para interpretar uma marmota, o que envolvia rastejar de quatro e usar um traje peludo com duas enormes próteses nos dentes da frente. Na verdade, Danny tinha escrito esse esquete, então era plausível que eles tivessem começado a sentir atração um pelo outro enquanto ensaiavam.

A parte da marmota me divertiu o bastante para que eu pudesse perdoar os dois, só que o caso amoroso deles foi o terceiro a acontecer no *TNO* nos últimos anos, e, como todo mundo que já escreveu uma piada ou ouviu um conto de fadas ou leu um artigo na seção de moda de um jornal sabe, existe uma regra sobre o número três. Nesse caso, a regra era formada pela tendência de romance entre uma celebridade legítima e um funcionário do *TNO* que se conheceram no programa. Mas, crucialmente, uma celebridade *mulher* legítima e um funcionário *homem*. No ano anterior, em um casamento ao qual compareci, uma atriz britânica loira platinada vencedora do Oscar chamada Imogen Wagner casou-se com um membro do elenco chamado Josh Beekman, mais conhecido por seu personagem recorrente, Cara da Acne. E, um ano antes disso, o roteirista-chefe, Elliot Markovitz (um metro e oitenta, quarenta anos, amante de mocassins e meu supervisor), casou-se com uma cantora pop detentora de vários discos de platina chamada Nicola Dornan (um metro e cinquenta, trinta anos e embaixadora especial da ONU). E isso, evidentemente, era a essência da minha fúria: o fato de que casais como esses nunca existiriam com os gêneros trocados, de que uma celebridade masculina deslumbrante nunca se apaixonaria por uma mulher comum, nerd e desleixada. Nunca. Não importa quão inteligente ela fosse. Mas eu também sabia, deitada na cama olhando para a tela do meu celular — a estreia de Danny e Annabel como casal tinha ocorrido na noite anterior, com beijos na balada onde a festa de aniversário de vinte e quatro anos de Annabel tinha sido realizada —, que escreveria sobre a minha fúria. Assim como sempre fiz, transformaria meus sentimentos em comédia e dessa forma me curaria.

PROGRAMAÇÃO SEMANAL DO *THE NIGHT OWLS*

Segunda-feira, 13:00: reunião de alinhamento com o apresentador convidado.

Terça-feira, 17:00: início da sessão noturna de escrita.

Quarta-feira, 12:00: prazo máximo para envio dos esquetes.

Quarta-feira, 15:00: mesa de leitura dos esquetes enviados.

Quarta-feira, 21:00: divulgação interna do roteiro preliminar do programa.

Quarta à noite a sábado de manhã: ensaios; revisão de roteiros; construção de cenários; desenho de efeitos especiais; escolha de cabelo e maquiagem; elaboração de figurinos; gravação de VTs.

Sábado, 13:00: passagem final do programa.

Sábado, 20:00: ensaio geral com plateia.

Sábado, 23:30: programa ao vivo com uma nova plateia.

Domingo, 1:30: primeira festa pós-programa.

Segunda-Feira, 13:10

Para a reunião que marcou o início oficial do programa daquela semana, planejei apresentar dois esquetes. No entanto, eu tinha três ideias — você podia escrever e enviar quantas quisesse, mas apresentar apenas duas —, então eu improvisaria na escolha dependendo de como o apresentador convidado reagiria às ideias anteriores às minhas. Entre roteiristas, membros do elenco e produtores, cerca de quarenta pessoas estavam amontoadas na sala do criador e diretor-executivo do programa, Nigel Petersen, no décimo sétimo andar. A sala de Nigel no décimo sétimo — não confundir com a sala dele no oitavo andar, adjacente ao estúdio onde o programa era filmado — era ao mesmo tempo bem estruturada e sem estrutura alguma para servir como ponto de encontro para quarenta pessoas. Isso significava que Nigel estava sentado atrás de sua mesa, o apresentador sentado em uma poltrona de couro, alguns funcionários sortudos conseguiram um lugar no único sofá da sala e todos os outros estavam ou encostados na parede ou sentados no chão.

Nigel começou introduzindo o apresentador, que, como acontecia uma vez por temporada, também era o convidado musical daquela semana. Noah Brewster já tinha sido o convidado musical duas vezes, mas esta era sua primeira vez apresentando. Ele era um cantor e compositor incrivelmente bonito e extremamente bem-sucedido, especialista em música pop chiclete e conhecido por namorar modelos de vinte e poucos anos. Embora parecesse um surfista — olhos azuis penetrantes, cabelo loiro desgrenhado, barba por fazer, um grande sorriso cheio de dentes e um corpo sarado —, descobri lendo a biografia de Noah, recebíamos informações sobre o apresentador convidado da semana por e-mail toda segunda-feira de manhã, que ele havia crescido em um subúrbio de Washington. Ele tinha trinta e seis anos, a mesma idade que eu, e era famoso desde o lançamento do hit "Making Love in July"[1] há quinze anos atrás, quando eu estava na faculdade. "Making Love in July" era uma ode a tirar respeitosamente a virgindade de uma garota de cabelo comprido com a "pele radiante", "uma boca carnuda" e "mamilos rosados", e era uma daquelas músicas que tocaram tantas vezes no rádio no intervalo de um ano que, apesar de achar abominável, sem querer eu sabia toda a letra. Desde então, Noah Brewster ganhou muitos prêmios e vendeu mais de vinte milhões de álbuns, um número que também descobri lendo sua biografia. Não era coincidência que seu décimo álbum seria lançado na semana seguinte; apresentadores, convidados musicais e a combinação de ambos no programa geralmente significava que estavam celebrando a fama recém-adquirida ou promovendo um trabalho iminente.

Depois que Nigel o apresentou, Noah Brewster olhou ao redor da sala e disse:

— Valeu por deixarem um músico fazer parte da festa da comédia. Apresentar o *TNO* sempre foi um sonho, desde que eu era um garoto rebelde do ensino médio que descia escondido até o porão para assistir ao programa depois que os meus pais iam dormir. — Ele lançou um grande sorriso para nós, e me perguntei se seus dentes eram reais ou lentes de contato dental. Depois de nove anos no *TNO*, eu estava tão acostumada quanto alguém poderia estar a interagir com celebridades do alto escalão, embora muitas vezes fosse surpreendente descobrir quem era ainda mais bonito pessoalmente (a maioria), quem era um idiota (não muitos, mas definitivamente alguns), quem era incrivelmente superficial (o protagonista de um famoso drama policial se destacou) e quem você gostaria que ficasse no programa para sempre porque era simplesmente ótimo nos esquetes e muito legal de passar um tempo junto no meio da noite.

1 "Fazendo amor em julho." [N. E.]

Nigel olhou para a esquerda, onde um roteirista estava sentado a seus pés, e disse:

— Benji, por que você não começa falando da sua ideia?

Benji apresentou um esquete sobre o ex-diretor do FBI, James Comey, escrevendo a autobiografia que acabara de publicar como se fosse uma menininha escrevendo em seu diário. Em seguida, um membro do elenco chamado Oliver disse que estava trabalhando em uma ideia com Rohit, outro roteirista (até a leitura dos esquetes na quarta-feira não ficaria claro se isso era verdade ou uma desculpa da parte de Oliver). Depois, uma roteirista chamada Lianna apresentou um esquete em que Noah Brewster faria o papel do garoto hétero gostoso em um coral de ensino médio; em seguida um roteirista chamado Tony apresentou um esquete em que Noah Brewster interpretaria um cara branco mauricinho concorrendo à presidência e pregando como convidado em uma igreja da comunidade negra. Henrietta, uma das duas pessoas do elenco com quem eu mais trabalhava, disse que ela e Viv, a outra pessoa do elenco com quem eu mais trabalhava, queriam fazer um esquete sobre pesquisas na internet feitas por cachorros. Eu fui a sexta a falar.

— Dei o nome ao esquete de "A Regra Danny Horst" — eu disse. — Porque é inspirado no meu ilustre colega de trabalho, de cuja grande novidade todos nós estamos cientes, acredito eu. — Todos aplaudiram e gritaram. No fim de semana, depois de sete semanas de namoro, Danny e Annabel Lily tinham ficado noivos, conforme revelado em um post no Instagram de Annabel mostrando um close do anel em seu dedo, a mão dela descansando sobre a de Danny. Sites de fofocas de celebridades imediatamente divulgaram que o anel era cravejado de diamantes com uma pedra central de lapidação esmeralda, e estimaram que a joia tinha custado cento e dez mil dólares. Embora eu tivesse sido casada brevemente quando tinha vinte e poucos anos, não fazia ideia do que *lapidação esmeralda*, *pedra central* ou *diamantes crave-*

jados significavam (meu ex-marido e eu usávamos alianças simples de ouro).

Quando os aplausos cessaram, Danny, sentado no chão duas pessoas à minha esquerda, disse:

— Obrigado a todos. E, sim, estou contente pra caralho por ser o sr. Annabel Lily. — Houve outra rodada de aplausos, e Danny acrescentou: — Caso estejam se perguntando, Sally me avisou que iria me explorar para subir na carreira.

— Estou tentando convencer Danny a escrever comigo — falei. — Mas vamos deixar isso em *stand by* por enquanto. Seja como for, quero escrever sobre o fenômeno em que... desculpe, Danny, você sabe que eu te amo... mas em que os homens da *TNO* namoram pessoas acima deles na hierarquia social, e as mulheres não.

Houve um momento de risada generalizada, embora as risadas na reunião de apresentação pudessem significar que você tinha revelado suas melhores piadas cedo demais. Por esse motivo, algumas pessoas apresentavam só uma amostra, mas eu arriscava compartilhar minhas ideias reais para reivindicá-las caso alguém estivesse pensando em algo semelhante. E, de qualquer forma, em um nível surpreendente, risadas nunca eram determinantes no destino de um esquete; o gosto pessoal de Nigel era. Dos quarenta e poucos roteiros que seriam enviados para a leitura de quarta-feira, cerca de doze chegariam ao ensaio geral no sábado e apenas oito ao programa ao vivo. Esquetes com a participação do apresentador tinham mais chances de sobreviver, mas, para além disso, era impossível adivinhar o que Nigel decidiria. Todos os que estavam na sala naquele momento, tanto membros do elenco quanto roteiristas, saíam desapontados muitas vezes.

— Obviamente, Danny deveria fazer parte do esquete de alguma forma — acrescentei. — Seja como ele mesmo ou interpretando outra pessoa. E, Noah, funcionaria muito bem se você fosse preso por quebrar a regra de algum jeito, tipo como se estivesse em um encontro com Henrietta ou

Viv maquiadas para parecerem menos bonitas do que na vida real. — Embora eu fosse próxima de Henrietta e Viv, não as estava bajulando. As duas eram realmente lindas, o que não era incomum para comediantes mulheres, *e* ambas eram tão engraçadas que o senso de humor muitas vezes ofuscava sua beleza, o que também não era incomum para comediantes mulheres.

— Só para ver se eu entendi... — Noah Brewster disse, e a confusão em seu rosto me fez pensar se ele acabaria sendo um dos idiotas. Eu nunca tinha falado com ele antes. Na primeira vez que ele participou como convidado musical, foi antes de eu trabalhar no programa, e na segunda vez eu não tive motivo algum para interagir com ele. Ocasionalmente, convidados musicais apareciam nos esquetes ou você podia vê-los ensaiar nas tardes de quinta-feira, se não estivesse ocupado, mas isso não significava que vocês conheceriam um ao outro. — Nesse esquete — disse ele —, eu estaria infringindo a lei por ser muito mais bonito do que a mulher com quem estou saindo?

Algumas pessoas riram, e um roteirista chamado Jeremiah esclareceu:

— A fiança seria de um bilhão de dólares só para o seu cabelo.

A expressão de Noah era simpática quando ele olhou para mim e falou:

— Não, estou perguntando de verdade.

— Bom, sim — respondi. — Basicamente. — Eu estava sentada com as costas contra a parede oeste da sala de Nigel, a cerca de três metros de Noah, e vários dos meus colegas de trabalho estavam entre nós.

A voz de Noah permaneceu cortês e diplomática quando ele continuou:

— Sempre achei que funciona melhor quando o apresentador está tirando sarro de si mesmo em vez de zoar outras pessoas, então estou inclinado a passar essa.

Ele não estava errado sobre a autodepreciação ser uma boa estratégia. Mas declarar tão rápido e publicamente que não queria participar de determinado esquete era desnecessário e irritante; Nigel sempre deu poder de veto aos apresentadores. Na verdade, fiquei tão irritada que decidi apresentar minha segunda ideia, estava em dúvida sobre ela antes, porque me perguntava se era um insulto a Noah Brewster.

— Justo — eu disse, em um tom que pretendia ser tão diplomático quanto o dele; eu sabia que deveria prosseguir com cautela. — Se você quiser de verdade tirar sarro de si mesmo, eu vou te ajudar. Minha próxima ideia tem a ver com seus milhares e milhares de fãs, e uma das razões pelas quais elas te amam é o fato de a sua música ser romântica. Já que o romance e a cafonice andam de mãos dadas, pensei em um esquete em que você interpreta um queijeiro e os queijos que você vende correspondem às suas canções. Aí você pode oferecer um pouco de brie para um cliente e dizer: "Este tem um sabor aveludado com deliciosas notas de framboesa, perfeito para fazer amor em julho". Ou então: "O sabor de água salgada deste gruyère lembra a brisa de Lighthouse Beach".[2]

— Esse gosto aveludado cai sobre mim muito suavemente — disse Danny. Acontece que alguém improvisando em cima da sua ideia era um elogio maior do que um elogio direto.

Noah não estava visivelmente ofendido, embora parecesse mais intrigado do que achando graça. Ele disse:

— Então é como se fossem descrições de vinho, mas com queijo?

— Você pode pensar a respeito — falei. Minha terceira ideia, aquela que eu enviaria para a mesa de leitura mas não mencionaria nesta reunião por causa do limite de duas ideias, era Noah ser um dos jurados convidados do Taga-

2 "Praia do Farol." [N. E.]

rela. Tagarela era um esquete diário que eu escrevia baseada no programa de calouros *American Lungs*, que ia ao ar na mesma rede de televisão que o *TNO*, mas era filmado em Los Angeles. O programa era apresentado por três famosos jurados musicais que treinavam os candidatos, e a parte que eu parodiava (e que peguei emprestado diretamente da vida real) era a dos dois jurados homens dizendo o tempo todo à jurada mulher que ela falava demais quando avaliava os participantes, mas os jurados homens passavam muito mais tempo dizendo à jurada mulher que ela falava demais do que ela passava realmente falando. O que mais me irritava no programa real era que, em vez de refutar a acusação, a jurada respondia, de bom humor: "Galera, eu sei! O que posso dizer? Sou tagarela".

— Obrigado, Sally — Nigel disse. Acenando com a cabeça para o roteirista ao meu lado. — Patrick?

Quando Patrick começou a apresentar uma ideia sobre Trump derreter seu banheiro de ouro para fazer obturações dentárias, observei o rosto de surfista bonitão de Noah Brewster enquanto ele prestava atenção em Patrick, e continuei a olhar o rosto de Noah de vez em quando por quase três horas, porque esse era o tempo que duravam as reuniões de alinhamento. Antes de Nigel nos liberar, ele perguntou a Noah, como perguntava a todos os apresentadores, se ele tinha alguma ideia de esquete. A essa altura, cheguei à conclusão de que Noah não era, de fato, um idiota. Ele sorria e ria com frequência, mas não parecia estar se esforçando muito para provar que era engraçado como alguns apresentadores faziam. E suas dúvidas passaram a parecer confiantes de uma forma que, apesar de meu aborrecimento persistente sobre sua reação à minha apresentação da Regra Danny Horst, eu respeitava.

Mais uma vez olhando ao redor da sala, Noah disse:

— Ouvir tudo isso me deixou ainda mais animado para a próxima semana. Um pouco apavorado, mas principalmente animado. Estou doido para colaborar com as ideias de vocês e não tenho grandes planos. Admito que estou pensando em um esquete, meio que tentando escrever eu mesmo, e vou ter que decidir antes da mesa de leitura se ele deve ou não ter vida própria, mas, falando dos seus esquetes, topo qualquer um deles.

Você quer dizer qualquer um menos fingir que namora uma mulher menos atraente do que você, pensei. Eu estava me perguntando se a aversão dele tinha alguma ligação com o fato de ter namorado tantas modelos na vida real quando ouvi um arroto longo e baixo e imediatamente notei um odor desagradável, uma versão tóxica de um burrito. Virei a cabeça na direção de Danny, ele franziu os lábios e arregalou os olhos de uma forma ridícula — como se dissesse "Opa!" — e eu fiz uma careta. Claro que arrotar fazia parte da vida, mas ele não poderia ter se contido nos últimos trinta segundos de uma reunião de três horas?

Patrick, o roteirista sentado entre Danny e eu, se inclinou em minha direção. Ele murmurou:

— Foi você, não foi?

Segunda-Feira, 16:47

Eu estava respondendo uns e-mails quando Danny entrou em nossa sala segurando uma lata de Red Bull.

— E aí, Risadinha — disse ele, sentando-se de frente para o encosto da cadeira e deslizando em minha direção. A sala era tão estreita que a única maneira de caber um sofá era com nossas duas mesas encostadas na mesma parede. Apontando para a tela do meu computador, ele perguntou: — Como está indo o grande roteiro de comercial de TV?

— Quem me dera — respondi. — Vou dizer ao meu agente que não quero escrever um "curta-metragem de comédia animada para uma empresa idiota de ducha vaginal orgânica". — Fiz aspas com os dedos.

— Quanto eles pagam? Porque talvez eu queira escrever um curta-metragem de comédia animada para uma empresa idiota de ducha vaginal orgânica.

— Dez mil, mas ducha faz mal, e imagino que a parte orgânica seja papo-furado. A vagina é um órgão auto-higienizável.

— Talvez a *sua* vagina seja um órgão auto-higienizável. Mas, sim, dez mil é inviável. Eu não me vendo por menos de seis dígitos. — Suspeitei de que Danny ganhasse quase o mesmo que eu. Ele tinha sido contratado como o apresentador mais jovem do News Desk, uma sátira do *TNO* dentro do próprio *TNO*, além de roteirizar e ocasionalmente aparecer em outras esquetes, o que significa que, como um membro do elenco com dois anos de casa que também escrevia, ele provavelmente ganhava o mesmo que um roteirista com nove anos de casa que nunca apareceu em frente às câmeras. Esse valor era doze mil dólares por episódio ou duzentos e cinquenta e dois mil por ano — uma quantia não muito alta para um emprego na TV em que você virava várias noites por semana, e obscena em comparação com, digamos, um professor da quarta série. Mesmo que Danny ainda não ganhasse o mesmo que eu no *TNO*, ele tinha começado a estrelar no cinema fazia pouco tempo, enquanto eu usava minhas férias de verão para atividades consideravelmente menos lucrativas, ler romances e viajar.

— O.k., eu preciso de um conselho — Danny disse. — Annabel está surtando porque acabou de descobrir que os nossos signos são incompatíveis. Belly é de peixes e eu sou de sagitário.

— Nossa. Não sei como o relacionamento de vocês durou tanto tempo.

— Eu entendo que pode parecer ridículo para você, mas ela leva essa merda muito a sério.

— Ela não sabia a data do seu aniversário até agora?

— Ele teve uma consulta com o astrólogo ontem, e ele falou para ela que, embora nossa conexão seja autêntica, nossos estilos de comunicação são desarmônicos e eu não sou a pessoa certa para caminhar ao lado dela na sua jornada de cura.

Mordi o lábio e Danny acrescentou:

— Tudo bem, pode rir. Mas eu ainda a amo pra caralho.

— E a *sua* jornada de cura?

Danny fez uma cara de apaixonado.

— Estou totalmente curado, Risadinha.

Apesar do meu ressentimento com o relacionamento deles e o esquete que acabara de apresentar, achei bonitinha a paixão desenfreada de Danny por Annabel. Sua sinceridade, espontaneidade e puro otimismo pareciam tão equivocados, tão destinados ao fracasso que era impossível alguém não torcer por eles, mesmo uma cética como eu. O noivado com sete semanas de relacionamento foi apenas a última de suas dramáticas declarações de amor em público. Depois de uma semana juntos, eles viajaram a Paris para uma sessão de amassos em frente à Torre Eiffel, e depois de duas semanas eles colocaram piercings idênticos na língua, e tudo isso foi documentado nas redes sociais e freneticamente descrito por jornalistas de fofoca.

Em geral, a franqueza emocional de Danny me deixava esperançosa em relação à geração Z, ou aos homens, ou talvez a ambos. Um ano e meio antes, não fiquei nem um pouco feliz quando soube que seria transferida da sala que dividia com Viv para uma sala com Danny, que era novo no *TNO* naquela época. Eu nunca quis essa proximidade com ele, que fazia sucesso como um comediante de *stand-up* com falas tão carregadas de sarcasmo que eu nem sempre sabia qual era a piada, o que me fazia sentir extremamente velha. Da mesma forma e ainda mais perturbador, eu me perguntava se a mudança de sala era uma mensagem para mim. O *TNO* e Nigel eram conhecidos especificamente por saber dissimular bem, e as pessoas muitas vezes não tinham certeza se haviam sido contratadas ou demitidas. Me colocar em uma sala de merda com um cara novo de vinte e quatro anos era uma maneira de me empurrar em direção à porta sem me dizer para sair? Nas primeiras semanas da temporada de 2016, Danny e eu mal nos falamos, pois ele trabalhava muito na sala dos roteiristas dedicados ao News Desk, cujos nomes eram Roy e Hank, e rapidamente se tornou o membro do elenco com mais visibilidade. Então, cinco semanas após o início da temporada, era a noite de eleição — uma terça-feira, e estávamos na sala, ostensivamente escrevendo, embora ninguém estivesse trabalhando. Por volta das onze e meia, após ser anunciada a vitória de Trump na Flórida, logo depois da Carolina do Norte e Ohio, com Wisconsin e Pensilvânia em uma situação difícil, Danny e eu estávamos caminhando em direção à nossa sala ao mesmo tempo em direções opostas, nos encontramos a poucos metros de distância, fizemos contato visual, ambos começamos a soluçar e nos jogamos nos braços um do outro. Foi logo após a posse de Trump, quando nossa democracia começou a desmoronar, que Danny começou a me chamar de Risadinha. Era a adaptação de Maria Risada, termo usado para mulheres que dormiam com comediantes, e Danny me deu o apelido depois que eu disse a ele que nunca tinha dormido com um comediante.

Quase dezoito meses depois, eu disse a ele:

— Talvez Annabel só precise de um ou dois dias para digerir o que o astrólogo falou. Tipo, ela ficou chocada, mas vai perceber que não é tão sério assim.

— Eu gostaria que as pessoas pudessem mudar de signo — Danny disse. — Eu total me converteria em escorpião por ela.

— Eu acho que ela vai cair na real — insisti.

Ele acenou com a cabeça em direção à tela do meu computador.

— É muito humilhante você achar que a minha vagina precisa de limpeza. Ela não devia ter cheiro de flores quando estou recebendo um oral. — Danny sorriu.

— Te mando o pix pra você me passar os dez mil.

Segunda-Feira, 19:32

As segundas-feiras eram os únicos dias durante a semana de trabalho no *TNO* em que eu chegava em casa em um horário remotamente normal, e eu tentava usá-las para seguir me recuperando da semana anterior se tivesse havido um programa — de outubro a maio, os programas geralmente iam ao ar três semanas seguidas, tínhamos duas ou três semanas de folga — e me preparar para a semana seguinte. Caminhei quarenta minutos dos escritórios da *TNO* em Midtown até meu apartamento no Upper West Side, parando perto do meu prédio para pegar comida tailandesa para viagem. Comi *pad thai* direto da caixinha sentada no balcão da cozinha e falando no viva-voz com meu padrasto de setenta e nove anos, Jerry. Minha mãe tinha morrido três anos antes, deixando Jerry e eu devastados de maneiras que não conseguíamos expressar. Quatro meses após o funeral, convenci Jerry a ter uma beagle chamada Sugar, que trouxe a ele tanta felicidade que considerei a presença dela em sua vida minha maior conquista. Além disso, ela nos deu algo para conversar em vez de falar de nossos sentimentos todos os domingos ou segundas-feiras.

— Ela foi uma boa garota cortando as unhas hoje — Jerry disse, todo alegre, então baixou a voz em um sussurro, presumivelmente porque Sugar estava por perto e ele não queria ofendê-la: — Na verdade ela não foi boa não. Foi preciso dois atendentes para segurá-la porque ela estava se mexendo muito.

— Ela ficou choramingando também?

— Como um bebê — ele disse. Jerry e Sugar moravam em Kansas City, na casa em que cresci. Eu tentava visitá-los duas vezes por ano, embora, desde a morte da minha mãe, não conseguisse ir nem no Dia de Ação de Graças nem no Natal. Ou eu ficava em Nova York ou viajava para longe, uma vez para as Seychelles com Viv e outra vez, com Viv e também com Henrietta, para a Cidade do México. Jerry passou as festas com a irmã.

— Vi na internet que o apresentador desta semana também é o convidado musical — Jerry disse. — Isso parece bem cansativo. — Minha mãe e eu conversávamos sobre cada programa nas tardes de domingo, e, na ausência dela, Jerry, nas tardes de domingo, costumava me enviar por e-mail dois parágrafos escritos formalmente compartilhando seu feedback. A gentileza desse impulso quase compensava o fato de que, além de apreciar as travessuras de Sugar, Jerry não tinha muito senso de humor e não estava familiarizado com quase nenhum dos fenômenos culturais pop ou pessoas que o *TNO* satirizava. Embora ele e minha mãe tivessem participado da plateia do estúdio duas vezes, ele nunca teria assistido na TV se eu não escrevesse para o programa.

— Você já deve ter ouvido as músicas de Noah Brewster tocando baixinho num restaurante ou numa loja de departamentos — eu disse. — E tenho certeza que é muito cansativo apresentar o programa e ser o convidado musical, mas ele vai divulgar o álbum novo.

— Eu ia te contar... — Jerry disse. — Encontrei a sra. Macklin no supermercado, e ela te mandou um abraço. Disse que Amy acabou de ter outro bebê, que acredito ser o terceiro.

Quem é sra. Macklin? Pensei. *Quem é Amy?* Então me lembrei de uma colega de escola chamada Amy Macklin, uma garota com quem trabalhei no jornal estudantil. (Eu era editora de texto, não repórter, porque a reportagem exigiria interação com outros humanos de uma forma que eu não conseguiria ter feito na época.)

— Que bom para Amy — eu disse. Um terceiro filho me causava mais gratidão pela minha situação do que inveja pela de Amy.

Jerry descreveu um restaurante de petiscos onde ele tinha comido na sexta-feira anterior com a irmã e o marido dela, que servia um prato de grão-de-bico e espinafre de que ele achou que eu gostaria (embora eu não me enxergasse tendo uma relação especial com o grão-de-bico, a crença de Jerry surgiu do fato de que, quando estava morando com ele, eu comprava homus com frequência). Então voltamos a falar de Sugar. Uma família com duas filhas tinha se mudado para a casa ao lado no mês anterior, e Sugar começara a se sentar na varanda dos fundos de Jerry, de frente para a outra casa, e latir, como se chamasse as irmãs.

— Acho que ela gosta quando falam que ela é fofa — Jerry disse.

— Quem não gostaria? — falei, e Jerry riu.

— Tudo bem, então. Cuidado no metrô, querida. — Era assim que ele sempre encerrava nossas conversas.

Depois de desligar, guardei as sobras na geladeira e tomei um banho. Ainda morava de aluguel no apartamento de sessenta e cinco metros quadrados para o qual me mudara quase dez anos antes, quando cheguei a Nova York. A diferença era que, nos primeiros dois anos, tive uma colega de quarto que dormia no quarto de verdade, enquanto eu dormia em um sótão mal construído acima da sala de estar que tinha um metro e meio de distância entre o teto e o colchão. Olhando para trás, era difícil dizer se eu não transei durante aqueles dois anos porque eu era como era, porque estava me ajustando depois do divórcio ou simplesmente porque não tinha espaço.

Quando saí do banho, vesti o camisetão de dormir, escovei os dentes, passei loção barata nas pernas e cara no rosto, depois peguei o celular no bolso da calça jeans que tinha deixado no chão do banheiro e fui para a cama. Quatro mensagens de texto estavam esperando, três delas de Viv.

A primeira: *Ainda estou parecendo um zumbi*

A segunda: *Você acha que eu devo pular o jantar?*

A terceira era uma foto de perto do olho direito, cuja parte branca tinha um ponto vermelho e borrado ligeiramente maior que a pupila. Em um esquete durante o programa ao vivo do sábado anterior, um dos caras do elenco chamado Gregor tinha arremessado, entre todas as coisas possíveis, uma luva de forno que pretendia atingir de leve o peito de Viv, mas de alguma forma atingiu o olho. Ela notou a mancha ao remover a maquiagem após o programa, mas não doeu e Viv compareceu às festas que duraram até a manhã de domingo. Como a mancha ainda não tinha desaparecido na segunda-feira, ela foi falar com a enfermeira do *TNO*, que recomendou a Viv que marcasse uma consulta com um oftalmologista só para garantir.

Mandei uma mensagem de volta: *Tire uma foto que dê para ver todo o seu rosto*

Alguns segundos depois, chegou outra foto do rosto inteiro e muito bonito de Viv, que estava sério e preocupado nesse momento, com as duas sobrancelhas levantadas. Viv era negra e tinha trinta e um anos, cinco anos mais nova que eu. Eu sabia que tanto ela quanto Henrietta, branca e com trinta e dois, eram adeptas de medidas antienvelhecimento preventivas, como botox e peelings químicos. Ao mesmo tempo, Viv estrelava um esquete diário em que interpretava uma apresentadora de TV de meia-idade famosa e bem conservada conversando com seu reflexo no espelho do camarim, proferindo com prazer a frase "negros não envelhecem".

Não está tão ruim assim, respondi. *Eu decidiria sobre o jantar com base em como você se sente*

Ainda não dói, respondeu Viv. *Mas*

Ela enviou o emoji feminino de zumbi, de pele verde e dedos curvados estendidos.

Para, você está bem, escrevi.

Quero dizer ótima!

Eu acho que o.k. para ir jantar ou o.k. para pular, mas você não precisa pular só para poupar as pessoas

Nas noites de segunda-feira, por volta das onze horas, Nigel sempre levava o apresentador daquela semana e alguns membros do elenco para jantar em um restaurante chique. O único redator incluído no jantar era o roteirista chefe, o que na verdade não me incomodava porque, mesmo depois de nove anos, eu me sentia mais confortável tendo encontros fugazes do que duradouros com Nigel. Muitas pessoas dentro e fora do *TNO* eram obcecadas pelo homem que criara o programa em 1981 e o produzira desde então. Nascido Norman Piekarkski em Oklahoma City, em 1947, Nigel Petersen foi indiscutivelmente o rei da comédia dos Estados Unidos nos séculos XX e XXI, e costumava-se dizer que o relacionamento com nossos pais era revelado pelo que tínhamos, ou pensávamos que tínhamos, com Nigel. Mas sempre acreditei que ser competente em silêncio me serviria melhor do que tentar bajulá-lo. Durante todo o meu primeiro ano, eu nem tinha certeza se ele sabia o meu nome, e então, na festa de comemoração do final da temporada, ele disse, em sua voz surpreendentemente suave e discreta: "O esquete da excursão foi muito engraçado, Sally". Essas oito palavras foram possivelmente o maior elogio da minha vida, o que poderia ter revelado que eu tinha problemas com meus pais se eu já não soubesse que tinha problemas com meus pais. No ano seguinte nós interagimos mais porque eu tinha muito mais esquetes no ar, mas só nos falávamos quando ele fazia anotações. Nossa troca anual supérflua ocorreu depois que ele elogiou com similar brevidade um esquete que eu tinha escrito em uma churrascaria de Kansas City como cenário, quando ousei não apenas murmurar um agradecimento mas complementar dizendo: "Eu sei que você é de Oklahoma. Você acha que o estado fica no centro-oeste ou no sul?".

Novamente em sua voz suave e discreta, ele disse: "De acordo com o censo, fica no sul". Foi assim na temporada 2010-2011.

Você marcou consulta com o oftalmologista?, mandei uma mensagem para Viv.

Amanhã às 11, ela respondeu.

Ótimo, respondi.

Vá jantar!

Divirta-se!

Ela respondeu com um emoji piscando e eu abri a outra mensagem que tinha chegado enquanto estava no banho. Era de Gene, o cara com quem eu vinha saindo nos últimos oito meses: *Oi, Sally, tudo bem?*

Cogitei convidá-lo para a minha casa — ainda não eram nove horas, eu tinha acabado de lavar o cabelo e o resto do corpo —, aí pensei que preferiria ir dormir cedo. Eu quase nunca via Gene durante as semanas de gravação; mesmo quando eu descobria na quarta-feira que não teria esquetes minhas no programa ao vivo, era esperado que eu participasse das reescritas de quinta-feira, que podiam ir até as nove ou dez, e era tudo tão mentalmente desgastante que achei mais fácil me entregar ao ritmo do *TNO*. Talvez fosse o único local de trabalho nos Estados Unidos onde as pessoas que tinham cônjuges e filhos não eram apenas minoria como eram vistas com pena, por que como alguém poderia lidar com isso também?

Além disso, embora tivéssemos um sexo decente, eu não gostava muito de Gene. Ele era um analista financeiro que mencionara desde o início que a escola de negócios da Universidade da Flórida, que ele havia frequentado, estava classificada entre as quinze melhores do país. Embora eu nunca tivesse perguntado sobre a classificação das escolas de negócios da Universidade da Flórida, é claro que isso me levou a procurar a lista e descobrir que a informação estava errada por volta de dez posições. Muito mais alarmante, uma vez ele tinha usado a expressão *dodóizinho* para menosprezar um colega de trabalho que faltava regularmente por causa de enxaquecas. Por mais que fosse possível que ele tivesse dito o termo apoliticamente, o significado que aparentemente pretendia não era muito melhor. E eu não chamei a atenção de Gene porque temia que isso resultasse na minha necessidade de encontrar outro escape sexual, o que significaria baixar novamente um aplicativo de namoro e encontrar estranhos em bares para determinar qual deles provavelmente não me assassinaria se fôssemos para o meu apartamento.

Se por um lado Gene não era um homicida, ele também não era particularmente bonito. Tinha estatura e constituição medianas, com cabelo castanho-claro, e havia algo tão genérico nele que poderia ter feito um papel de figurante em qualquer esquete do *TNO* ambientado em um escritório. Ele era impecável da mesma forma que uma pessoa ao lado de quem você se senta em um avião geralmente é impecável; ao contrário de um companheiro de assento de avião, porém, a maior parte do que tínhamos feito era levar um ao outro ao orgasmo. Nos meses em que isso acontecera, ele me fizera exatamente duas perguntas. A primeira era se eu já tinha experimentado café com manteiga (não), e a segunda era se eu já tinha ido a Rockaway Beach (também não).

Nenhum dos antecessores de Gene fora particularmente questionador, mas eles perguntaram o suficiente para que eu inventasse um emprego falso, o que nunca precisei fazer com Gene. Eu dizia aos outros caras com quem "namorei" que era redatora do boletim informativo de uma empresa de dispositivos médicos, um dos meus empregos antes ao *TNO*. Embora não fosse uma grande mentirosa no geral, eu temia que os caras com quem eu saía ficassem muito interessados se eu mencionasse para quem eu trabalhava. Na melhor das hipóteses eles só pediriam ingressos para o programa, mas na pior das hipóteses eles seriam aspirantes a artistas de improviso. Ou talvez o pior cenário real fosse que eles me conheceriam de um jeito que eu não queria. Eu mesma não tinha certeza se meu eu físico (uma mulher educada de inteligência e atratividade medianas) ou meus roteiros (esquetes deliberadamente furiosos sobre sexismo e funções corporais) refletiam meu eu real — ou mesmo se eu tinha um eu real, ou se alguém tinha. Mas eu suspeitava de que grande parte da minha escrita emergia dessa tensão ou falta de integração; eu acreditava que as percepções que sustentavam meus esquetes surgiam do fato de eu ser invisível, ou pelo menos subestimada, incluindo ser confundida com alguém mais legal do que eu. Desde a infância, muitas vezes me senti como uma espiã ou uma antropóloga, e não me importava com as pessoas no *TNO* saberem quem eu realmente era só porque eles também eram, em sua essência, espiões, antropólogos e esquisitos.

O mesmo esquema que tinha com Gene eu tive com uma série de outros caras, tendo terminado o caso anterior quando descobri depois de três meses que ele era um pai de família (sempre imaginei que ser amante de alguém seria comprometedor, porém glamuroso, mas neste caso foi principalmente marcado por eu ter pego sem querer o resfriado dos filhos pequenos do cara). Embora às vezes eu brincasse com Viv e Henrietta sobre ser uma devoradora de homens focada na carreira, tenho certeza de que não teria encontrado uma conexão mais profunda com Gene ou seus predecessores se tivesse dado a eles mais uma chance. Se eu tivesse saído para jantar com eles, ou caminhado por Governors Island, se tivéssemos que passar o tempo vestidos e sóbrios, eu teria terminado tudo imediatamente.

Eu estava digitando *Ocupada esta semana. Que tal a gente se ver na terça ou quarta da semana que vem?*, mas, antes que eu pudesse enviar, supostamente quando Gene pôde ver os três pontinhos da minha resposta, outra mensagem chegou, e era uma foto do pau dele. Ele parecia estar em seu apartamento no Queens, que visitei apenas uma vez. Tirada do umbigo para baixo, a foto o mostrava deitado em lençóis cinza, sem camisa e com um short esportivo de malha azul-marinho que ele puxou para a parte interna da coxa direita, de modo que suas bolas enrugadas caíam para fora e sua ereção venosa se inclinava para a esquerda e para cima. Dada a natureza do nosso relacionamento, uma foto como essa não era proibida e estava longe de ser a primeira que ele enviava, mas nunca encontrei uma maneira de expressar que elas tinham o efeito oposto do que presumia ser desejado. Na verdade, os detalhes pessoais revelados perifericamente — o short de malha e os lençóis cinza, a mesa de cabeceira ao fundo na qual pude discernir um recipiente de plástico com antiácidos sabor melancia e um livro sobre os princípios de liderança dos bilionários — eram estranhamente tocantes, mas distantes da realidade. Eles me lembravam de uma verdade que geralmente não me incomodava, que era a de que eu sabia como era o pau de Gene, mas mal o conhecia.

Apaguei *Ocupada esta semana. Que tal a gente se ver na terça ou quarta da semana que vem?* e digitei *Uau!!*

É de agora, ele respondeu. *Pensando em você*

Que honra!, respondi.

Me manda uma?, ele escreveu.

Estou jantando com uns amigos, digitei de volta. Então eu acrescentei *Ocupada nas próximas semanas, infelizmente, mas espero que esteja bem*

Em algum momento logo depois disso, adormeci com o celular na mão, fazendo meu melhor para vê-lo logo ao acordar na manhã seguinte.

Terça-Feira, 12:10

As salas e o estúdio do *TNO*, com muitas outras salas e estúdios da nossa emissora, estavam localizados em um edifício icônico referido como 66 — tinha sessenta e seis andares e, quando foi construído, em 1933, esse era um número e tanto. Enquanto caminhava para lá logo após o meio-dia, eu sabia que não poria os pés do lado de fora de novo nas vinte e quatro horas seguintes.

A sala dos roteiristas no décimo sétimo andar estava, como previsto, fantasmagoricamente vazia, e eu me sentei à minha mesa e coloquei meus fones. Eu sempre ouvia música clássica, geralmente Haydn ou Schubert, enquanto escrevia esquetes sobre coisas como peidos de cachorro, absorventes e discriminação de gênero. Trabalhei por duas horas e meia sem levantar ou tirar os fones e, dessa forma, produzi um rascunho do esquete A Regra Danny Horst (nove páginas) e depois um rascunho de Tagarela (dez páginas). No início eu estava mais focada em estruturar o texto do que em pensar em piadas.

Um dos mitos do *TNO* era o de que a maior parte do programa era escrita entre cinco da tarde de terça-feira e, como os rascunhos deveriam ser entregues até o meio-dia, 11h59 de quarta-feira. Outro dos mitos era que grande parte da criatividade dos primeiros anos do *TNO* tinha sido alimentada por cocaína. Embora esses dois rumores fossem de fato verdadeiros, eu, particularmente, nunca usara cocaína na vida e não produzia a maior parte da minha escrita da noite para o dia. Passava a noite no escritório porque era quando trabalhava com os membros do elenco em suas ideias e também era considerado falta de educação não fazê-lo, e muitas vezes me vi revisando textos fervorosamente às 11h55 da quarta-feira. Mas eu escrevia os primeiros rascunhos muito melhor e mais rápido durante o dia e às vezes me perguntava se, deixando de lado o culto do pernoite, a maioria dos meus colegas também não escreveria.

Em algum momento no meu primeiro ano, percebi que as sessões noturnas de escrita eram, diferentemente dos esquetes, amplamente performativas. Às vezes realmente se levava seis horas para escrever um esquete, mas com muito mais frequência, as pessoas brincavam por cinco horas e depois escreviam em quarenta minutos. A qualquer hora na sala dos roteiristas, quando a terça-feira se transformava em quarta-feira, era mais provável que você visse alguém brincando do que digitando. A equipe de roteiristas do *TNO* ainda era três quartos masculina, e você os encontraria brincando de lutinha, fazendo apostas ou mijando em latas de lixo. Alguns roteiristas ou membros do elenco saíam antes da meia-noite para fazer um bico em um clube de comédia;

voltavam para brincar de lutinha, apostar ou mijar em uma lata de lixo; *aí* começavam a escrever. Mas hoje em dia eu conhecia apenas um membro do elenco que usava drogas pesadas no trabalho. Muitos dos meus colegas usavam relógios de corrida, bebiam suco verde e meditavam em suas horas de folga, ou pelo menos afirmavam fazê-lo.

O próprio Nigel era claramente um noturno nato, e, embora o cronograma que ele estabeleceu no início parecesse objetivamente maluco, depois de todo esse tempo era justificado pela lógica do "não se mexe em time que está ganhando". Muitos esquetes que chegaram à consciência coletiva do país e deram origem a personagens e frases de efeito adorados foram, de fato, escritas à uma, três ou quatro e meia da manhã. E, se você tivesse sorte, terça-feira era só o começo. Se um ou mais de seus esquetes passassem da mesa de leitura, você poderia ficar acordado até tarde em uma ou todas as noites restantes até sábado, reescrevendo, ensaiando ou dirigindo uma filmagem para algum VT. Aí você provavelmente ficaria acordado a noite toda no sábado também, lamentando ou comemorando nas festas pós-programa, porque seu esquete tinha sido cortado no último minuto e você ficou deprimido ou porque seu esquete foi ao ar, mas foi um fracasso e você ficou deprimido ou porque seu esquete foi ao ar e foi um sucesso e você ficou em êxtase.

Antes de fazer parte do programa, eu tinha uma rotina de horários para dormir e acordar, mas o *TNO* realmente reprogramou meu relógio biológico, como se eu fosse uma operária de terceiro turno, só que ganhando muito melhor, ou uma médica de emergência, só que sem salvar a vida de ninguém. Agora era normal para mim que a maioria das pessoas chegasse ao escritório por volta das cinco da tarde na terça-feira e pedíssemos o jantar por volta das nove. Eu passava as horas antes e depois do jantar trabalhando com os membros do elenco, na maioria das vezes Viv e Henrietta, nos esquetes que eles estavam elaborando. Entre uma e duas da manhã, eu deitava no sofá da minha sala, colocava uma camiseta sobre os olhos e tampões nos ouvidos e, exceto quando era acordada pelo caos no corredor, cochilava por cerca de cinco horas, o que era absolutamente decadente para os padrões do TNO. Eu programava o despertador do meu celular para tocar às seis ou sete e depois escovava os dentes no banheiro feminino. Havia um chuveiro no banheiro privativo da sala de Nigel que alguns dos meus colegas de trabalho usavam depois que ele ia embora, mas eu não tinha coragem, e simplesmente mantinha uma nécessaire com itens de higiene pessoal em uma das gavetas da minha mesa. Depois de escovar os dentes, eu tomava café, comia uma barrinha de cereal e sentava novamente à minha mesa para revisar. Nesse momento, muitas pessoas ainda estavam acordadas, sequer tinham dormido, e geralmente pareciam mortos-vivos de exaustão, embora às vezes demonstrassem uma camaradagem desorientada que lembrava os adolescentes que ficavam acordados a noite inteira em uma festa do pijama da escola. Eu revisava por algumas horas, entregava os esquetes no último minuto como todo mundo e ia para casa para fazer cocô em paz e tomar banho antes de voltar ao trabalho para a leitura às três.

Naquela tarde em particular, eu ainda tinha um rascunho de *O Queijeiro* para bater o martelo, mas decidi pegar um café — café de verdade que eu compraria no saguão do 66, não na cozinha do escritório — e, enquanto esperava na fila, mandei uma mensagem para Viv: *Como foi a consulta com o médico?*

Então, ela respondeu imediatamente.

Olha que interessante

Eu não passei com o meu médico de costume

Passei com outra pessoa

E ele era

Ela adicionou três emojis de fogo.

Em seguida, veio uma captura de tela, claramente tirada do site da clínica oftalmológica, de um homem que parecia ter quarenta e poucos anos, sorria com sinceridade, negro de pele clara e usava uma camisa social branca, gravata amarela e jaleco branco. Ao lado da foto estavam as palavras:

> Theodore P. Elman
> Certificação: Conselho de Oftalmologia dos Estados Unidos
> Formação: Bacharel em Medicina, Escola de Medicina Parelman, Universidade da Pensilvânia
> Especialidade: Oftalmologia Integral

Outra mensagem de Viv: *Tá, eu sei que ele parece um idiota de meia-idade aqui, mas vai por mim*

Nós tivemos uma química louca

E ele anotou o e-mail no cartão de visita para o caso de eu ter dúvidas

Mas ele não pode me chamar pra sair, né?

Porque seria ilegal

Eu digitei: *Espera aí, como tá o seu olho?*

Depois: *Não acho que seja ilegal, mas talvez antiético?*

Quer que eu pergunte à minha ex-colega de quarto pediatra?

Viv: *Estou com uma hemorragia subconjuntival*

Que, tirando o fato de ser nojento, não é tão séria

Deve sarar por conta própria em uma ou duas semanas

Eu: *Ah, que ótimo*

Claramente você não está nojenta, já que rolou uma química louca

Ele tava usando aliança?

Viv: *Não*

Eu: *Ele sabia quem você era?*

Viv: *Não sei dizer*

Se eu acho que rolou uma química, rolou uma química?

Eu: *Sim*

Viv: *E se tiver rolado uma química, mas só do meu lado?*

Eu: *Tenho certeza de que não é assim que a química funciona*

Quando você vai para o escritório?

Viv: *4h30?*

Você pode escrever uns esquetes que me façam parecer sexy e hilária para o caso de o doutor do amor assistir ao programa esta semana?

Eu: *Hmm, devo dar a mulher não gostosa no esquete da Regra de Danny para você ou a Henri?*

Viv: *Eu eu eu eu eu*

Viv: *Qualquer tempo no ar é válido*

Terça-feira, 22:08

Viv, Henrietta e eu trouxemos nosso pedido do delivery — esta noite, comida grega — para a sala que elas agora compartilhavam. Me sentei em frente ao computador de Henrietta, Viv em sua própria mesa e Henrietta no chão. Estávamos trabalhando na ideia de pesquisas de internet feitas por cachorros e primeiro debatemos se o esquete deveria incluir cães de verdade ou Henrietta e Viv fantasiadas de cachorro (pois os membros do elenco estão sempre, infalivelmente, tentando conseguir mais tempo no ar, rapidamente optamos por esta última). Em seguida, discutimos onde seria ambientado (a sessão de informática em uma biblioteca pública, mas, embora tudo isso importasse para o plano de estabelecimento, ficamos em dúvida se essa biblioteca deveria ser a famosa Biblioteca Pública de Nova York, na Quinta Avenida, com as estátuas de leões na frente, uma biblioteca suburbana genérica em Kansas City ou uma biblioteca suburbana genérica em Jacksonville, Flórida, de onde Viv era). Aí empacamos *pra valer* nas raças de cachorros. Por lealdade ao meu padrasto e à Sugar, eu queria que pelo menos um deles fosse Beagle. Viv disse que funcionaria melhor se um fosse bem grande e o outro bem pequeno, e Henrietta disse que se dava bem com qualquer cachorro grande, exceto pastor-alemão, porque ela foi mordida por um de seu vizinho na terceira série. Depois de quarenta minutos, decidimos por um São Bernardo e um Chihuahua — acabei aceitando que os Chihuahuas eram mais engraçados do que os Beagles. Decidimos escolher a Flórida para o plano de estabelecimento porque os leões em frente à Biblioteca Pública de Nova York poderiam ofuscar a aparição do São Bernardo. Então chegamos à parte divertida, que eram os termos da pesquisa.

Com a boca cheia de kebab de carne, Viv disse:

— Sou adotada?

Com a boca cheia de spanakopita, eu disse:

— Sou uma boa menina?

Com a boca cheia de falafel, Henrietta disse:

— Tenho cinco ou trinta e cinco anos?

— Por que trovão é tão assustador? — falei.

— Técnicas discretas para cheirar virilhas — Henrietta comentou.

— Manicure e pedicure baratas na minha região — Viv disse. — Ah, e carros autônomos mais baratos.

— Melhores hambúrgueres perto de mim — sugeri.

— O que é mau hálito? — Henrietta continuou com as sugestões.

— Mau hálito, o que fazer — eu disse.

— Onde os humanos fazem xixi —Viv falou.

— Chihuahua do Taco Bell é macho ou fêmea — arrisquei.

— Bull terrier da Target é casado — Viv disse.

— Cirurgia plástica da Lassie — Henrietta brincou.

— Vídeos engraçados de gatos — falei.

— Corgis passando vergonha no YouTube — Viv disse.

— Cachorrinho do YouTube assusta cachorrão — sugeri.

— Doghub dois poodles e um corgi — Henrietta comentou.

— Depilando meu rabo — falei.

— Meu rabo é do tamanho normal? — Viv disse.

— Refinanciando minha hipoteca — Henrietta concluiu, e, embora todas nós estivéssemos rindo esporadicamente, essa foi uma sugestão que me fez rir tanto que tive que parar de digitar. Eu já estive dentro e fora desse momento muitas vezes no *TNO*, rindo alto com meus colegas em uma noite de terça-feira e ouvindo roteiristas e membros do elenco em outras salas rindo alto, sem mim, em uma noite de terça-feira. Depois que me recuperei, eu disse:

— Como dar nó em gravata.

— O que é bitcoin — Viv disse.

Todas nós começamos a rir de novo quando uma bola de futebol de pelúcia voou pela porta aberta e alguém — percebi rapidamente que era o roteirista Rohit — gritou:

— Parem de fazer bagunça, suas malditas!

Terça-feira, 23:29

Descaradamente, eu planejava pedir a Danny que me oferecesse algum diálogo para sua parte no esquete da Regra Danny Horst. Quando entrei na nossa sala, ele estava relaxado no sofá, segurando o celular na frente do rosto, uma voz feminina que reconheci como sendo de Annabel soando do aparelho.

Danny olhou para mim.

— E aí, Risadinha. — E, embora eu não pudesse ver a tela, Annabel disse: — E aí, Sally.

— Oi, Annabel — respondi.

Aparentemente continuando a conversa de onde tinham parado, Annabel disse a Danny:

— Mas, se você quiser elogiar alguém, diga para a pessoa que ela é gostosa. Se você disser que está impressionado com a positividade corporal dela, isso significa: "Que bom que você é tão confiante, mesmo sendo gorda".

— Querida, você é a garota mais gostosa de todas — Danny garantiu — Está se preocupando demais com isso. — A julgar pelo seu tom fofo, presumi que as preocupações do dia anterior sobre a incompatibilidade astrológica tinham sido resolvidas.

— A pior parte — prosseguiu Annabel — é que ser criticada me faz querer um donut.

— Você poderia comer cem donuts e continuaria tão sexy quanto é agora.

Enquanto estava sentada à minha mesa, tive e não tive o impulso de colocar meus fones em quantidades exatamente equivalentes. Nas sete semanas anteriores, Annabel assistira a todos os programas ao vivo com sua comitiva, exceto aquele em que esteve em Tóquio para a inauguração da loja-conceito de uma marca de roupas de luxo da qual era embaixadora. Durante os programas, Annabel não ficava na nossa sala, mas no camarim de Danny ou, condizente com seu status, junto de Nigel. Nigel tinha ao mesmo tempo o comportamento de um Buda *e* o de um mega puxa-saco intergeracional de celebridades, com probabilidade de andar pelo estúdio, em qualquer dia, acompanhado ou por um roqueiro septuagenário de uma das bandas mais famosas do mundo ou por uma estrela adolescente em ascensão.

— Eu não sei por que ela tem que ser tão vadia — Annabel estava dizendo. — Pensei que a nossa rivalidade tivesse acabado depois que nos apresentamos juntas no Globo de Ouro.

Danny baixou a voz, o que ainda significava que eu podia ouvir claramente cada palavra que ele dizia, porque ele estava sentado a cerca de um metro e meio de mim.

— Você sabe o quanto é perfeita? — ele murmurou. — Você é tão perfeita que estou ficando duro só de olhar para você. Acho que não conseguiria levantar daqui se tentasse.

Será que ele percebeu que eu ainda não estava usando fones ou ele não se importava? Suspeitei que fosse a última opção; todos os dias, coisas eram ditas no *TNO*, muitas vezes na frente das câmeras, que teriam constituído assédio sexual em qualquer outro local de trabalho, exceto na atual Casa Branca.

— Em vez de comer um donut, vou subir na esteira agora mesmo — Annabel disse. — Vou aumentar a inclinação para quinze por cento. Fale mal do meu corpo agora, sua vadia.

— E se, em vez disso, eu for até aí e foder você com força e te dizer como você é linda?

Depois de uma pausa, com uma voz muito mais suave, Annabel disse:

— Sou mesmo?

— Linda demais — Danny jurou. — Demais, demais.

— Devo mandar o Mickey buscar você? — Este era seu motorista ou guarda-costas, ou talvez ambos.

— Vai ser mais rápido eu pegar um Uber.

— Vou tomar banho agora.

— Não tome banho. Não faça nada. Já vou desligar agora e estou saindo. Ligo do Uber. Eu te amo pra caralho, bebê.

— Vem rápido, bebê.

Ele já tinha se levantado e estava a meio caminho da porta quando eu disse:

— Por favor, se você se masturbar aqui, não deixe cair nada no sofá. Só te peço isso.

Danny fez uma pausa e olhou por cima do ombro, de costas para mim, o que ofereceu a nós dois a vantagem de não precisar saber se ele realmente tinha uma ereção.

— Eu nunca me masturbaria aqui. — Ele sorriu. — É pra isso que serve o meu camarim.

Quarta-feira, 01:14

Ouvi alguém dizer meu nome, mas a princípio estava tão profundamente adormecida que incorporei a voz ao meu sonho. Achei que fosse Bernard, o zelador, vindo esvaziar minha lata de lixo, e, sem sentido, murmurei: “Pode deixar os moluscos”. Senti uma mão dar um tapinha leve em meu ombro e a pessoa disse: “Sally, desculpe incomodar” — uma frase não muito pronunciada no *TNO* —, então tirei a camiseta dos olhos e os protetores de ouvido, me sentei ereta e disse:

— O que você quer?

Curvado sobre o sofá em um ângulo que deixava nossos rostos a poucos centímetros um do outro, estava Noah Brewster.

— Desculpe — ele disse novamente. Mesmo em meu estado desorientado, notei que ele parecia, em seu jeito cafona e bonito de surfista, desconfortável. Embora eu estivesse acostumada a ser acordada por pessoas aleatórias dentro de uma sala no meio da noite, talvez ele não estivesse acostumado a acordar as pessoas dessa maneira.

— Não, tudo bem — falei. — Do que você precisa?

— Bom, Bob O'Leary sugeriu... Você precisa de um minuto? Posso voltar depois.

— Pode ser agora. — Passei as costas da mão na boca para o caso de ter babado durante o sono, o que parecia ter acontecido.

— Bob falou que você seria a melhor pessoa para ajudar com o esquete em que estou trabalhando. — Bob O'Leary era um produtor supervisor de longa data no *TNO*, um dos muitos magos que estiveram lá desde o início e fizeram o programa rodar, embora permanecessem quase totalmente desconhecidos do público. Noah não estava mais curvado em minha direção, estava de pé. E percebi então que ele segurava alguns papéis.

Apontei para eles.

— Esse é o esquete?

— Não, mas, de verdade, se você precisar de um minuto...

— Eu leio agora. — Estendi o braço e, quando ele me passou o roteiro, joguei os pés para fora do sofá. Fiz um gesto em direção à outra extremidade do sofá. — Pode sentar. Essa é aquela ideia que você mencionou na reunião de apresentação?

Ele assentiu enquanto se sentava.

— Devo dizer o que é ou só deixar você ler?

— Me deixe ler.

Peguei uma caneta esferográfica azul, puxei uma edição de dois meses antes da *The Atlantic* do parapeito da janela para usar como apoio e comecei a ler. Eu estava vagamente ciente de Noah Brewster a poucos metros de mim, mexendo em seu celular. Teria sido uma mentira afirmar que não sentia nenhum vestígio de estresse por fazer uma grande celebridade esperar. Ainda me lembro com frequência de uma observação feita por uma roteirista chamada Elise, com quem convivi durante meus primeiros dois anos, que era que, quando nós, pessoas não famosas, conversávamos com pessoas famosas, queríamos que o encontro terminasse o mais rápido possível, para que pudéssemos descrevê-lo para nossos amigos não famosos. Mas meu estresse foi compensado principalmente pelo conhecimento de que eu estava mantendo Noah Brewster esperando por seu próprio interesse. Os objetivos primordiais de qualquer episódio do *TNO* eram entreter e fazer o apresentador parecer bom; um apresentador genuinamente engraçado ou cativante poderia colher os frutos em termos de percepção do público por anos.

A esquete tinha sete páginas, era ambientada em um estúdio de dança e mostrava o encontro de um músico com uma coreógrafa na presença de dois executivos de gravadoras, um agente, um gerente e um cinegrafista. A coreógrafa estava dizendo coisas como "Quando você abre os braços na forma de um arco-íris, as pessoas sentadas no fundo sentem a sua paixão" e "Um movimento para trás vai dar um desfecho à música em seu coração". Em resposta, o músico sem nome estava dizendo coisas como "Mas eu sou cantor e compositor. Não sou membro do Cirque du Soleil". Nos dez minutos que levei para ler, marquei o roteiro em alguns lugares, embora com mais cuidado do que faria para um membro do elenco ou no trabalho de outro roteirista. Cerca de dois terços da terceira página não resultaram em nada e poderiam ser facilmente cortados, mas, em vez de traçar uma linha azul nessa seção, fiz um ponto de interrogação na margem próxima a ela. Na página quatro, quando a coreógrafa perguntou ao músico se ele já tinha pensado em incorporar algum tipo de pantera em seu show, ri alto.

Depois que terminei, Noah Brewster e eu fizemos contato visual e eu quis saber:

— Isso é baseado na sua experiência pessoal?

— Já faz um tempo, mas, quando comecei a tocar em arenas, a gravadora me colocou para trabalhar com uma coreógrafa que tinha um monte de sugestões ridículas. As ideias dela faziam sentido do ponto de vista visual, se você pensasse no tamanho das arenas, mas elas eram influenciadas pela febre das boy bands e completamente distantes da minha personalidade. Todos aqueles gestos e pausas supermelodramáticos.

— Seu roteiro está ótimo, na verdade, embora eu ache que pode ser mais curto. Você quer que eu te dê um feedback para você trabalhar ou nós podemos revisar juntos agora?

— Eu adoraria ter a sua ajuda para revisar. Bob disse que você é uma gênia da estrutura.

— Ah — eu disse. — Tenho certeza de que é um eufemismo para ser mais trabalhadora do que engraçada. Você pode me mandar por e-mail a versão que eu acabei de ler? — Me levantei, dei um passo em direção às mesas e puxei a cadeira de Danny para que ficasse ao lado da minha.

Quando me sentei em minha cadeira, Noah se sentou na de Danny. Ele digitava no celular quando perguntou:

— Qual o seu e-mail?

Dei a ele, e perguntei:

— Há quanto tempo você está trabalhando nisso?

Ele sorriu.

— Estou tentado a fingir que comecei hoje cedo, mas faz pelo menos algumas semanas. Desde que recebi a confirmação de que seria o apresentador convidado.

— Não tem vergonha nenhuma em se preparar. Obviamente, muita coisa aqui acontece em cima da hora, mas às vezes um esquete que acaba sendo um grande sucesso é uma coisa que o roteirista ficou apresentando semana após semana durante uma temporada inteira. — Depois de apertar a tecla *enter* no teclado para dar vida ao monitor, minha janela de e-mail aberta apareceu. No topo da caixa de entrada havia um artigo que meu padrasto havia encaminhado e trazia a manchete no assunto: *Grão-de-bico e outras leguminosas que diminuem o colesterol ruim.* Logo abaixo havia um e-mail de Henrietta, sobre um esquete que ela queria que escrevêssemos juntas e cheio de links, que tinha como assunto: *Influenciadoras mães evangélicas loucas.* Embora parecesse estranhamente íntimo expor minha caixa de entrada para Noah, a parede atrás do monitor do computador me deixava ainda mais constrangida. Eu tinha pregado duas fotos lá. A primeira era minha e de Hillary Clinton em dezembro de 2015, tirada em seu camarim no *TNO* antes de ela aparecer em um esquete que escrevi. A outra era de minha mãe me segurando quando bebê no início de 1982, ela vestindo um colete jeans sem botões sobre uma blusa amarela e eu vestindo um macacão amarelo. Entre as fotos, colei um pedaço de folha sulfite amassada com duas colunas. Na primeira coluna, escrita à mão por mim, estavam as palavras *ereção, bolas, pinto, pau, chupar, chuva dourada, masculinidade, punheta, pica, bater uma*. Na outra coluna estavam as palavras *buceta, peitos, mamas, comer, mamilos, dedilhar, vagina peluda, vagina, vulva, rosa, molhada, peido vaginal, colo do útero, punho*. Ao lado de *rosa,* havia parênteses com três pontos de exclamação dentro deles e ao lado de *colo do útero* havia parênteses com oito pontos de exclamação. Quando o e-mail de Noah apareceu na minha caixa de entrada, e eu baixei e abri o arquivo, ele não comentou nada sobre a parede.

Eu disse:

— Seu arquivo não vai me transmitir uma DST, vai?

Ele riu.

— Espero que não.

— O.k. — Na minha mesa, no espaço entre o monitor e o teclado, estava minha xícara de café quase vazia e cerca de duas dúzias de elásticos de cabelo. Peguei um, e prendi o cabelo em um coque. — Na verdade, você tem todos os ingredientes de que precisa, mas eles não estão na ordem certa. E é meio sutil em alguns lugares, mas, por causa da manifestação física do esquete, pode ser mais pastelão. Faz sentido?

— Faz, sim.

— Além disso, tenho certeza de que usar um estúdio de dança como cenário é realista, mas vai confundir o público. Deve ser ambientado no estádio onde o músico se apresenta. Então você rompe o espaço e o tempo em nome da clareza.

— Entendi.

— Outra coisa para ajudar a esclarecer, e isso iria matar alguns coelhos com uma cajadada só, é que a gente poderia começar com um cartão-título que mostre a data e o local. Espere, e se o músico for explicitamente o seu eu mais jovem? E a equipe de figurino pode criar umas roupas incríveis do início dos anos 2000? Então o cartão-título diz *Madison Square Garden, maio de 2001*, ou qualquer que seja a data em que o seu primeiro álbum estava realmente explodindo... quando foi isso?

— Foi lançado em maio de 2001.

Eu já havia digitado *Madison Square Garden* e olhei para ele.

— Vou mandar o documento por e-mail para você depois, e, obviamente, você pode alterar qualquer parte do texto de que não goste.

— Vá em frente. Por favor.

Acrescentei *maio de 2001*.

— Os outros personagens vão se dirigir a você pelo nome, para que o público saiba imediatamente que é você. Mas a próxima questão é que tem muitos personagens. Você acha que alguém tem algum propósito aqui além de você e da coreógrafa?

— Não é importante que os executivos da gravadora estejam lá? Para mostrar que são diretrizes vindas de cima e que o músico... bem, eu... não posso simplesmente ignorar?

— Tem razão. Talvez a gente devesse até brincar com isso. — A primeira fala atual era da coreógrafa, que dizia: "Quero te dar algumas ideias para incrementar os seus movimentos de dança no palco". Acima dela, inseri um executivo dizendo *Noah, convocamos você para vir aqui porque nós, da sua gravadora, estamos recebendo feedback de que os seus shows ao vivo precisam de empolgação e achamos que umas coreografias inovadoras vão melhorar a experiência do público.*

— É ridiculamente óbvio — eu disse —, mas, a menos que haja uma recompensa por reter a premissa, você pode deixar isso claro o mais rápido possível.

— E se o cara disser: "Segundo alguns grupos focais...".

— Ah, ficou melhor ainda — eu disse. — Que tal: "Segundo grupos focais realizados com cem garotas de doze a quinze anos residentes em quatro estados do meio do Atlântico...".

Ele riu e eu reescrevi a frase.

Nós dois ficamos em silêncio e, depois de alguns segundos, sugeri:

— "Estamos preocupados que as garotas sentadas na seção de sangramento nasal não estejam recebendo suficientemente as suas emoções cheias de alma."

— "E isso pode afetar as suas vendas no longo prazo" — acrescentou Noah, e eu digitei as duas partes.

— "Então, a coreógrafa mundialmente famosa...", precisamos dar a ela um nome bem bobo, "está aqui para oferecer a experiência dela." Hmm. O que acha de Lulu von Floppy Bosoms?

Mais uma vez, ele riu daquele jeito leve.

— Claro.

— Só para você saber, algumas coisas que são lidas na página como apenas levemente engraçadas ficam automaticamente dez vezes melhor quando o elenco está atuando. Certo, agora nós podemos cortar todo mundo, tirando os caras da gravadora, você e Lulu. A comitiva de celebridades atrapalha o esquete porque não é o foco. Então, vamos dar o diálogo de todos os outros para os executivos, mas você escolhe quem interpreta os papéis, e os nomes deles vão para o roteiro, não os nomes dos personagens. Quem você quer que sejam Lulu e os executivos?

— Não é melhor perguntar às pessoas se elas estão interessadas antes de atribuir uma função a elas? Não quero ser presunçoso.

Eu ri.

— Você é o apresentador. Qualquer membro do elenco vai ficar feliz em fazer parte do seu esquete.

— O que você acha? Para um dos executivos, Josh sempre me faz rir.

— Sim, ele seria ótimo. — Digitei o nome de Josh antes do primeiro diálogo do executivo da gravadora. — E talvez Hakeem seja o outro? E para a coreógrafa... — Tanto Henrietta quanto Viv fariam um excelente trabalho e cada uma provavelmente apareceria em várias outras esquetes. Sugerindo um membro do elenco cronicamente subutilizado, eu disse: — O que acha da Grace?

— Ótimo.

— Daqui para a frente, a única mudança que eu realmente faria é colocar as sugestões de coreografia da Lulu em níveis de ridículo, do menor para o maior. É mais satisfatório se elas escalarem, então ela começa balançando muito as mãos e termina com a ideia da pantera.

— Tem uma coisa que eu não coloquei aí porque não veio de um coreógrafo, mas de um, tipo, acho que ele era um consultor de imagem. Ele recomendou que eu me apresentasse sem camisa e com uma calça de couro.

— Ah, isso é perfeito. Mas vamos transformar a calça em um short. O short é melhor ainda. Ou então essa sugestão pode ser sua e isso seria a reviravolta no final? Até agora parece que você é super-resistente a essas ideias idiotas, mas só está resistindo às ideias idiotas *deles*. E você está vestindo roupas rasgadas e de repente tira e diz alguma coisa como:

"Estou confiante de que o envolvimento do público vai ser aprimorado pelo meu corpo lindamente esculpido".

Noah balançou a cabeça, bem-humorado, e seu cabelo loiro de surfista bagunçou um pouco.

— Estou começando a sentir que acabei de cavar a minha sepultura. E ainda estou com a mesma gravadora com a qual assinei em 1999. Essa é a ironia aqui, já que vou difamá-los em público.

— Se isso te tranquiliza, não há garantia de que qualquer esquete vai ser escolhida para o programa ao vivo. — Quando nossos olhos se encontraram, eu disse: — Mas aposto que esta vai.

— Acho que sou um vencedor de qualquer maneira — ele disse. — Ou um perdedor?

Percorri o documento, fazendo as alterações que havíamos discutido. Quando chegamos à terceira página, apontei:

— Esta parte pode ir embora porque não traz nada de novo. É encheção de linguiça.

Percebi que Noah estava lendo as falas na tela, e então respondeu:

— Sim, você está certa.

No final, inseri as instruções do palco para ele arrancar a roupa e olhei para ele mais uma vez.

— Quer ler em voz alta? Você pode fazer a sua parte e eu vou ser o executivo e a coreógrafa.

Nós dois rimos algumas vezes enquanto líamos. Quando Noah disse: "Porque o meu corpo lindamente esculpido vai aprimorar o envolvimento do público", percebi que isso ecoava involuntariamente com a linha anterior sobre coreografia inovadora que aprimora suas apresentações ao vivo. Cortei o segundo *aprimorar* e substituí por *potencializar*. Em geral, a repetição de palavras funcionava apenas quando parecia intencional.

— Precisamos de um título — observei. — Mas vai ser provisório, então não pense demais. Algo do tipo "A Coreógrafa".

— Feito — ele disse. — A Coreógrafa. — Ele apontou para os elásticos na minha mesa. — Seus poderes mágicos de edição entram em ação quando você prende o cabelo?

Eu ri.

— Já ouvi falar de romancistas que são muito cuidadosos com seus rituais de escrita, como se tivessem que acender uma vela ou beber um chá de ervas primeiro, mas o *TNO* tira isso de você.

— Bom, sinto que acabei de sair de uma aula em redação de comédia. Falando sério, não sei como te agradecer.

— De novo, o esquete ainda tem que passar pela mesa de leitura e pelos ensaios, mas acho que ele está muito engraçado, na verdade.

— Do jeito que você fica dizendo *na verdade*... — ele disse. — É como se estivesse surpresa.

— Desculpa. É que pouquíssimos apresentadores escrevem esquetes, e, mesmo quando escrevem, um roteirista provavelmente fez o rascunho. E, sendo honesta, para um apresentador musical, isso é quase inédito.

— Sabia que eu escrevo minhas próprias músicas?

— Mas você não acha que músicas e esquetes são coisas diferentes?

— Bom, a estrutura é muito importante nas duas, certo? E o ritmo? E as informações que você retém contra o que você expõe de cara?

— Verdade.

— De que tipo de música você gosta?

— De que tipo *eu* gosto? — A pergunta me pegou de surpresa.

— Se está em casa fazendo o jantar ou dentro do metrô, o que você está ouvindo?

— Eu acho que varia. Se estamos falando de gêneros, eu escuto principalmente folk ou pop.

— Quais artistas?

— Eu não tenho um gosto particularmente legal, se é isso

que você está perguntando. Você conhece o roteirista Jeremiah? Ele sempre descobre bandas antes que elas explodam.

— Eu só estou curioso. Juro que não é uma pergunta capciosa.

— Quando estava na terceira série, eu tinha uma fita cassete dos maiores sucessos da The Supremes, e coloquei para tocar tantas vezes que a fita começou a se desenrolar no fundo. Como fiquei superchateada, minha mãe me levou em uma viagem de emergência ao shopping no mesmo dia para substituí-la.

Ele sorriu.

— E desde então?

— Principalmente mulheres cantoras e compositoras. Minha mãe gostava de Linda Ronstadt, Patti LaBelle, Joan Armatrading, então nós ouvíamos muito essas artistas. Dolly Parton, é claro. E Sade. Aí o meu gosto meio que mudou para uma coisa mais country, como Lucinda Williams e Emmylou Harris. E então, sabe, Mary Chapin Carpenter, Dar Williams ou, mais recentemente, Brandi Carlile. Ah, e Janelle Monáe. — Olhei para ele. — Minhas cantoras favoritas de todos os tempos são as Indigo Girls.

— Sim, elas são incríveis — ele disse.

Olhei para ele — ainda estávamos lado a lado, talvez quinze centímetros de distância um do outro — e perguntei:

— Você está falando sério?

— Por que eu não estaria?

— Muitas pessoas... e eu quero dizer os redatores do sexo masculino daqui... usariam as Indigo Girls como uma frase de efeito. Ou já as usaram como frase de efeito para fazer uma piada sobre uma coisa que é muito feminina ou lésbica ou que é intensamente política. E eu odeio isso. Em parte, porque é sexista, mas ainda mais porque não é engraçado. É preguiçoso. As Indigo Girls são supertalentosas e fazem o que fazem há muito tempo, do jeito delas, independente das tendências culturais, e, agora que nós somos uma autocracia em ascensão, é um pouco mais difícil rir das pessoas que sempre lutaram pelos direitos dos desprivilegiados. Além disso, elas têm vozes tão bonitas e que se complementam tão bem. — Eu parei. — Foi por isso que você veio à minha sala, né? Você estava esperando um monólogo sobre as Indigo Girls.

— Eu amo monólogos sobre as Indigo Girls. Você já viu elas tocando ao vivo?

— Sim, um monte de vezes. Você já?

— Eu me apresentei com elas em um show beneficente em Los Angeles há alguns anos. E Amy faz os vocais de fundo na minha música "East Matunuck". Estou tentando lembrar se elas já estiveram no *TNO*.

É claro que Noah tinha tocado com elas, é claro que as tratava pelo primeiro nome. Mas como eu não sabia que Amy Ray estava em uma das músicas *dele*?

— Engraçado você perguntar — eu disse. — As Indigo Girls nunca foram convidadas musicais, mas teve uma paródia delas em que os membros do elenco que as interpretavam eram homens. Isso foi antes de eu chegar.

— Faz quanto tempo que você trabalha aqui?

— Esta é a minha nona temporada. Outro fato engraçado é que o *TNO* e eu temos a mesma idade. Nasci no mês da estreia, em outubro de 1981.

— Pelo jeito isso te deu sorte, né? — Noah disse. — Nasci em setembro de 1981, então você e eu temos a mesma idade. Se está aqui há nove anos, imagino que goste do trabalho.

Eu tinha que admitir que, apesar de toda a sua cafonice, ele tinha habilidades sociais impecáveis. A maioria dos apresentadores era carismática e muitos eram educados; alguns ficavam curiosos sobre a história do programa; mas quase ninguém fazia várias perguntas a uma roteirista sobre si mesma. Não me parecia rude que os apresentadores enxergassem roteiristas da mesma forma que o mundo exterior, muito mais embaixo na hierarquia do que os membros do elenco. Muitos roteiristas aspiravam a serem membros dele, e alguns fizeram o teste para o elenco ao mesmo tempo em que fizeram para a equipe de roteiro, mas eu me sentia livre por não desejar algo mais. Não era por acaso que eu nunca tinha aparecido em frente às câmeras.

— Com certeza, este é o emprego dos meus sonhos — admiti. — Mesmo com o sexismo velado, mesmo quando quase não consigo dormir. Simplesmente não tenho como imaginar um trabalho em que eu dê mais risada ou em que as pessoas sejam mais talentosas e batalhadoras. E ser paga pra tirar sarro de coisas que merecem ser ridicularizadas e ter esse enorme palco para se expressar… O que mais uma antissocial do Missouri poderia desejar?

Ele riu.

— Você é uma antissocial do Missouri?

— Sim e sim.

— Eu me sinto assim em relação à minha música… Tipo, isso conta como um trabalho? Às vezes eu tenho medo de que alguém me diga que o show acabou. Enganei todo mundo por algumas décadas, mas agora perceberam que sou uma fraude.

— Qual é a parte fraudulenta? Que você não sabe tocar violão de verdade?

Noah riu.

— Isso pode ser um esquete, na verdade — eu disse. — Com você só dedilhando as cordas.

— Na verdade — ele repetiu. — Viu? Você fala muito isso. Mas não, a fraude é ser recompensado por uma coisa que eu faria de graça sem reclamar. Você teria que ser super, superarrogante para viver tudo isso e nunca duvidar de si mesmo, ou pelo menos não se surpreender com a sua sorte.

— O que me preocupa é abusar da hospitalidade — eu falei. — Existe uma suposta maldição do *TNO* que diz que, se você ficar muito tempo aqui, envelhece *e* perde a chance de chegar ao próximo nível da sua carreira. Mas isso só se aplica a roteiristas e membros do elenco. Muitos dos produtores, figurinistas e maquiadores estão por aí desde sempre.

— Qual é a chance que você perderia por não ir embora? Tipo, qual é o seu próximo ato?

— Vou escrever roteiros acessíveis e ferozmente feministas para comédias românticas.

Ele olhou para mim.

— O que torna uma comédia romântica acessível e ferozmente feminista? Além de uma trilha sonora das Indigo Girls.

— Especialmente a qualidade da escrita. E, com relação a isso, o desenvolvimento dos personagens. Quando um desses filmes não funciona, geralmente é porque foi escrito de um jeito horrível e/ou o roteiro não conseguiu te convencer de que o casal se sente atraído um pelo outro, então você não se importa se eles encontram obstáculos pelo caminho que os mantenha separados. Outra das minhas irritações é que as personagens femininas costumavam ser meio engraçadinhas, tipo ter farinha no nariz depois de assar biscoitos e não fazer ideia disso. E agora elas estão todas uma bagunça, tipo acordar de ressaca e ser demitida. Quero criar personagens que não sejam perfeitas, mas também não sejam ridículas ou incompetentes na vida. — Depois de um segundo, acrescentei: — Uau, foram dois monólogos seguidos? Eu juro que não sou uma completa idiota, na verdade.

— Na verdade você não parece uma completa idiota.

— Acho que vou sair no fim da próxima temporada, daqui a treze meses. — Estranhamente, eu ainda não tinha contado isso a mais ninguém, incluindo Viv, Henrietta ou meu agente. — E então vou ter ficado aqui por exatamente dez anos. Mas quem pode dizer se vou conseguir mesmo cortar o cordão umbilical?

— Estou feliz que você esteja aqui agora, hoje. — Noah apontou para a tela do meu computador. — Para me salvar de mim mesmo. — Depois de uma pausa, ele disse: — Preciso te perguntar... — E se inclinou para a frente e bateu no pedaço de papel sulfite com as duas listas de palavras.

— A primeira coluna são as palavras que o censor da emissora liberou nos esquetes — expliquei. — A segunda coluna são palavras que ele considera ofensivas, e elas têm que ser substituídas. É quase como se eles tivessem dois pesos e duas medidas para os termos relacionados à sexualidade masculina e aqueles ligados à sexualidade feminina, né?

— Que loucura. Até mesmo *rosa*? E *molhada*?

Ouvindo Noah dizer as palavras *rosa* e *molhada* juntas... senti uma simpatia sem precedentes pelo censor, que, por acaso, era uma mulher na casa dos cinquenta chamada Janice. Em voz alta, esclareci:

— É tudo contextual, claro. Obviamente você pode fazer alguém dizer "Que lindo suéter rosa". O problema com as regras é que elas não são realmente isso. Fica a critério da pessoa.

— Você acha que ser censurada já te forçou a encontrar uma solução alternativa melhor do que a que você tinha no início?

— Com certeza — eu disse. — Mas ainda não gosto da hipocrisia.

Depois de um silêncio cômodo, ele falou:

— Se eu nunca mais cantasse "Making Love in July", não iria me incomodar. Escrevi quando tinha dezoito anos e sou grato, se é possível sentir gratidão por uma música, porque ela abriu várias portas para mim. Mas as repetições de acordes são simplistas e, de fato, meio cafonas. A razão pela qual ainda toco não é porque eu gosto. —Olhamos um para o outro e ele disse: — Obviamente nós vivemos em um mundo onde os fãs costumam fazer muito barulho quando pensam que foram enganados.

Então era *isso* que estava por trás de todas as perguntas sobre meus músicos favoritos — Noah ficou na defensiva sobre a ideia do Queijeiro que eu apresentei. Apesar de sua declaração de que os esquetes funcionavam melhor quando o apresentador estava tirando sarro de si mesmo, talvez ele fosse tão vaidoso e sensível quanto qualquer outra pessoa.

— Ainda não escrevi a esquete do Queijeiro — eu disse. — Meu instinto me diz que poderia ser divertida, mas você não tem obrigação de fazer se achar que é estúpida ou ofensiva ou se simplesmente não quiser.

— Preciso ver como vai ser o roteiro, certo?

Tentei pensar em uma maneira gentil de falar que, se ele pressionasse para cortar a esquete, eu preferiria não gastar nenhuma das próximas dez horas a escrevendo.

— Pergunta aleatória — ele avisou —, mas tem algum cantor homem de quem você goste?

— Ah, com certeza. Jason Isabel. Neil Young. E você, claro.

— Claro. Quais você diria que são as suas três músicas favoritas das que escrevi? — Nesse momento, surpreendentemente, Noah não parecia arrogante. Se eu não o conhecesse, se não soubesse que encantar pessoas fazia parte de seu trabalho e que ele namorava modelos de vinte e dois anos, poderia até pensar que ele estava flertando.

— É difícil escolher — respondi. — Uma coisa que eu realmente admiro é o nível de qualidade que você mantém há tanto tempo.

— Boa tentativa. Só três.

— O.k., bom... — Levantei o punho direito, em seguida estendi o polegar. — Primeiro "Making Love in July". Depois, hmm... — Freneticamente, vasculhei minha mente. Ele era onipresente o suficiente para que, embora eu não gostasse de sua música, eu certamente conhecesse pelo menos três de suas canções, mas era difícil citar o nome delas de repente. Então um título veio do nada na minha cabeça e, erguendo o dedo indicador, exclamei:

— "Best Laid Plans!" — Qual era o nome da música dele com Amy Ray nos vocais de fundo? Ou eu já tinha revelado minha ignorância? Me lembrei então de um *feat.* que ele tinha feito com a cantora pop Françoise. — Ah, e "Sepia". — Eu não tinha certeza se "Sepia" contava mais como uma música de Noah ou de Françoise, mas meio que gostava dela. Além disso, agora eu estava triunfantemente erguendo três dedos.

— Que coincidência incrível — ele disse —, considerando o quanto você é fã, porque essas são minhas três músicas mais famosas. Na verdade, provavelmente são as músicas com as quais alguém que nunca ouviu minha música estaria familiarizado. Não seria louco se você escrevesse um esquete inteiro sobre como minha música é cafona, mas mal a tivesse escutado?

— Se por louco você quer dizer extremamente irresponsável, então sim — respondi. — Mas, como sou a presidente da divisão de Manhattan do seu fã-clube, essa sugestão é profundamente ofensiva.

Noah estava sorrindo e balançando a cabeça, e eu estava sorrindo também, e completei:

— Sabe quando eu falei que não sou uma completa idiota? Talvez eu seja uma completa idiota.

— Impossível.

— Quando o fã-clube se reúne, é no porão de uma igreja, e nós penduramos um pôster seu em tamanho real na parede e ficamos olhando para ele.

— É mesmo? — ele disse, e então fez algo muito confuso. Noah se virou para mim, segurou meu queixo com a mão e olhou profundamente nos meus olhos. — Assim? — ele perguntou. — É isso que você faz?

Teria sido um gesto fraterno? Ou um flerte? Ou foi só estranho?

Parecia que ele estava se perguntando a mesma coisa, porque rapidamente abaixou a mão.

— Desculpa. Acho que foi estranho eu ter feito isso.

Por estar tão surpresa, respondi de um jeito exagerado. Com uma voz alegre, falei:

— Por aqui, você tem que se esforçar *muito* para ser estranho. Se você mijasse em um pote de picles e o deixasse na minha mesa, seria um começo. De qualquer forma, sério, você vai se encontrar com Nigel, Elliot e os produtores depois da mesa de leitura, e tenho certeza de que eles vão deixar você dar a palavra final sobre a esquete do Queijeiro.

— Não, eu confio no processo — Noah rebateu. — Sempre tive a impressão de que quando... — Mas não descobri sobre o que ele sempre teve a impressão porque nesse momento fomos interrompidos. Autumn DiCanio, chefe do departamento de talentos da *TNO*, apareceu na porta, com uma de suas assistentes. A maioria das assistentes de Autumn era composta de loiras bonitas de cabelo comprido recém-formadas na faculdade... o que também descrevia a própria Autumn, exceto o fato de ela ter quarenta anos... e, porque eu tinha dificuldade em diferenciar as assistentes, não tinha certeza do nome desta.

— Noah! — Autumn disse, calorosamente. — Nós estávamos procurando por você por todo lado! Você está bem?

Me ocorreu pela primeira vez que *era* bastante estranho que essa revisão tivesse acabado de acontecer na minha sala, e que Noah tivesse encontrado o caminho até mim sozinho. Os apresentadores sempre ficavam no escritório durante a madrugada, especialmente com o passar da semana, mas quase sempre eram acompanhados por Autumn ou um membro de sua equipe, ou os roteiristas visitavam o apresentador em seu camarim no oitavo andar, em um estilo suplicante.

— Tudo bem — Noah disse. — Sally está me ajudando com o meu esquete.

— Fantástico — Autumn respondeu. — Sally é uma das nossas melhores roteiristas. Nós temos um carro lá embaixo para levar você para o hotel quando estiver pronto, a menos que vocês ainda estejam trabalhando. — Nos meus primeiros anos de *TNO*, instintivamente não gostei e desconfiei de Autumn por causa de sua energia corporativa otimista e animada. No entanto, percebi com o tempo que ela era altamente organizada e competente de uma forma difícil de não respeitar. E ela tinha muito bom gosto. Além de contratar e cuidar dos apresentadores e convidados musicais, Autumm recrutava novos membros do elenco, que Nigel ou rejeitava ou contratava. Assim como Bob O'Leary, o público não sabia que Autumn existia, mas ela tinha descoberto muitos dos nomes conhecidos na comédia.

Noah se virou e olhou para mim — eu estava mais para dentro da sala, mais longe de Autumn —, e respondeu:

— Acho que estamos encerrando.

— Vou mandar a revisão por e-mail para você.

— Sally, envie por e-mail para mim e coloque a Madison em cópia, e nós cuidamos do resto — Autumn pediu, e percebi que ela estava tentando proteger Noah de compartilhar seu endereço de e-mail com uma roteirista; ela não sabia que ele já tinha compartilhado. Autumm acrescentou: — Noah, vamos colocar o seu esquete na pilha para a mesa de leitura. Vai ser às três horas, e o carro vai pegar você às onze para a sessão de fotos e vídeos promocionais, então espero que você tenha uma manhã de descanso.

Noah se virou na direção de Autumn, porém mais uma vez olhou para mim.

— Quer carona para casa?

Ele estava brincando? Expliquei:

— Ah, fico aqui às terças-feiras.

Autumn riu.

— Aposto que a noite da Sally só está começando.

Noah se levantou se dirigindo a mim:

— Obrigado mais uma vez. Realmente agradeço muito.

— Estou aqui para ajudar — falei, e de repente me senti terrivelmente estranha. Eu não tinha ideia se o constrangimento tinha surgido comigo ou com a chegada de Autumn e a assistente, cujo nome eu tinha agora oitenta e sete por cento de certeza que era Madison, ou com o fato de Noah ter segurado meu rosto pouco tempo antes. Tanto Autumn quanto *talvez* Madison usavam jeans pretos muito justos, camisas pretas e botas pretas pontiagudas. De repente percebi que estava usando calça de moletom cinza, blusa de moletom preta, meias verde-claras e sem sapatos. Noah estava em algum lugar entre o estilo delas e o meu desleixo, de jeans, tênis e uma camiseta marrom de manga comprida com uma geladeira estampada.

Antes que os três saíssem, Noah acenou da porta.

— Te vejo na mesa de leitura — ele disse.

Quarta-feira, 04:43

Quando Danny voltou, parecia exausto, mas exalava uma energia radiante. Antes que eu pudesse perguntar, ele disse:

— Está tudo bem em Bellyville.

— Fico feliz por saber. — Desde minha aula de edição com Noah, eu tinha passado duas horas e meia trabalhando no esquete do Queijeiro. Depois que ele saiu, me senti agitada, provavelmente por sua aura de celebridade, e não tentei voltar a dormir. No momento eu tinha quatro páginas do esquete, que não eram muito boas, e a inspiração excessiva que me dominara às duas da manhã já tinha ido embora fazia muito tempo. Peguei as páginas do esquete da Regra Danny Horst que estavam sobre minha mesa e as estendi para Danny.

— Você vai me ajudar com o seu diálogo?

— Cara, Sally, tenha vergonha.

— Estou tentando transformar esse texto em três esquetes separados — argumentei.

— Isso é problema seu. Você acha que seria estranho se Belly e eu quebrássemos um copo no nosso casamento? Ela sugeriu isso.

— Você quer quebrar?

Danny deu de ombros. Embora ele raramente mencionasse, uma parte amplamente conhecida da origem de

Danny era que ele crescera em uma área de judeus ortodoxos em Nova Jersey. Como o filho mais velho de sete irmãos, ele frequentara uma yeshiva durante o ensino médio e esperavam que se tornasse um rabino como seu pai. Mas ele assistia secretamente a comediantes na TV a cabo desde os doze anos e tinha deixado sua comunidade depois do primeiro ano em uma faculdade rabínica, quando se mudou para um abrigo para jovens em situação de rua que, por coincidência, ficava a cerca de um quilômetro e meio do estúdio do *TNO*. Sete anos depois, Danny ainda estava afastado de toda a família, exceto de um irmão, e ele brincava que era um preço razoável a pagar por comer camarão frito. Ele estava longe de ser a única pessoa no *TNO* a sofrer infortúnios; a tragédia, é claro, muitas vezes gerava comédia.

Danny pegou as páginas da minha mão e as leu tão rapidamente que, se eu não o conhecesse, teria pensado que estava só folheando.

— Isso é cruel — ele comentou. — De um jeito incrível. — Danny pegou uma caneta da mesa e começou a preencher os espaços que eu havia deixado em branco. Quando terminou, disse: — Fica definitivamente melhor se eu for o segundo policial a entrar, não o primeiro.

— Porque aumenta a tensão de quando você vai aparecer?

Ele assentiu.

— Não sei se Noah estaria disposto a ser o primeiro policial em vez do cara no encontro — comentei. — Mas ele reagiu de um jeito tão negativo ao esquete na reunião de apresentação que nem quero perguntar.

— Sim, aquilo na sala do Nigel foi um verdadeiro sermão.

Pensei em contar a Danny sobre meu encontro recente com Noah, mas não tinha certeza de como contaria. Em vez disso, eu disse:

— Obrigada por notar.

Danny sorriu quando devolveu as páginas.

— Risadinha, todo mundo notou.

Quarta-feira, 14:57

No intervalo entre a entrega dos meus esquetes e a mesa de leitura, peguei um táxi para casa, dormi por uma hora, acordei, tomei banho e caminhei até a estação de metrô da Rua 69. Enquanto esperava na plataforma, li as mensagens que chegaram durante minha soneca, incluindo duas da minha colega de quarto da faculdade, Denise, a pediatra, que morava em Austin. Respondendo à minha pergunta sobre se o oftalmologista de Viv poderia convidá-la para sair, Denise escreveu:

O médico não deveria chamá-la para sair. Mas não conheço leis ou regras específicas. Eu sei que é diferente com psicólogo/psiquiatra, que pode ser antiético.

Depois: *Isso é para um esquete ou para a vida real?*

Vida real, digitei de volta. *Minha amiga pode chamar o oftalmo para sair?*

De Henrietta, para Viv e para mim, tinha uma foto de um saco de batata frita com sabor de café, junto com uma mensagem: *a gente sabia que isso existia?*

Quando cheguei ao décimo sétimo andar do 66, Henrietta e Viv estavam sentadas no sofá da minha sala, e Danny estava em sua mesa. Viv ofereceu o saco de batata frita para mim e eu peguei uma, que parecia uma batata frita normal coberta com uma pitada de canela. Mordi um pedacinho quando Danny disse:

— Não é a pior coisa do mundo.

Engoli.

— Ou será que é?

Danny estendeu a mão e pegou mais algumas, enfiou as batatas na boca e falou enquanto mastigava:

— Elas são erradas, mas estranhamente interessantes.

Henrietta disse:

— Como os republicanos de Log Cabin.

— Ou aquele macaco no Japão que foi pego tentando foder um veado — Viv acrescentou.

Enquanto caminhávamos pelo corredor até a sala de reuniões, eu disse a Viv:

— Minha colega de quarto da faculdade disse que o dr. Globo Ocular não deveria chamar você para sair, mas eu perguntei se você pode chamá-lo. Estou esperando a resposta.

Vivi fez uma careta.

— Pois é, nunca tomo a iniciativa.

— Como é ser tão bonita que você nunca precisa dar o primeiro passo?

Ela riu.

— Vantajoso, mas incômodo. Além disso, no meu caso, é agravado pela misoginia contra mulheres negras na América.

A sala de reuniões estava cheia quando entramos, com a maioria dos assentos ocupados ao redor das mesas juntas no centro, bem como ao redor da sala. Havia ainda mais membros da equipe nas leituras do que nas reuniões de apresentação, incluindo a equipe de cabelo e maquiagem, figurinistas, cenografistas e departamento de música. Espalhados sobre as mesas estavam os roteiros dos esquetes e, como ficaríamos lá por três horas, garrafas de água e travessas com sanduíches, salada, frutas cortadas, batata frita (provavelmente sem sabor de café) e biscoitos. Se você considerava essa refeição café da manhã, almoço ou jantar, dependia da hora em que tinha ido dormir na noite anterior.

Danny, Viv e Henrietta se sentaram na mesa que tinha sido reservada para eles. Eu me sentei em um dos cantos, de costas para as janelas que davam para o som abafado das buzinas de trânsito e os turistas saltitantes dezessete andares abaixo. Noah Brewster estava no meio, do lado sul das mesas, à esquerda de Nigel, que sempre narrava as cenas em todos os esquetes. Quanto pior era recebido o esquete, mais rápido ele lia.

Acontece que eu estava a cerca de seis metros de Noah, mas diretamente na frente dele, e, quando fizemos contato visual, ele sorriu e eu senti uma onda selvagem dentro de mim, embora não tivesse certeza se era pânico, excitação ou alguma outra coisa. Sim, Noah era terrivelmente bonito, mas eu já sabia disso. Desviei o olhar por reflexo, como se fôssemos estranhos que acidentalmente se olharam no metrô. Então percebi que desviar o olhar tinha sido rude e estranho, porque *não éramos* estranhos no metrô. Éramos, pelo menos esta semana, colegas, e parte do meu trabalho era deixá-lo confortável. Eu rapidamente olhei de volta, vi que seu sorriso tinha sido substituído por uma expressão mais inquisitiva, e forcei um sorriso eu mesma. Quando o fiz, ele ergueu a mão e acenou. Então, um membro do elenco chamado Bailey, o primeiro artista não binário do *TNO*, se inclinou à esquerda de Noah e disse alguma coisa, Noah se virou para Bailey e respondeu, e riram.

Elliot, o roteirista principal, deu início à reunião colocando dois dedos em cada canto da boca e assobiando, aí começamos a trabalhar. Os membros do elenco que entregavam esquetes sempre davam a si mesmos o papel principal, que eles leriam, enquanto os roteiristas atribuíam papéis a vários membros do elenco, e essas atribuições às vezes colavam e às vezes não. Se Nigel decidisse que um membro do elenco, especialmente um dos favoritos, estava tendo uma "semana devagar", ele poderia redistribuir os papéis de forma unilateral conforme o esquete avançava.

Começamos com um esquete sobre a atriz pornô alegando que Trump a pagara para não falar sobre o caso deles, depois teve um esquete em que Noah cantava o hino nacional antes de um jogo da NFL em dueto com uma diva famosa interpretada por Henrietta, e eles estavam competindo pelos agudos. O primeiro esquete que me fez rir de verdade foi o agora intitulado Branco Salvador, de Tony, na qual Noah era o político branco pregando para uma congregação negra.

Mesmo depois de nove anos, eu achava as mesas de leitura fascinantes porque representavam a interseção de múltiplas forças criativas e psicológicas. Em uma sala cheia de pessoas que eram importantes na minha vida, mas sem público externo, eu estava sempre desesperada de curiosidade para saber como meus esquetes seriam recebidos e como seriam os outros; muitas vezes ficava chocada com a genialidade de alguns roteiros e com a grosseria de outros; e era incrivelmente fácil inferir a dinâmica sócial pelo riso e pelo entusiasmo, ou pela falta deles, com que um esquete era recebido. Mais de uma vez, foi em uma mesa de leitura que suspeitei pela primeira vez que duas pessoas estavam romanticamente envolvidas, ou que alguém seria dispensado no fim da temporada.

Uma hora e cinco minutos depois, chegamos à Regra Danny Horst. Depois do que considerei minha melhor fala, houve apenas risadas sem ânimo, enquanto, para meu desgosto, as risadas mais altas foram nas linhas que Danny tinha escrito para si mesmo. Ainda assim, senti que a premissa autorreferencial cativante do esquete significava que ele provavelmente chegaria ao próximo estágio.

Avaliações formais não aconteciam durante uma mesa de leitura — o fato de o seu esquete ser selecionado ou não para a escalação do programa *era* a avaliação. Mas, antes de prosseguirmos para o esquete seguinte, o roteirista Jeremiah, sentado atrás de Nigel, disse:

— O que eu respeito mesmo é a coragem de Sally de ofender metade da equipe aqui.

Da minha cadeira contra a janela, respondi:

— Vou entender isso como uma confirmação de que as pessoas se identificam.

Uma roteirista chamada Jenna se intrometeu:

— E eles viveram heteronormativos para sempre. — Bailey se afastou da mesa para dar um soquinho na mão de Jenna.

Por coincidência, meu esquete Tagarela veio logo após a Regra Danny Horst, e Tagarela também arrancou risadas respeitáveis, senão exageradas. Os roteiristas frequentemente procuravam os membros do elenco, incluindo o apresentador, que leriam seus esquetes para dar sugestões sobre a entonação a ser usada. Embora eu não tivesse procurado Noah — cheguei à leitura pouco antes de começar e também, por algum motivo, teria me sentido estranha ao orientá-lo —, ele fez um bom trabalho. O conceito era o de que os jurados masculinos da competição de canto também estavam falando por cima dele, além de falar por cima da jurada mulher, e ele e a jurada começaram a fazer outras coisas, como lixar as unhas, jogar damas e sacar tapetes de ioga para se sentar em posição de lótus. Aconteceu a alquimia que eu descrevera para Noah na noite anterior, quando um esquete passava de palavras em uma página para uma encenação ao vivo muito mais engraçada.

Depois de Tagarela, porém, houve uma série de insucessos, incluindo o de um roteirista iniciante chamado Douglas, a quem Henrietta, Viv e eu nos referíamos pelas costas como Bordão, porque seu objetivo principal no *TNO* parecia ser criar um bordão para o zeitgeist. Nessa semana, a frase de efeito que Bordão estava tentando cunhar era "Pedalando até você, pedalando pra longe de você" — o esquete apresentava o próprio Bordão em um monociclo —, e eu senti uma explosão de ódio. Como e por que Bordão tinha sido contratado? Como e por que ele estava tão confiante? Em sua segunda semana, sugeri durante a reescrita do esquete de outra pessoa que uma mulher ficasse de quatro para forçar um peido antes que seu namorado chegasse. Referindo-se a um esquete viral de sete anos atrás, Bordão disse em um tom casual, mas arrogante: "Isso é muito parecido com Minha Namorada Nunca Peida". Respondi: "Hmm, me pergunto se é porque fui eu que escrevi Minha Namorada Nunca Peida". Parecendo pouco abalado, Bordão retrucou: "Ah, então você canibaliza a si mesma".

O esquete de Noah — Coreógrafa — veio na sequência de Pedalando. Logo arrancou risadas quando Nigel leu o cartão-título que dizia *Madison Square Garden, maio de 2001*, e, embora as risadas diminuíssem em vez de aumentar à medida que o esquete continuava, ainda parecia engraçado o suficiente para seguir para a próxima fase por mérito próprio e não apenas porque foi escrita pelo apresentador. Na conclusão do esquete, Noah fez contato visual comigo e acenou com a cabeça uma vez. Balancei a cabeça de volta.

O Queijeiro foi o último esquete da mesa de leitura, quando já havia uma inquietação palpável no ar. As pessoas se levantavam constantemente para usar o banheiro ou esticar as pernas; até mesmo o intervalo tinha acontecido noventa minutos antes. Quanto mais cedo na mesa de leitura seu esquete fosse lido, maior a probabilidade, independentemente da qualidade, de ele ser bem recebido. Por esse motivo, e porque não estava me sentindo muito inspirada quando escrevi o Queijeiro, minhas expectativas eram baixas.

No entanto, eu estava errada; o esquete foi recebido com muitas risadas. E a maior parte pode ser atribuída a Noah. Nas instruções de palco, eu o chamei para cantar os versos que apresentavam os queijos — "Este é um Suíçççço" ou "Aqui temos um Camembert delicioso" —, e ele realmente se esforçou, de uma forma operística. Dei os papéis dos três clientes, que se aproximaram da barraca de queijo um após o outro, para Henrietta, Viv e Bailey, e todos tiveram uma ótima química com Noah. Ou talvez fosse apenas porque todos estavam aliviados por terem chegado ao fim da reunião.

Quando finalmente nos levantamos e as pessoas começaram a jogar fora seus pratos descartáveis e a conversar, puxei meu celular do bolso da calça jeans. Às vezes, é claro, eu tinha o impulso de verificar o celular durante as reuniões, antes de me lembrar que a chance de qualquer mensagem de fora me importar tanto quanto o que estava acontecendo nesta sala ser ínfima.

Minha colega de quarto da faculdade, Denise, tinha respondido: *Sua amiga pode definitivamente tentar chamar o mé-*

dico para sair, mas a maioria dos médicos vai dizer: "Ah, obrigado. Você é muito gentil". E então continuar com a consulta. Basicamente sem nem ouvir direito.

Printei a tela da mensagem, enviei para Viv — que estava a cinco metros de mim, conversando com Nigel e Autumn — e acrescentei: *Obviamente a minha colega de quarto não sabe que a amiga em questão é você e que a lei da gravidade não se aplica*.

Quarta-feira, 21:13

Após a mesa de leitura, Nigel, Elliot, Bob O'Leary e outro produtor chamado Rick Klemm iam para a sala de Nigel no décimo sétimo andar e fechavam a porta. Uma ou duas horas depois, você descobria se seu esquete tinha sido escolhido para o programa de sábado — ou, mais precisamente, se ainda não tinha sido eliminado — quando um estagiário aparecia na sala de reuniões com a lista de esquetes da mesa de leitura com as escolhas grifadas e, sem cerimônia, deixava cópias adicionais na mesa. Enquanto isso, na sala de Nigel, fichas coloridas com títulos de esquetes eram fixadas em um quadro de cortiça na ordem provisória em que iriam ao ar. Todas essas informações poderiam ser enviadas por e-mail, evitando a confusão de pessoas recebendo boas e más notícias, mas essa era outra tradição do *TNO* que Nigel aparentemente não desejava mudar. Normalmente um grupo de pessoas esperava na sala de reuniões para ver a lista, e aqueles que não esperavam rapidamente entravam à medida que se espalhava a notícia de que as escolhas tinham sido divulgadas.

O intervalo entre o término da mesa de leitura e a revelação da programação sempre era meio tenso e esquisito — algumas pessoas deixavam o prédio deliberadamente, incluindo um bando de roteiristas e membros do elenco que jogavam basquete —, mas eu ficava por perto. Não era muito tempo de espera, e eu queria saber o mais rápido possível se estaria trabalhando freneticamente, de forma estimulante, entre este momento e a noite de sábado, ou se não teria muito o que fazer além de assistir às reescritas de quinta-feira. Na maioria das vezes um dos meus esquetes passava da mesa de leitura, e eu estava particularmente otimista nessa semana, mas ainda estava longe de ser garantido.

Na sala compartilhada por Viv e Henrietta, Viv nos fez avaliar sua lesão ocular, que estava desbotando de um ponto vermelho para um amarelo, dependendo da distância. Ela estava tentando determinar os centímetros exatos de onde a lesão era visível.

— Não é tão óbvio assim — opinei. — Eu já teria esquecido se você não continuasse me lembrando.

— Você não está me assistindo em alta definição.

O outro jeito que arranjamos de passar o tempo foi quando Henrietta e eu tentamos convencer Viv de que mandar um e-mail ao oftalmologista e oferecer a ele um ingresso para o programa não violaria sua política de não dar o primeiro passo. Ou que, se violasse, talvez estivesse tudo bem também.

Viv estava deitada no chão se alongando, dobrando e virando a perna esquerda para o lado e pressionando o cotovelo direito contra o joelho, e Henrietta e eu estávamos jogadas no sofá. Olhando para Henrietta, Viv disse:

— É melhor você não usar isso. — Ela estava se referindo ao quadro de Henrietta "Pessoas Heterossexuais Estão Bem?" no News Desk, no qual Henrietta oferecia falsas atualizações sérias sobre a cafonice e absoluta toxicidade de casais heterossexuais famosos. Supostamente para obter material, Henrietta, cuja esposa era uma professora de história da arte chamada Lisa, seguia as fofocas de celebridades com mais avidez do que qualquer outra pessoa que eu conhecia. A ironia de Henrietta ser uma celebridade que, embora extremamente reservada, também ironicamente não estava nas redes sociais, não passava despercebida por nenhum de nós. Por mais que eu tendesse a estar antenada com essas fofocas, Henrietta sempre descobria cada pedacinho primeiro. Foi em uma mensagem dela, acompanhada de um link, que eu descobrira que Danny e Annabel estavam namorando.

— Que tal assim? — Eu disse e li em voz alta o e-mail que estava escrevendo no meu celular. — "Dr. Elman, foi um prazer conhecê-lo ontem, e estou me sentindo bem hoje. Como agradecimento, gostaria de saber se posso oferecer a você um ingresso para o *The Night Owls*, programa em que sou um dos membros do elenco. Me avise se estiver interessado e nós podemos marcar uma data. De qualquer forma, obrigada novamente por sua ajuda. Viv."

— "Me avise se estiver interessado em tirar todas as minhas roupas e me comer, e nós podemos marcar um encontro" — disse Henrietta. — Mas, Viv, você pelo menos tem o e-mail dele?

— Ele me deu, para o caso de eu ter alguma dúvida sobre o meu olho.

— Claro. — Henrietta fez aspas no ar. — "Sobre o seu olho."

— Desculpa, Sally, mas esse e-mail está chato e nada engraçado — Viv disse.

— Concordo, mas é aberto e não toca muito no ponto da coisa do médico. Eu não incluí a palavra *olho* de propósito, mas tem *se sentindo bem*, *interessado* e *marcar* para atrair o cara sem que ele perceba.

— Tá falando sério? — Viv disse.

— Não — respondi. — Bom, talvez. Eu acho que dá a vocês dois o pretexto de que precisam neste momento. Você o está chamando para sair ou expressando gratidão pelo tratamento? Quem pode dizer? E você parece modesta por não assumir que ele sabe que você está no *TNO*, certo? Mesmo que eu aposte que ele saiba.

Viv torceu o nariz.

— Chamar o cara de dr. Elman é tão formal.

— Você sabe o apelido dele? Ted? Teddy?

— Talvez eu tenha dado um stalkeada e encontrado uma mensagem que ele enviou no grupo de ex-alunos da turma de 88 da Penn. Ele tem cinquenta e dois anos e se chama Theo.

— Puta merda, ele tem cinquenta e dois? Não puta merda tipo "como ele é velho"... quero dizer, é meio velho... mas puta merda tipo eu teria chutado uns dez anos mais novo.

— Não ensinei nada a vocês? — Viv parecia divertida e impaciente. — Negros não envelhecem.

— Desculpe — falei. — Mas mesmo assim.

— Você já namorou alguém muito mais velho que você? — perguntou Henrietta.

— Há cinco anos, um cara italiano deu em cima de mim quando eu estava voltando de Paris, e nós saímos algumas vezes. — Ela sorriu. — Você acha que o dr. Theo casou novinho como você, Sally?

Respondi:

— Se ele casou, foi no início dos anos noventa. Quando você estava, o quê, no jardim de infância? Mas eu gostei bastante do jeito dele. Profissionalmente bem-sucedido, mas não na indústria do entretenimento, então ele não vai se sentir ameaçado pela sua carreira. A maioria dos médicos... — E então nossos três celulares explodiram com mensagens de outros membros do elenco e roteiristas nos dizendo que os esquetes tinham sido escolhidos.

Também teria sido fácil, é claro, para alguém mandar uma foto das escolhas, mas ninguém nunca fazia isso. Nós nos levantamos e corremos para a sala de reuniões, e, quando dobramos a esquina, um membro do elenco chamado Duncan me contou:

— Nada mal, Milz.

Danny estava parado em frente à lista publicada, ergueu as sobrancelhas e anunciou:

— Você conseguiu um triplete, Risadinha — Ele ergueu a mão para um *high five*, e eu bati na mão dele.

Incluídos na lista, além da Regra Danny Horst, o Queijeiro e Tagarela, estavam o esquete da Coreógrafa de Noah; um curta digital escrito por Tony e Lianna que juntava fotos de um avô negro consternado que seria interpretado por Jay, assistindo a vídeos de mulheres brancas nas redes sociais mostrando que elas "melhoravam" várias receitas — adicionando passas ao macarrão com queijo ou marshmallows ao quiabo frito; o esquete James Comey; Freira e Padre, um esquete recorrente no qual Henrietta atuava como uma freira apaixonada por um padre interpretado por Hakeem, que esta semana incluiria Noah como o Papa; um esquete de uma roteirista chamada Tess sobre medicamentos falantes em um armário de banheiro; o esquete dos Três Tenores de Joseph; e o terrível esquete Pedalando Até Você, do Bordão. Nem o esquete de pesquisas no Google feitas por cachorros que eu coescrevi com Viv e Henrietta nem meu esquete favorito da mesa de leitura, a de Tony sobre o político branco na igreja negra, passaram. E a probabilidade era que mais dois ou três fossem eliminados. Não havia garantias no *TNO*, mas ainda assim: nunca em nove anos eu tinha conseguido aprovar três esquetes no mesmo episódio.

Um dos roteiristas, Patrick, disse calorosamente:

— É assédio sexual dizer que eu te odeio agora?

Eu e os outros roteiristas cujos esquetes foram escolhidos entramos em uma sala ao lado da sala de Nigel para falar com os chefes de todos os departamentos que tornariam nossas palavras tridimensionais: figurino, cabelo, maquiagem, design de produção e efeitos especiais. Os cenários seriam construídos em um depósito no Brooklyn e depois transportados de volta para a 66, idealmente na sexta-feira, para serem pintados. Enquanto conversava com um cenógrafo chamado Buddy, expliquei: "Sim, uma mistura de pedaços triangulares e rodas de queijo, mas os dois são muito maiores do que o tamanho natural", e então disse a uma mulher do figurino chamada Christa: "Para Tagarela, estou imaginando Noah usando alguma coisa como uma legging com *animal print* e uma jaqueta jeans, então acho que uma vibe meio *glam metal*?".

O resto da semana seria desafiador, exaustivo, desgastante e incrível, e pensei, ao me encontrar com Bob O'Leary para confirmar quais membros do elenco estavam em cada um dos meus esquetes para que ele pudesse coordenar todo o tabuleiro de xadrez maluco do *TNO*, que o que eu dissera a Noah na noite anterior, no que eu havia pensado mil vezes, era verdade: sem dúvida, eu tinha o melhor emprego do mundo.

Quinta-feira, 01:08

Eu estava caminhando em direção aos elevadores para ir embora quando ouvi alguém dizer:

— Ei, Sally — Quando me virei, Elliot (o roteirista-chefe, que era casado com Nicola, uma cantora que tinha vários discos de platina), estava saindo de sua sala.

Eu parei.

Ele disse:

— Programação interessante no quadro de cortiça.

Como Elliot participara da reunião em que a primeira rodada de esquetes tinha sido selecionada, respondi:

— Se você está me dando a oportunidade de agradecer, vou esperar até o programa ao vivo. — Não mencionei que nunca saberia se ele tinha argumentado a favor ou contra qualquer um dos meus roteiros.

— Vou ficar em choque se pelo menos um deles não for ao ar — disse Elliot, o que não parecia particularmente encorajador. Ele acrescentou: — Eu só queria dizer que... sem querer tocar em um assunto sensível... mas espero... — Ele fez uma pausa e me lembrei de que, embora com o tempo Elliot tivesse se transformado em um árbitro cultural bem-arrumado e bem-sucedido, casado com uma estrela pop, ele ainda era, fundamentalmente, um roteirista desajeitado.

E, embora eu mesma também sentisse um certo constrangimento, não iria facilitar as coisas para ele.

— Você espera...? — repeti.

— Que algum dia você possa ser capaz de esquecer o passado.

Se eu tivesse alguma habilidade de atuação, teria dito: "O que isso quer dizer?". Mas é claro que eu sabia a que Elliot estava se referindo; mesmo que ele estivesse errado, eu sabia. Elliot tinha começado no *TNO* um ano antes de mim e era lendário por conseguir o que se tornou um esquete extremamente popular em seu primeiro episódio. Quando entrei, ele parecia um veterano adorado. Em contraste, meu primeiro ano foi turbulento e confuso, muitas vezes eu me sentia intimidada demais até para falar, apenas dois dos meus esquetes foram ao ar em toda a temporada e eu não sabia se seria convidada a continuar. Na semana de agosto após a renovação do meu contrato, alguns meses antes do início da temporada seguinte, em outubro, encontrei Elliot na livraria, ao lado de uma mesa de romances traduzidos, e acabamos tomando café e tendo uma conversa surpreendentemente franca. Eu tinha confessado todas as inseguranças que me atormentavam — minha total falta de experiência em stand-up ou improviso, o fato de não ter frequentado Harvard — e ele disse com naturalidade que era normal, quase todos se sentiam inseguros, até mesmo pessoas que tinham muita experiência em stand-up ou improviso ou que tinham estudado em Harvard, e a trajetória dele era mais anormal que a minha. O *TNO* gostava de talento bruto, disse Elliot. Nigel preferia contratar pessoas para seu primeiro trabalho na TV porque o programa poderia moldá-las. Elliot apontou que eu nem sempre enviava um esquete para a mesa de leitura e perguntou se eu as estava escrevendo e não enviando ou nem mesmo escrevia. Primeira alternativa, respondi. Ele disse que nunca deveria ser eu a rejeitar minhas ideias previamente; eu deveria forçar outras pessoas a rejeitarem-nas. Na verdade, eu deveria enviar no mínimo dois esquetes por semana, mesmo que não achasse que estivessem em perfeitas condições. Existiam tantas variáveis que afetavam o resultado de um esquete — o apresentador, a conjuntura nacional, o humor de Nigel... Além disso, uma ideia sempre poderia ser drasticamente melhorada em sessões de reescrita. Elliot também disse que eu deveria procurar membros do elenco que tivessem começado junto comigo, que fossem tão inexperientes e famintos quanto eu, e devíamos reunir nossos talentos e subir na hierarquia juntos. Nossa hora poderia não ser agora, mas, se persistíssemos, ela chegaria. A única maneira de aprender, disse ele, era fazendo. Elliot não colocou nesses termos, e nem tenho certeza se ele sabia o que estava dizendo, mas seu conselho foi: aja como um cara. Foi um conselho que se revelou inestimável.

Naquela época, ele estava a anos de ser nomeado roteirista-chefe — éramos parte de uma equipe de doze roteiristas —, e nos tornamos amigos íntimos. Não escrevemos juntos, mas na minha segunda temporada no programa fomos editores do trabalho um do outro, fazendo um *brainstorming* prévio e acertando os primeiros rascunhos, e nossa compatibilidade teve o efeito infeliz de me fazer pensar que estávamos apaixonados. Eu não saía com ninguém desde o meu divórcio, que tinha sido oficializado alguns meses depois de eu ter chegado ao *TNO*. Ao contrário da dinâmica com meu ex-marido, Elliot e eu compartilhamos uma taquigrafia, uma sensibilidade geral e o mesmo cronograma incrivelmente estranho. Depois de esconder meus sentimentos por sete meses, confessei meio bêbada meu amor por ele na festa após o final da temporada do meu segundo ano, ele me rejeitou, eu chorei com uma roteirista chamada Stephanie enquanto ela comia um prato de camarão grelhado com gergelim e cebolinha, e nunca mais cheguei perto de Elliot. Nos sete anos seguintes, embora frequentássemos as mesmas reuniões e nos encontrássemos no estúdio, nos falávamos apenas quando era necessário.

Mas eu não ansiava por Elliot nem me ressentia, como sempre imaginei que ele acreditasse. Embora eu tenha ficado magoada e humilhada por sua rejeição, logo percebi que isso me libertou e me ofereceu clareza. Eu nunca mais arriscaria contaminar o *TNO* me apaixonando ou tentando namorar com alguém lá. E essa decisão me fez enxergar que eu escrevia de uma maneira diferente, mesmo inconscientemente, quando buscava a aprovação masculina, a aprovação *sexual* masculina: uma maneira mais tímida, mais reservada, mais nervosa por ser vista como irritadiça ou vulgar. Era o equivalente sintático a se vestir como uma zumbi sexy para o Halloween. Da terceira temporada em diante, abracei minha raiva e vulgaridade. Eu era uma zumbi nojenta.

Comecei a escrever sobre tópicos ostensivamente femininos — pata de camelo e desigualdade salarial, síndrome do ovário policístico e Jane Austen, maconha e mamografias, cintas modeladoras e *Dirty Dancing* e a chamada simpatia das mulheres políticas. Em outubro daquele ano, escrevi meu primeiro esquete viral, Nancy Drew e o Desaparecimento do Acesso ao Aborto, no qual Henrietta interpretava a detetive amadora. Em dezembro, escrevi a segunda, Minha Namorada Nunca Peida, que era um curta digital que intercalava homens em uma despedida de solteiro comentando que suas namoradas e esposas sempre cheiravam bem e eram depiladas com fotos das mulheres grunhindo e suando enquanto moviam um sofá escada acima, se contorcendo no vaso sanitário com diarreia explosiva e dando instruções a uma esteticista que estava depilando suas nádegas. Não tentei ser nojenta só pela nojeira, mas também não tentei não ser nojenta.

Alguns anos depois de não retribuir meus sentimentos, Elliot parecera desenvolver uma amizade quase idêntica com outra nova roteirista, com a diferença de que eu tinha a impressão de que eles *estavam* tendo um caso, mas não durou. Na mesma temporada em que Elliot se tornou o roteirista-chefe, Nicola Dornan foi uma das convidadas musicais do programa, eles começaram a namorar e um ano depois se casaram. Esse desenvolvimento parecia justificar sua aparente crença de que ele não deveria ter se contentado comigo. Muitas pessoas do *TNO* foram convidadas para o casamento, e eu não fui uma delas.

Tudo isso para dizer que, enquanto estávamos no corredor do lado de fora de sua sala, abaixo da foto emoldurada de um lendário ex-funcionário do *TNO* da primeira temporada vestido de coelhinho da Páscoa — muitas dessas fotos adornavam os corredores —, eu sabia que Elliot estava dizendo que ele esperava que algum dia eu pudesse superá-lo.

Tentei parecer não estar na defensiva.

— Honestamente, Elliot, o esquete da Regra de Danny Horst não é sobre você. Não é vingança por você se ter casado com Nicola.

A expressão em seu rosto era simpática e incrédula, o que me fez perceber que teria preferido antipatia e crença. Sombrio, ele falou:

— Você tem qualidades, Sally. Não está fora do jogo, a menos que acredite que está.

Eu estava com tanto ódio dele que quase desonrei retroativamente o conselho profissional sensato, mas não totalmente distinto, que ele tinha me dado anos antes. Eu estava tentando pensar em uma resposta que parecesse educada enquanto, na verdade, funcionasse como uma réplica — *Vá se foder* não era suficientemente inteligente nem sutil — quando Elliot acrescentou:

— Sabe, você deveria tentar chamar a Annabel para fazer uma participação especial no esquete.

Simultaneamente, pensei que ele estava certo; que essa era uma sugestão que Elliot teria considerado brega antes de se tornar o roteirista-chefe, mas agora a participação especial de uma celebridade aumentaria a vida de um esquete na internet e lhe daria pontos com Nigel; e que eu respeitava sua capacidade de colaborar comigo profissionalmente, mesmo quando ele era condescendente no relacionamento pessoal.

— Não é uma ideia ruim — eu disse.

Quinta-feira, 01:51

Depois de subir na cama, deitei de costas, apoiada na cabeceira por dois travesseiros, e toquei no ícone do aplicativo de música no meu telefone. Assim que digitei *No* na barra de pesquisa, as letras foram automaticamente preenchidas para *Noah Brewster*. A primeira música que apareceu foi "Making Love in July", que, aparentemente, apenas neste aplicativo, tinha sido reproduzida quatrocentos e setenta e cinco milhões de vezes. O número não me fez gostar da música, mas, como alguém que se sentia orgulhosa quando um milhão de pessoas visualizavam um dos meus esquetes no YouTube, foi difícil não ficar impressionada. Ouvi algumas das outras canções mais populares de Noah que não reconheci pelo nome — uma se chamava "Sober & Thirsty" e outra "Topanga Sunshine" — e digitei *músicas menos conhecidas de Noah Brewster*. Surgiu uma lista de reprodução de duas horas e quarenta e oito minutos com trinta e nove músicas, feita por outro assinante do serviço de streaming cujo nome de usuário era BestBrewstyFanBarcelona. A playlist tinha zero curtida e o usuário tinha oito seguidores. Apertei o play, coloquei meu celular na mesa de cabeceira e fechei os olhos quando uma música chamada "All Regrets" começou, uma narrativa em primeira pessoa sobre a promessa e a emoção de um novo relacionamento, o desgosto quando ele desmoronou e a tristeza não de ficar solteiro, mas de estar errado mais uma vez em seu otimismo romântico. Tanto a letra quanto a melodia eram diretas, e, embora eu não soubesse o que estava acontecendo com a guitarra, os outros instrumentos ou os vocais de apoio, a música era agradável de ouvir ao mesmo tempo que era devastadoramente triste.

Estaria Noah Brewster triste? Com aquele cabelo e aqueles dentes grandes e brancos? Pesquisei para ver em que ano a música tinha sido lançada — 2013 — e digitei *com quem Noah Brewster namorou em 2013*. Minha pergunta precisa não foi respondida, mas uma avalanche de artigos relacionados apareceu, incluindo uma apresentação de slides com o título "Todas as mulheres famosas com quem vimos Noah Brewster", e uma matéria intitulada "Meu encontro com Noah Brewster", que era o relato de uma fã que transara com ele em seu quarto de hotel depois de um show que ele fez em Sacramento em 2009. A foto anexada mostrava uma mulher bonita com cabelo escuro cacheado e volumoso, vestindo *legging* e uma jaqueta com zíper; ela era, ou tinha sido em 2009, uma nutricionista que assistira ao show dele com um amigo. A fã relatou que Noah tinha sido um amante atencioso, que ela se identificou com a tatuagem celta em suas costas porque passou o primeiro ano de faculdade na Irlanda e que as tentativas de falar com ele após a noite juntos foram um fracasso, ainda que eles tivessem tido uma "conexão incrível". Em seguida, li uma entrevista de 2016 com Noah na Rolling Stone, que incluía vários fatos que eu já sabia de algum jeito, por meio de sua biografia no *TNO* ou por osmose cultural pop: que ele tinha frequentado uma escola preparatória de elite só para meninos em Washington, e era filho de um pai advogado e de uma mãe que trabalhava na área da educação, que inicialmente ficaram preocupados com a decisão dele de não frequentar a faculdade; que aos vinte e poucos anos, depois de se tornar famoso, ele tinha passado por um período de uso pesado de álcool e drogas que culminara em um acidente em Miami, quando todos os membros de sua banda escalaram uma ponte levadiça e o baterista caiu e morreu, depois Noah ficou sóbrio e deu um milhão de dólares para a namorada do baterista para pagar a faculdade de seu filho; que Noah tinha namorado, de 2010 a 2012, uma modelo chamada Maribel Johnson, dez anos mais nova que ele, de uma cidadezinha em Wisconsin e, na época, aparecera na capa da edição de moda praia da *Sports Illustrated*; que sua namorada mais recente tinha sido Louisiana Williams, uma designer de joias das celebridades, embora a viabilidade de sua profissão fosse difícil de avaliar porque ela também era a herdeira de uma fortuna de pesticidas; que ele estava profundamente interessado em arquitetura e procurara encontros com arquitetos importantes que ficaram "impressionados" com seu conhecimento; e que ele estava envolvido com várias instituições de caridade, incluindo uma que financiava reabilitação para pessoas da indústria da música que não poderiam pagar de outra forma. Não foi declarado no artigo que Noah claramente tinha um excelente marqueteiro, ou provavelmente mais de um. Pelas nossas trocas, eu acreditava que ele era genuinamente legal, mas o suposto prazer dos arquitetos em serem procurados por um amador me fez rir.

A essa altura, eu estava na sexta música da seleção de BestBrewstyFanBarcelona, "The Bishop's Garden". Essa era sobre um garoto do ensino médio — a letra dava a entender, mas não confirmava que era Noah — cujos colegas de classe ficavam com garotas da escola vizinha em um jardim murado entre os dois prédios, e contava que o garoto nunca participava disso, mesmo que quisesse. Se a música era autobiográfica, pensei, então certamente a nutricionista de Sacramento e as várias modelos haviam corrigido essa injustiça do passado. Mas, novamente, a música era melancólica e evocativa — me fez pensar nos caras com quem *eu* não tinha ficado no colégio — e não era nem um pouco cafona. Na verdade, era o tipo de música folk e pop de que eu gostava. Se ao menos eu tivesse feito esse mínimo dever de casa vinte e quatro horas antes, pensei, poderia ter respondido sem esforço à pergunta dele sobre quais de suas canções eram minhas três favoritas. Embora a lembrança de me sentar ao lado dele no meu computador revisando seu esquete no meio da noite parecesse um sonho, da mesma forma que a vida no *TNO* muitas vezes parecia um sonho: tão vívida e boba no momento, tão efêmera quando acabava.

Não percebi quando peguei no sono, mas quando acordei, duas horas depois, a luz estava acesa e a playlist ainda estava tocando. Estendi a mão para desligar os dois e voltei a dormir. Quando meu alarme tocou, às nove horas — meu primeiro ensaio, para a Regra Danny Horst, era às onze —, imediatamente comecei a navegar pelo meu celular.

Quinta-feira, 13:06

Eu tinha parado na sala da equipe de maquiagem para aprovar os cílios roxos que Henrietta usaria no esquete Tagarela, junto com um vestido roxo de lantejoulas que ainda estava sendo trabalhado pela equipe de figurino. A própria Henrietta estava em outro lugar, e a pessoa que mostrava os cílios para mim era Francesca Martin, que liderava o departamento de maquiagem havia mais de vinte anos. Quando confirmei que os cílios pareciam bons, Oliver, um membro do elenco que interpretaria James Comey, chegou para ajustar sua prótese nasal, que seria feita de silicone especialmente para ele.

Eu estava indo em direção aos elevadores — prestes a me juntar à sessão de reescrita na sala dos roteiristas — quando chegou uma mensagem de Henrietta para Viv e para mim: *O casal Dannabel terminou?*

Espere, o quê?, respondi.

Viv respondeu: *Ah merda*, acompanhado pelo emoji de coração partido.

Henrietta respondeu com uma captura de tela de um post no Instagram que Annabel tinha compartilhado uma hora antes, uma foto em preto e branco de um busto feminino nu, uma mão com unhas compridas e bem cuidadas posicionada sobre os dois seios de forma que os sustentava enquanto escondia os mamilos. Sobreposta à foto na diagonal, uma única frase aparecia em fonte cursiva:

"Alguns de nós pensam que se agarrar às coisas nos torna fortes, mas às vezes é deixar ir que nos fortalece."

—Herman Hesse

Eu tinha acabado de apertar o botão do elevador quando outra mensagem de Henrietta chegou: *Herman Hesse?!*

Mandei uma mensagem de volta: *Talvez ela goste de romancistas alemães do século 20?*

A citação parece falsa

É tipo "Corra atrás dos seus sonhos" — George Washington

Isso te fez pensar que eles terminaram?

De Viv: *"Podemos fazer coisas difíceis" — Genghis Khan*

De Henrietta: *Pesquisando "separação Dannabel" no Google*

A internet acha que sim

Pq ela não tá usando anel de noivado

Perdi a primeira hora de reescrita por causa do ensaio para a Regra Danny Horst e, como já estava atrasada, pensei: *Por que não chegar ainda mais tarde?* A mesa atrás da qual Danny se sentava durante o News Desk tinha sido guardada, sem pompa, em um corredor aleatório perto dos elevadores, e eu me empoleirei nela para investigar. A internet estava realmente agitada: "Fãs se perguntam se postagem enigmática significa separação de Annabel-Danny", dizia uma manchete, da qual havia muitas variações. Quão idiota eu era por me perguntar, primeiro, como esse acontecimento afetaria meu esquete, e, segundo, como afetaria Danny? Ele parecia normal no ensaio.

Eu estava lendo uma matéria em um site particularmente inútil quando Viv apareceu ao meu lado.

— Trabalhando muito? — Então ela murmurou: — O dr. Theo respondeu.

— Resposta boa ou ruim?

— Me diz você. — Ela me passou seu celular, que estava aberto em um e-mail. Ao iniciar a leitura, ouvi a afinação de um violão através de um amplificador no estúdio.

Querida Viv,

Sua proposta foi muito gentil! Tenho acompanhado o *TNO* há muitos anos e sabia que você era um dos membros do elenco, embora eu quisesse manter o foco em seus olhos durante a sua consulta :). Para que eu aceite um convite social de um paciente, o paciente precisaria mudar para um consultório diferente (ou seja, um médico diferente nesta clínica). Considerando que você já é paciente do dr. Trumbull, a mudança não deve ser custosa, mas quero deixar claro que não posso continuar a tratá-la clinicamente se eu comparecer ao programa.

Muito obrigado,
Theo

— O que tem de ruim nisso? — perguntei. — Ele está sendo responsável.

— Ele foi tão sem entusiasmo. *Muito obrigado* está a um grau de distância de *atenciosamente*.

— Ele está dizendo que não pode se apaixonar por você enquanto ainda for seu médico. Diga a ele que você vai voltar a passar com o dr. Trumbull, e o ritual do amor pode começar.

— Com licença, Viv — disse Trey, um assistente de produção usando um fone de ouvido. — Evelyn precisa de você no figurino para a sua prova da Regra Danny Horst.

Viv olhou para mim.

— Esta é aquela em que eu dependo do meu talento e não da roupa para me deixar bonita na frente do Sr. Muito Obrigado?

— Na verdade, pedi para a Francesca *não* te colocar uma monocelha, então, de nada — retruquei. — E o certo é Dr. Muito Obrigado. — Enquanto Viv caminhava em direção ao departamento de figurino, insisti: — Foi um bom e-mail!

Do estúdio, escutei alguém, provavelmente um músico, dizer: "Um, dois, som, um, dois", e foi então que percebi que a afinação da guitarra que ouvira antes era para o ensaio musical de Noah Brewster. A tarde de quinta-feira era a hora em que os convidados musicais, que obviamente não eram também os apresentadores, apareciam para ensaiar. Esses shows casuais e praticamente gratuitos eram uma grande vantagem de trabalhar no *TNO*, e, quanto maior o show, mais pessoas "simplesmente passavam" pelo estúdio, incluindo funcionários de outros programas da emissora. Várias vezes eu havia parado para assistir a um músico que eu conhecia muito pouco e saído quarenta minutos depois como fã.

Eu me virei e entrei novamente no estúdio, caminhando em direção ao palco principal, que era conhecido como Home Base. O chão em frente ao Home Base era uma confusão de cadeiras de plateia desorganizadas; várias câmeras, incluindo o icônico guindaste que a cada episódio se aproximava para a entrada do apresentador convidado; e paredes cenográficas aleatórias. Os membros da equipe estavam zanzando por ali, enquanto cerca de vinte pessoas observavam Noah, incluindo Autumn, duas de suas assistentes e um membro do elenco chamado Lynette. Eu me sentei em uma cadeira a cerca de cinco metros da borda do palco. Noah, que estava com um violão pendurado no ombro esquerdo — ele usava roupas semelhantes às do dia anterior, camiseta cinza, jeans escuro e tênis preto de camurça —, conversava com o baterista e os engenheiros de som. O baixista estava de um lado dele e o guitarrista do outro, e na parte de trás do palco tinha o tecladista e dois cantores de apoio.

— Muito bem — Noah disse. — Vamos ensaiar "Ambiguous" agora.

"You texted me late", ele cantou no microfone. "Like it hadn't been years..."

Eu nunca tinha ouvido a música, que presumi estar em seu próximo álbum. Foi, de certa forma, enérgico e triste. Noah fechou os olhos enquanto cantava — "This is always your way / Like it is not too late" —, e seu cabelo loiro balançava enquanto ele se movia em algo que não era exatamente uma dança, mas uma espécie de salto rítmico que faziam sentir vergonha alheia. O que era ridículo! Noah não precisava que eu me sentisse envergonhada por ele; isso era o que ele fazia, e tinha feito milhares de vezes em frente a estádios lotados. Depois de abrir os olhos, Noah olhava para baixo de vez em quando, enquanto seus dedos mudavam de acorde, às vezes se afastando do microfone enquanto o fazia. Outras vezes ele olhava para o estúdio e, como eu estava muito perto do palco, logo fizemos contato visual. Um choque passou por mim, semelhante ao que senti durante a mesa de leitura. Mas como Noah Brewster havia conquistado o direito de me desestabilizar?

Enquanto ele cantava, continuamos fazendo contato visual, que se transformou de variável a constante. Noah estava tirando sarro de mim? Provando alguma coisa sobre minha ignorância musical ou seu talento? Ou ele estava tipo fazendo uma *serenata* para mim? No sentido mais literal, Noah estava definitivamente fazendo uma serenata para mim — ele estava em um palco com um violão, e eu estava a alguns metros de distância, e ele estava cantando —, mas o que isso significava? Talvez, como costumava acontecer com as interações humanas, não significasse nada. No entanto, em vez de dissipar o choque induzido pelo nosso primeiro contato visual, um ciclo de realimentação estava ocorrendo em mim, uma consciência vibrante de meu próprio corpo físico.

A música durou provavelmente três minutos e meio e terminou com um floreio de várias guitarras, seus companheiros de banda agrupados e sincronizados com ele, e eu me senti transcendentalmente viva e imobilizada. Foi só quando ouvi outras pessoas batendo palmas, embora não tivesse o suficiente delas no ambiente para atingir uma massa crítica, que percebi que deveria bater palmas também.

Noah sorriu, e pensei que certamente estava sentindo a dor de estar perto de pessoas incrivelmente bonitas. Eu acreditava que tinha me tornado imune, mas parecia que estava tendo uma infecção em grau avançado.

Noah estava olhando para mim enquanto dizia no microfone:

— Obrigado a todos. A próxima é "Inbox Zero".

O celular vibrou no meu bolso, e, quando o puxei, vi que tinha três mensagens do roteirista supervisor, Kirk, que era o substituto de Elliot.

Sally, você pode vir até a sala dos roteiristas, dizia a primeira.

Depois, *Vamos começar a falar sobre o Queijeiro*

Depois, *Onde você está?*

A necessidade de sair do ensaio de Noah foi um alívio e uma decepção. Eu não queria que ele continuasse cantando para mim em sua próxima música. E, também, eu não queria que ele parasse.

Quinta-feira, 13:40

Na rodada de reescritas, quaisquer roteiristas que não estivessem ensaiando, com alguns produtores, se reuniam na grande mesa da sala dos roteiristas, todos com vários lápis recém-apontados e suas próprias cópias impressas dos esquetes. Considerando que o News Desk e o monólogo do apresentador eram provavelmente os segmentos favoritos do público do *TNO*, eles eram trabalhados separadamente e escritos por último, o monólogo principalmente por Elliot e o News Desk por Danny, Hank e Roy.

Quando entrei na sala, eles estavam trabalhando em Freira e Padre, então o Queijeiro seria o próximo. Não mudou muita coisa, embora tivéssemos tido uma discussão acalorada sobre se *provolone* era uma palavra mais engraçada do que *gouda* antes de passarmos para a Regra Danny Horst.

Assim como na mesa de leitura, os esquetes eram lidos em voz alta nas reescritas, e alguns dos roteiristas que desejavam ser membros do elenco as encenavam, mas eu lia superficialmente; Elliot tinha me designado para o papel de Viv. Eu tinha escrito o esquete para que começasse com um casal em um encontro, interpretado por Viv e Gregor, o membro do elenco mais convencionalmente bonito e aquele que sem querer arremessara a luva de forno no olho dela. Eles estavam terminando a refeição em um restaurante italiano e dizendo que estavam se divertindo quando um policial, interpretado por Josh Beekman — ou seja, outro membro do elenco de *TNO* casado com uma estrela, no caso a vencedora do Oscar Imogen —, abordava sua mesa e dizia: "Vocês estão presos por violar a Regra Danny Horst. Um homem pode namorar uma mulher muito mais gostosa do que ele, mas uma mulher não pode namorar um homem muito mais gostoso". Enquanto Viv e Gregor protestavam, Josh os algemava e os outros clientes do restaurante expressavam consternação ou aprovação. Quando Gregor tentava escapar, Josh dizia "Código oito" em seu rádio, então Danny aparecia, também em um uniforme de policial, e falava: "Recebi sua ligação pedindo reforços. Ah, uau, não é uma infração. É um crime".

Quando chegamos ao final do esquete, Elliot disse:

— Quanto mais vezes Josh explica a regra, menos sentido ela faz.

— Sim, Elliot, tenho certeza de que você *não tem ideia* do que se trata a regra — Benji retrucou, e me senti grata por ele ter apontado isso.

— Entendo que sou Joe Schmoe, casado com Nicola — Elliot assumiu. — Admito que tem um elefante na sala. Mas, em termos de lógica, aqui, não existe um contra-argumento de que é louvável um homem bem-sucedido ficar com uma mulher ainda mais bem-sucedida? Ele pode levar uma vida em que as pessoas se curvam a ele, mas nesse relacionamento ele sempre vai ser o segundo violino.

Tony disse:

— Alerta de terapia de grupo. — Frase que alguém quase sempre dizia em algum momento durante as reescritas de quinta-feira.

— Mas é sério — Elliot insistiu. — Quando uma mulher linda sai com um velho nojento e rico, todo mundo aceita que é transacional. Por essa lógica, uma mulher linda namorando um cara comum não deveria ser um sinal de que não é transacional?

— Mas o esquete é sobre mulheres lindas e *poderosas* namorando, entre aspas, caras comuns — eu disse. — Essas mulheres não são ingênuas.

Elliot balançou a cabeça.

— Se você coloca um ponto muito delicado na regra, chama a atenção para a incoerência dela.

Menos porque concordava e mais porque sabia que, entre quatro paredes, Elliot poderia encorajar Nigel a cortar o esquete, deixei claro:

— Não me importo em cortar o diálogo de Josh. A segunda e a quinta linhas podem ser excluídas, sem problemas.

— Onde Annabel diz: "Vamos, querido", para Danny — um redator chamado Alan disse —, essa é a verdadeira Annabel? Se for, devemos fazer mais coisas com ela.

Ele estava certo. No entanto, como eu ainda não tinha perguntado a Annabel se ela estava disposta a fazer uma participação especial, inseri apenas uma fala provisória para ela.

— Espero que seja a verdadeira Annabel — expliquei, e me perguntei novamente se os rumores de separação eram verdadeiros. Eu ainda não tinha visto Danny desde nosso ensaio matinal. — Mas ainda está aguardando definição.

— Supondo que seja ela — Benji continuou —, e se ela seguir a regra?

— Mas não de um jeito que quebre a lógica — acrescentou Lianna.

— Espera aí — interveio Patrick. — E se alguma feminista famosa como Gloria Steinem entrar no restaurante e meio que repreender Viv por estar indignada, e Annabel for a feminista? Ela fica tipo, sim, é absurdo que alguém como Danny vá se casar com alguém como Annabel, mas quem se importa com essa merda em comparação com a desigualdade de distribuição de renda e os direitos reprodutivos?

— Entendi — falei. — Annabel deve ser o fantasma de Susan B. Anthony.

— Com um vestido branco sufragista, uma faixa e um coque grisalho — Patrick disse. — E aqueles copinhos. — Ele era cerca de cinco anos mais novo do que eu, um graduado de Harvard magricela, quieto e barbudo que uma vez comentara comigo que estava tão nervoso antes de passar pela entrevista com Nigel que pensou sinceramente em comprar um pacote de fralda geriátrica. Naquele momento, eu o adorei profundamente.

— Susan B. Anthony não foi cancelada por ser uma vadia racista? — perguntou um roteirista chamado Fletcher.

— Podemos falar sobre isso — eu disse. — Alguém poderia dizer: "Cala a boca, Susan, você foi cancelada".

— Tipo "olha quem fala" — sugeriu Tony.

— Se Annabel é Susan B. Anthony, então Josh ou Danny devem dar em cima dela no final — Elliot propôs. — Tipo... — ele mudou para uma imitação bajuladora de um nova-iorquino — "Ei, Susan, você é um ícone feminista, eu ganho sessenta mil por ano e só faltam doze anos para a minha aposentadoria, o que você acha de a gente fazer uma mágica juntos?"

Contra minha vontade, eu ri. Realmente, honestamente, eu não sentia nada por Elliot, mas tinha algo nele que, se eu pensasse o suficiente, me deixava triste. Eu vivia uma desorientação sobre como nossas sensibilidades se sobrepunham ou não e nos levavam a tirar conclusões opostas. Ele não queria se envolver romanticamente com uma pessoa com quem compartilhava o mesmo senso de humor, enquanto eu não conseguia imaginar nada melhor. Ou talvez Elliot simplesmente tivesse pensado que eu não era bonita. De qualquer forma, a aversão dele me fizera questionar minha visão de mundo e minhas próprias crenças sobre o que atrai duas pessoas em um grau tão extremo que desisti completamente da parceria romântica.

Na sala dos roteiristas, Elliot parecia considerar as reescritas da Regra Danny Horst concluídas, porque pediu:

— Sally, você pode fazer essas alterações e enviar por e-mail para Sheila, Kirk e para mim? Agora nós vamos trabalhar em Três Tenores.

Quinta-feira, 18:18

Durante uma pausa na sessão de reescritas, voltei à minha sala para revisar e encontrei Danny conversando com Annabel de um jeito que parecia normal. Como de costume, ele estava deitado no sofá segurando o celular em frente ao rosto, acenou para mim e disse:

— Oi, Risadinha. — Olhando de volta para a tela, ele falou: — Belly, acho que não precisa ser a mesma coisa.

— Vamos perguntar para a Sally — Annabel disse. — Me vire para ela.

Girei a cadeira enquanto Danny segurava a tela do celular em minha direção. O cabelo ruivo de Annabel estava preso em um coque, e ela usava um moletom de veludo branco e parecia estar sentada no chão de um closet com prateleiras de sapatos de salto agulha de cores vivas bem organizados logo atrás dela. Ela franziu o rosto ao perguntar:

— Um casamento não deveria ter o mesmo número de madrinhas e padrinhos? Não querendo ser homofóbica, independente de quem for se casar. Mas só para equilibrar?

Olhei por cima da tela para Danny, que estava visível apenas para mim e cuja expressão era surpreendentemente séria.

— Isso é mais um costume do que uma regra — respondi. — Um casal pode fazer o que quiser.

— Mas se o Danny tiver apenas Hank, Roy e Tony ao lado dele e eu tiver nove garotas do meu lado, além de provavelmente incluir Farren — eu deveria saber quem era Farren? Será que ela disse Farren ou Darren ou talvez *Farrah*? —, vai ficar desequilibrado!

— E se algumas das suas madrinhas ficarem do lado do Danny?

Antes que Annabel pudesse responder, Danny virou a tela para si mesmo e disse:

— Isso sim é usar a cabeça, Risadinha. Belly, preciso estar no departamento de figurino daqui a um segundo. Você ainda vai estar por aí daqui a uma hora?

— Minha designer de sobrancelha chega às seis e meia, depois estou livre de novo.

— O.k., amo você, minha lua.

— Amo você ainda mais, meu sol.

Assim que ele desligou, sugeri:

— Talvez vocês devessem fugir para se casar.

— É, acho que esse não é o estilo da Belly. — Ele se levantou do sofá e esticou os braços acima da cabeça, revelando o umbigo pálido e peludo.

— Você acha que ela toparia participar do meu esquete sobre você e a regra de namoro?

— Pergunte a ela — Danny respondeu, e, embora eu pudesse ver que ele estava digitando no celular, não percebi até que ouvi o toque seguido por Annabel dizendo "Sim?"; ele tinha ligado de volta para ela. — Sally tem uma pergunta para você. — E Danny novamente virou o telefone para mim.

Eu preferia me comunicar por mensagem ou e-mail a fazer ligações, e, mesmo quando ligava para alguém que conhecia bem, muitas vezes pensava no que diria antes. Dada a delicadeza desse pedido em particular e a personalidade inconstante e alto status de Annabel, eu poderia ter chegado ao ponto de anotar algumas palavras — não seria essa uma das vantagens de trabalhar escrevendo diálogos? Pega de surpresa, deixei escapar:

— Oi de novo. Desculpa incomodar você. Estou trabalhando em um esquete sobre como aconteceu algumas vezes no *TNO* que grandes estrelas como você se apaixonaram por membros do elenco ou roteiristas do sexo masculino, e eu estava pensando...

— Não fique fazendo rodeios — Danny interrompeu, parecendo divertido. — É sobre como garotas lindas ficam com caras que não são dignos delas. Como você é covarde, Risadinha.

— Não indignos — esclareci. — É só que talvez exista uma discrepância perceptível na posição profissional.

Com a voz comovida, Danny repetiu:

— Talvez haja uma discrepância perceptível na posição profissional. — Ainda segurando a tela para mim, ele inclinou a cabeça para o lado dela, mostrou a língua e a mexeu de forma sedutora ou zombeteira. — Sally quer saber se você topa participar de um esquete sobre como sou nojento e você é um espetáculo.

— Amor, você não é nojento — Annabel protestou.

— Não é sobre isso — eu disse. — Você conhece Elliot e Nicola? E Imogen e Josh? O esquete é meio que celebrando essa tendência. E eu tenho certeza de que você está superocupada, mas acho que seria engraçado e o público iria adorar se você fizesse uma participação especial.

— Amor, vire o celular — Annabel pediu, e, quando Danny o fez, ela perguntou: — Você quer que eu faça isso?

— Não me importo.

— Eu iria precisar usar próteses? Porque a cola daquele nariz de marmota me deu uma irritação na pele por literalmente duas semanas.

— Você não precisa usar próteses. Você pode apenas compartilhar seu esplendor natural com o mundo.

Danny virou o celular de volta para mim e, por trás dele, balançou a cabeça, provavelmente por eu ter puxado o saco dela.

— Posso pensar? — Annabel disse. — E eu preciso falar com Veronica.

Assim como não sabia quem era Farren, eu também não sabia quem era Veronica, mas imaginei que fosse uma agente ou empresária.

— Claro — respondi. — E nós podemos colocar a sua equipe em contato com Autumn DiCanio e a equipe dela se você tiver algum pedido especial. Tudo bem se faltar aos ensaios de amanhã, mas, no melhor dos mundos, precisaria estar aqui no meio da tarde de sábado. Tenho certeza de que você lembra da programação.

— Ah, merda, a moça da sobrancelha chegou — ela avisou.

— Muito obrigada por considerar — falei quando Danny encerrou a ligação.

— "Compartilhar seu esplendor natural" — repetiu ele. — Risadinha, você é uma puxa-saco de primeira.

Dei de ombros.

— A razão de você estar para se casar com Annabel não é porque acha que ela é o máximo?

Sexta-feira, 11:03

Desde o momento em que entrei no estúdio para o ensaio do esquete do Queijeiro, que estava prestes a acontecer no Estúdio 4, fui tomada por uma agitação que poderia ser previsível, mas certamente era descabida, e que não sentia fazia muitos anos: eu estava preocupada demais com Noah Brewster. Quando o vi por trás enquanto caminhava em direção ao palco — ele novamente usava camiseta clara e jeans preto —, senti uma tontura de revirar o estômago e acelerar o pulso, à qual estava tão desacostumada que quase não a reconheci. Mas a reconheci. Era o tipo de atração que eu sentia no ensino fundamental e médio, um tremor que dominava o cérebro e o corpo inteiro.

Naturalmente, fingi que nada de anormal estava acontecendo. Acenei com a cabeça brevemente para Noah quando ele se virou em minha direção e, em um tom profissional, cumprimentei:

— Oi, pessoal. Espero que todo mundo esteja se sentindo queiji-nífico. — Além de Noah, havia quatro membros do elenco (os clientes eram interpretados por Henrietta, Viv, Bailey e, como um acréscimo durante as reescritas, Wes) e três vezes mais membros da equipe. Autumn DiCanio e sua assistente Madison também estavam por lá.

Como em outras esquetes, havia um cenário rudimentar, um traço do que existiria na noite seguinte. Eu, como roteirista, também era a produtora (um dos privilégios distintos do *TNO*), enquanto o diretor do esquete era um cara chamado Rick e o gerente de produção era Bob O'Leary. Bob liderava a divisão dos blocos, calculando quem ia para onde em que ordem e se comunicando com a sala de controle sobre os ângulos das câmeras. Embora o elenco tivesse cópias do roteiro, os membros da equipe também ficavam ao lado das câmeras, segurando cartões de sinalização.

Achei que fosse me acalmar enquanto avançávamos, mas minha agitação turbulenta continuou. Por que isso estava acontecendo? Como é que eu tinha desenvolvido uma paixonite consumidora e descompassada por Noah, o falso surfista Making-Love-In-July, Brewster? Em minha defesa, não pensei que a aula de revisão em minha sala tivesse sido a única responsável, nem o ensaio musical no dia anterior. Mas a combinação das duas coisas tinha enganado meu cérebro fazendo-o pensar que existia alguma energia particular entre nós; isso havia me enganado e me deixado *esperançosa*. E talvez, porque eu gostava de ironia e reviravoltas na história tanto quanto os outros roteiristas, a esperança foi estranhamente exacerbada enquanto eu trabalhava no esquete da Regra Danny Horst, que focava a impossibilidade de uma conexão romântica entre alguém como Noah e alguém como eu. Quantas vezes eu vivera partes dos meus esquetes antes ou depois de escrevê-los. Muitos eram autobiográficos, não de uma forma que pretendia ser uma catarse, mas porque esse era o material que eu tinha disponível, e às vezes os que eu não tinha retirado do meu passado acabavam sendo retirados do meu futuro. Por alguns anos, escrevi esquetes sobre uma menina de doze anos que era terapeuta de casais, interpretada por Viv, e, embora meu ex-marido e eu não tivéssemos feito terapia, os esquetes eram uma espécie de lugar seguro para minha inquietação ocasional sobre se deveríamos ter feito. E uma vez eu escrevera um esquete sobre uma mulher que escondeu seu emprego dos ficantes antes de eu mesma fazer isso com os meus. A diferença era que a mulher não era uma roteirista de comédias de TV, mas uma espiã.

O elenco leu o roteiro duas vezes e, depois de repassar suas falas pela segunda vez, esperei soar como uma adulta competente e não uma estudante confusa do ensino médio:

— Ótimo trabalho, pessoal. Ficou superincrível e engraçado. Noah, você está oscilando para um sotaque italiano de vez em quando, e eu acho que não precisa disso... cantar com paixão e sinceridade é o suficiente. Vejo sua vibe menos europeia e mais o tipo de cara que fala sem ironia sobre as linguagens do amor.

— Eu *sou* o tipo de cara que fala sem ironia sobre as linguagens do amor — Noah rebateu, e todos riram.

— Bailey, você pode mostrar mais ceticismo em relação a Noah — eu disse. — E Viv, você está totalmente no personagem.

— Sempre às ordens, capitã — Viv falou.

E Bailey perguntou:

— Tipo ceticismo hostil? Ou como se eu simplesmente não entendesse qual é a dele?

— Hum. — Eu me virei para Rick e Bob.

— Eu voto no último — Bob disse.

— Eu concordo — falei. — Mais como confusão de meia-idade.

— Isso pode ficar meio aleatório — Noah observou —, mas e se eu fizer um dueto com um deles no final? Se um dos clientes for tão cafona quanto eu.

— Ah, amei essa ideia — eu disse. — Henrietta, vamos colocar você para fazer isso.

— Vai ser tu-do — Henrietta vibrou. Quase todos os membros do elenco do *TNO* sabiam cantar de maneira respeitável, e alguns, incluindo Henrietta, tinham vozes verdadeiramente lindas, embora ela raramente usasse a dela desse jeito.

Eu me virei para Noah.

— Mas você pensou em uma música sua de verdade ou eu preciso escrever uma?

Noah pareceu achar graça.

— Se quiser escrever uma música até amanhã à noite, vou adorar escutar.

— Não, vamos com uma que já existe. Tudo bem por você se for "Making Love in July?".

Ele sorriu.

— Sally, eu não esperaria menos de você.

Noah sorrindo, Noah usando meu nome, a capacidade de Noah de ser gentil e normal, enquanto meu estômago revirava — tudo isso era um tanto devastador. Ele se lembrava de que, na tarde anterior, tinha feito uma serenata para mim? Eu deveria nunca mencionar que ele fizera uma serenata para mim? Ele *não* tinha feito uma serenata para mim?

Eu disse ao grupo:

— Vamos mandar os roteiros atualizados para vocês o mais rápido possível. No mais, obrigada novamente, pessoal.

Eu estava fora do palco nesse momento, e Noah desceu e se aproximou de mim. No mesmo tom amigável de antes, ele disse:

— Você ouviu a ideia de Elliot para o meu esquete da Coreógrafa? Acho que não posso culpar ninguém além de mim mesmo.

— Espera aí, qual ideia?

— Sabe quando a coreógrafa sugere colocar uma pantera no meu show? Elliot está consultando Nigel se nós podemos gravar com uma pantera de verdade.

— Nossa. Você está confortável com isso?

— Deus, não. — A testa de Noah franziu. — Você estaria?

— Você com certeza vai ouvir um monte de ativistas dos direitos dos animais. O que eu entendo... às vezes fico estressada por causa dos animais, mas a verdade é que meu momento mais grandioso aqui envolveu uma rena.

— Que esquete foi esse?

Balancei a cabeça.

— Não fui eu que escrevi. Na minha terceira temporada, no episódio logo antes do Natal, Diana Ross foi a convidada musical, e bem no final ela cantou "Joy to the World" e caiu neve falsa das vigas. O elenco estava atrás dela cantando junto, e Nigel apareceu com uma rena que tinha chifres e tudo. Eu sabia que era brega, mas não consegui conter minha felicidade.

— Você estava no palco?

— Por Deus, não. Nunca. Eu estava no set de filmagem.

— De alguma forma, perdi esse episódio, mas parece incrível. E eu nem sou a pessoa que ouviu a fita dos *Maiores Sucessos das Supremes* na escola até ela desgastar.

Eu ri — embora tivéssemos falado sobre isso fazia menos de três dias, eu certamente não esperava que Noah se lembrasse desse detalhe da minha vida — e ele acrescentou:

— Meu melhor show foi em Glasgow, durante uma tempestade louca de verão. Por uma hora inteira caiu uma chuva terrível e tudo e todos ficaram encharcados. Eu, minha banda, os instrumentos, o palco, o público. Estraguei minha guitarra, mas valeu muito a pena.

— Acho que o denominador comum para apresentações épicas ao vivo é um evento climático envolvendo chuva — eu disse, e ele sorriu novamente.

— E nem precisa ser natural — completou Noah. — Pode ser artificial. Você nunca apareceu no palco do *TNO*, então?

— Tem razão — concordei. — E eu nunca apareci. Prefiro ficar espiando nas sombras como um goblin. — Ele fez uma expressão preocupada e eu disse: — Não quis dizer goblin de um jeito ruim. É um motivo de orgulho.

Sua expressão mudou para algo mais gentil quando Noah disse:

— *Goblin* definitivamente não é a palavra que eu escolheria para você.

Com certeza, se eu fosse uma pessoa adepta de provocações na vida real, teria piscado e dito: "*Qual* palavra você escolheria?". Mas eu era adepta de provocações só no papel e falei:

— Enfim, sobre a pantera, se você gostou da ideia, ótimo; se não gostou, diga isso a Elliot.

— E onde fica a diversão nisso?

E então Autumn se materializou perto dele e disse:

— Noah, está na hora de provar o seu smoking.

Olhando para mim, Noah comentou:

— Está vendo como sou chique? Vejo você no ensaio de Tagarela. — Antes que eu pudesse responder, ele saiu.

Peguei meu celular e mandei uma mensagem para Viv:
Aonde você foi

Ela respondeu com uma foto de si mesma sentada na poltrona de seu camarim, fazendo uma expressão animada e segurando uma lata de Coca Diet da mesma forma que uma pessoa seguraria uma taça de champanhe. Em um minuto eu estava batendo na porta do camarim dela.

— Más notícias — eu disse enquanto entrava. — Percebi que Noah Brewster é gostoso.

Ela riu.

— Bem-vinda a 2001.

— Por que ninguém me contou?

— Que um garoto branco e sarado está entre nós? Sally, existem certos insights que uma mulher precisa ter por conta própria.

— Você acha que ele é um idiota arrogante?

— Provavelmente.

— Mas com base no que você trabalhou com ele até agora?

— No jantar de segunda-feira, ele estava bem pé no chão. Contou uma história sobre torcer o tornozelo enquanto fazia parkour com o agente.

Eu queria contar que parecia existir algum tipo de atração entre Noah e eu, mas era vergonhoso porque Viv estava em um patamar diferente do meu e havia opções disponíveis para ela que não estavam disponíveis para mim. E essa discrepância não significava que, se eu descrevesse como tinha sido quando Noah estava em minha sala, ou quando o vi cantar, ou logo após o ensaio em que Viv estava presente, eu precisaria fazer piada da situação? E eu estava realmente pronta para fazer uma piada só para me livrar da minha agitação, ou uma pequena parte de mim esperava que Viv confirmasse que era possível haver uma atração entre Noah e eu? Não que estivéssemos prestes a violar a Regra Danny Horst e começar a namorar, mas talvez pudesse rolar um breve momento de flerte. Exceto que, se pudesse, Viv não teria percebido isso no ensaio?

Em voz alta, eu disse:

— Você respondeu para o dr. Theo?

Viv torceu o nariz.

— A coisa toda de que eu preciso passar com um médico diferente… agora é só mais uma tarefa na minha lista.

— O dr. Theo não disse que o seu olho provavelmente vai sarar sozinho?

Ela assentiu.

— E você já é paciente de outro médico lá, não é?

Ela assentiu novamente.

— Então não precisa marcar outra consulta agora. Você não precisa fazer nada. É só mandar um e-mail para o dr. Theo e dizer que está tudo ótimo, que no futuro você vai voltar no outro médico e que está ansiosa para vê-lo aqui no sábado.

Havia trezentos assentos no estúdio e, para cada programa, os roteiristas ganhavam dois ingressos para distribuir, os membros do elenco ganhavam seis e o apresentador e o convidado musical ganhavam algumas dezenas. Os ingressos restantes não reivindicados pelos amigos famosos de Nigel eram distribuídos ao público por meio de um sorteio ou de um sistema de espera de fãs ávidos, a maioria estudantes universitários ou turistas, dispostos a esperar na calçada por mais de vinte e quatro horas.

— Você o convidaria para a festa, né? — eu disse.

— Não vamos nos precipitar.

— Aliás — falei —, estou tentando colocar Annabel no meu esquete da Regra Danny Horst. Eles não terminaram.

Viv fez uma careta — ela era uma das pessoas que consideravam as participações de celebridades uma bajulação.

— Sim, Henrietta me contou que Annabel postou alguma coisa no Insta dizendo que as pessoas precisam relaxar.

— Não vi isso, mas Danny estava conversando com ela na nossa sala. Você acha que Annabel intencionalmente joga lenha na fogueira, ou ela está só experimentando suas emoções e elas são mal interpretadas?

— Eu não ficaria surpresa se ela tivesse contratado um roteirista de reality show para escrever o roteiro da vida dela.

— Você está falando sério? Isso me deixa apavorada pelo Danny.

— Talvez ele seja o roteirista.

— Tenho certeza de que o relacionamento é de verdade para ele.

— Ah, qual é, como se tivesse uma distinção clara entre real e falso para qualquer um de nós. Não estamos todos interpretando o papel de nós mesmos? — Eu estava de pé a alguns metros de sua poltrona, e ela estendeu o pé direito e bateu levemente com a ponta do chinelo no meu tênis. Viv disse: — Até você, sua pseudopurista dos bastidores.

Sexta-feira, 14:28

E então, porque o *TNO* era como um acampamento de verão onde você encontrava todo mundo o tempo todo repetidas vezes, vi Noah novamente no ensaio para Tagarela, que seria no Estúdio 2; menos de três horas se passaram desde que eu o encontrara no ensaio do Queijeiro. Mais uma vez, uma dúzia de membros da equipe tinha se reunido ao redor do palco, além de Autumn e uma assistente diferente (eu achava que o nome desta não era Madison e sim Addison, e então pensei que com certeza estava inventando isso). Tagarela tinha um elenco maior do que de Queijeiro: Noah interpretando a si mesmo como um jurado convidado; Henrietta, que interpretava a jurada supostamente falante; membros do elenco chamados Jay e Dillon, que interpretavam os jurados masculinos; e quatro outros membros do elenco interpretando competidores, a maioria dos quais cantava apenas um ou dois versos antes que os jurados começassem a avaliar suas performances.

A mesa metálica prateada dos jurados estava em posição, embora muitos outros adereços estivessem faltando. Uma piada recorrente do esquete eram versões simuladas das bebidas patrocinadas pelo programa — copos de cera enormes com logotipos que da última vez foram “Chá Gelado de Hibisco e Ovários de Avestruz da PepsiCo” e desta vez seriam “Cafeína Masculina do Maníaco do Armageddon Sabor Extraforte”.

Às vezes meu alívio e empolgação quando um esquete era aprovado na mesa de leitura eram seguidos no ensaio por uma dúvida avassaladora sobre sua qualidade — era *isso* que eu esperava mostrar ao mundo? — e, depois, à medida que os dias se passavam e o roteiro, cenário e figurinos se juntavam, por confiança renovada. No entanto, quando Tagarela começou, houve muitas risadas promissoras ao longo do esquete, e, a certa altura, notei até a risada de Bob O'Leary.

Então Elliot chegou, e as risadinhas pararam. Ele comparecia com frequência aos ensaios e sua presença muitas vezes diminuía a quantidade de risadas que as pessoas davam. Se era porque todo mundo queria parecer legal para impressioná-lo ou porque ele era um estraga-prazeres, provavelmente dependia da visão de cada um sobre Elliot.

Quando terminamos, depois que o diretor, cujo nome era Abraham, e eu fizemos nossas anotações, Elliot disse:

— Está terminando com um gemido em vez de um estrondo. Ou precisamos aumentar as falas de Jay e Dillon, ou fazer Noah e Henrietta fazerem algo mais dramático.

— Bom... — eu disse. A esquete terminava com Noah e Henrietta fazendo ioga, e a ideia que imediatamente me ocorreu foi ao mesmo tempo óbvia, confiável e, por causa da presença de Noah, um pouco embaraçosa de articular. Mas, porque aproximadamente trinta por cento de mim desenvolvera uma queda por Noah enquanto cento e vinte por cento de mim era uma roteirista de comédia, falei mesmo assim.

— Por que a gente não faz um deles peidar? Ou os dois, e essa é a única vez que Jay e Dillon realmente os escutam?

Dillon disse:

— Ou eu viro para Jay e digo: "Espera, você ouviu alguma coisa?". E ele responde: "Não, acho que não".

— Como alternativa — Elliot disse —, enquanto eu odeio negar alguma coisa a você, Sally, sabe quando as crianças brincam de avião? E se eles estiverem fazendo isso, com Noah no chão segurando Henrietta pelas pernas? Isso é possível, Noah e Henri?

Uma das maneiras de Noah deixar claro que tinha ótimo espírito esportivo foi ele não hesitar antes de se deitar de costas no chão do palco particularmente pouco limpo, seu cabelo dourado cobrindo a poeira e os detritos do *TNO*. Ele levantou as pernas e os braços, e Henrietta se inclinou sobre ele para que seus calcanhares se alinhassem com os quadris dela, as mãos entrelaçadas. Ao dobrar os joelhos, Noah disse a ela:

— Quer que eu tire os sapatos?

— Não precisa — ela respondeu. Henrietta também tinha ótimo espírito esportivo, então ela se inclinou ainda mais e de repente estava suspensa nos pés dele. Ao observá-los, experimentei uma sensação estranha e não imediatamente identificável, embora soubesse que não era boa.

— Conseguimos alguns efeitos sonoros de avião? — Abraham perguntou. — Ou eles fazem os sons com a boca?

— Vrum, vrum — Henrietta fez. — Ah, não, isso é som de carro.

— Vamos tentar dos dois jeitos — eu disse a Abraham.

Repassamos a esquete de novo, do começo ao fim, e, quando chegamos à parte do avião uma segunda vez, eu entendi. Estava com *ciúme*. Não porque Henrietta era famosa e eu não, ou porque ela era objetivamente mais bonita do que eu. Eu estava com ciúme porque ela começou a brigar de um jeito bobo com Noah, para ficar de mãos dadas com ele. Fiquei com ciúme do contato físico e da proximidade. Pensei então em Gene e na foto do pau dele. Pelo jeito já tinha passado da hora de eu ter uma sessão com ele, para afastar exatamente esse tipo de desejo inconveniente.

Depois que Bob, o pessoal das câmeras e a sala de controle decidiram qual câmera cortaria para Noah e Henrietta na pista, o ensaio terminou e eu agradeci a todos.

— Ei, Sally — Noah chamou e acenou para mim do palco, onde Elliot tinha se juntado a ele. — Notícias de última hora sobre a vida selvagem. Acontece que Nigel sugeriu uma cobra em vez de uma pantera.

Olhei para Elliot.

— Tipo a Britney Spears no VMA de 2001?

— Eu sei que ela não é as Indigo Girls ou a Diana Ross — Noah disse —, mas você não acha que uma homenagem à Britney seria muito legal?

Pisquei, tentando determinar o quanto ele estava brincando. Será que Noah era um daqueles raros caras que essencialmente não desgostavam ou tiravam sarro de mulheres, e que também não ignoravam nossa existência, e que também não nos viam principalmente como objetos sexuais? Que ele, estranhamente, não tinha problema algum conosco?

— Por um lado, sim — concordei. — Por outro lado, uma cobra é ainda mais assustadora do que uma pantera.

Olhando entre nós, Noah disse:

— Como os ativistas dos direitos dos animais se sentem sobre as cobras?

— Quem se importa? — Elliot disse.

— Acho que as pessoas protegem menos os répteis do que os mamíferos — opinei.

— Dadas as circunstâncias, prefiro não ofender ninguém — declarou Noah.

Ao mesmo tempo, eu disse:

— O *TNO* não seria *TNO* se ninguém se sentisse ofendido.

E Elliot encerrou:

— Boa sorte com isso.

Quando Bob abordou Elliot com uma questão de agenda, Noah se virou para mim:

— Eu tenho outra coisa para alinhar com você. O futuro da comédia depende disso. Está pronta?

— Espero que sim.

— Isso também é para Coreógrafa. Na parte em que eu arranco a roupa para revelar meu short de couro e colete, alguém do departamento de maquiagem perguntou se eu queria que as minhas tatuagens fossem cobertas com corretivo. Eu disse não porque estou interpretando a mim mesmo, certo? Mas então comecei a pensar demais e cheguei à conclusão que estou interpretando a mim mesmo no ano 2000, quando ainda não tinha nenhuma tatuagem. Então a resposta é sim ou não? — Antes que eu pudesse responder, ele disse: — Eu sei que é uma pergunta boba, mas fiquei preocupado em quebrar alguma regra da comédia que nem sei se existe.

— Se existe uma regra, também não conheço — falei. — Mas de que tipo de tatuagem nós estamos falando? Você tem um dragão gigante no peito ou algo assim?

Ele sorriu.

— Ainda não, embora nunca seja tarde. Não, eu tenho três e são todas comuns.

Ah, sim, pensei. *O símbolo celta sobre o qual li em "Meu encontro com Noah Brewster"*. Em voz alta, perguntei:

— Em que parte do corpo elas estão? — Estávamos parados a cerca de um metro de distância, com Bob e Elliot ainda por perto, e provavelmente soei menos relaxada do que pretendia quando propus: — Quer me mostrar?

— Esta aqui, para começar. — Noah estendeu o braço esquerdo, puxando para cima a manga comprida da camiseta, e na parte interna do antebraço vi uma imagem de notas musicais em uma pauta. — Nada brega, né?

— Essa é de uma das suas músicas?

Ele balançou sua cabeça.

— É "Blackbird". Uma espécie de referência musical para mim.

— Acho que ninguém vai te zoar por "Blackbird". E aposto que essa aí vai aparecer muito sutil na câmera. — A tatuagem tinha alguns centímetros de tamanho, mas o fato realmente notável sobre o antebraço de Noah era que era perfeito. Tanto a pele quanto os pelos quase invisíveis do outro lado de seu braço eram dourados, e ele era musculoso, mas não muito, não como quem toma esteroides. Eu podia aceitar que minha sorte na vida era nunca tocar um braço daquele jeito, mas era tortura estar tão perto dele.

— Depois tem esta aqui — Noah disse, e estava se afastando de mim e erguendo a barra da calça jeans do lado direito, a partir do tornozelo. Tinha um corvo atrás de sua panturrilha, e era muito maior e mais corpulento do que as notas musicais.

— Menos sutil — observei. — Mas provavelmente fora das câmeras.

— A última fica na minha escápula. — Ele olhou para mim. — Tudo bem se eu te mostrar? Não quero ser o cara que arranja um pretexto para começar a tirar a roupa. Juro que só quero saber o que você pensa a respeito.

Novamente fingindo tranquilidade, eu respondi:

— As trocas de figurino durante o programa são tão corridas que acontecem na frente de todo mundo. Portanto, eu não só já vi o pessoal do elenco em todos os estados de nudez como o público também.

— Nesse caso... — Então ele cruzou os braços e puxou as costas da camiseta para cima, não sobre a cabeça, mas de forma que ela caísse sobre os ombros. Havia de fato um nó celta de linhas e círculos pretos entrelaçados, e essa tatuagem era a maior de todas. Será que meus colegas estavam cientes dessa exibição? Não ousei olhar ao redor e quebrar o feitiço. A essa altura, tinha menos de trinta centímetros entre nós, e a pele nas costas de Noah também era terrivelmente, gloriosamente dourada, e também tinha algo estranhamente doméstico no momento, como se fôssemos namorados, parados no banheiro do apartamento que dividíamos, e ele tivesse me pedido para olhar uma marca vermelha em suas costas porque estava em dúvida se era uma picada de carrapato, e também me perguntei pela primeira vez se isso *era* um pretexto. Se ele estaria usando um colete, provavelmente cobriria suas costas.

No entanto, porque parecia uma oportunidade única na vida, enquanto ainda estava atrás de Noah, estendi a mão e pressionei a ponta do dedo na tatuagem.

— Você quer dizer esta aqui? — perguntei.

Claro que ele quis dizer aquela ali.

— Sim.

Nunca senti tanta vontade de me esmagar contra outra pessoa, de arrancar a roupa de alguém assim. E Noah não era cúmplice? Não tinha avançado cerca de treze por cento do caminho para ficar nu? Ou eu estava delirando e ele estava acostumado, como os membros do elenco, a ter seu corpo exposto e apalpado? Meu dedo ainda estava tocando sua tatuagem. Engoli em seco, dobrando os outros dedos, e pressionei o resto deles em sua pele perfeita. Com calma, eu disse:

— Eu também não me preocuparia com essa. — Ao afastar a mão, acrescentei: — Embora eu goste da palavra *pretexto*. Talvez eu deva começar a usar.

Noah puxou a camiseta para baixo e, quando se virou para que ficássemos de frente um para o outro, falou:

— Fique à vontade. Meu pai é advogado, e aprendi isso com ele. Espero que você não tenha perdido todo o respeito por mim por causa da simplicidade das minhas tatuagens. Eu as fiz com alguns anos de intervalo entre elas, faz um bom tempo.

— Acho que sei de uma coisa que vai te tranquilizar. — Eu estava vestindo uma jaqueta de lã aberta, que tirei, então levantei a manga direita da minha camiseta e inclinei o braço na direção dele, com o cotovelo projetado para fora.

Olhando para o meu bíceps, ele perguntou:

— Isso aqui é um... rato?

— Na quarta série, a minha turma tinha um hamster chamado Barnaby, que eu amava tanto que falei para a minha mãe que queria fazer uma tatuagem dele. Ela disse que se eu prometesse esperar até os 21 e ainda quisesse, ela faria uma comigo. Obviamente, quando fiz 21 anos, a *única* razão pela qual eu ainda queria uma tatuagem de hamster era para fazer minha mãe cumprir a parte dela do trato.

Assim como eu, Noah estendeu os dedos — eles também eram perfeitos, longos, finos e retos —, e, quando eles roçaram minha pele, pensei que, se pudesse viver nesse momento para sempre, eu viveria. Mas ele os retirou rapidamente. E falou:

— Então é por isso que está escrito *Mãe*.

— Na dela estava escrito *Sally*, mas a parte incrível é que nós não combinamos. Fizemos separadas, em salas diferentes, para surpreender uma à outra. E quando nós percebemos o que tínhamos feito... — Fiz uma pausa. Isso tinha sido quinze anos antes, em algum lugar no centro de Kansas City, e depois nós comemos enchiladas no almoço. Como minha mãe não era uma pessoa exibicionista ou performática, levei muito tempo, até a faculdade, para perceber quão inteligente e engraçada ela era, e também quão generosamente compassiva. Sempre que eu descrevia as coisas vergonhosas que tinha feito, ela dizia: "Ah, eu me imagino fazendo a mesma coisa" ou "Acho que quase todo mundo se sente assim".

Para Noah, eu disse:

— Quando nós percebemos que ela tinha feito seu hamster com um balão de fala escrito *Sally* e eu fiz o meu escrito *Mãe*, comecei a rir e ela começou a chorar. E ela não era uma daquelas mães que choram o tempo todo. Mas agora eu entendo por que ela fez isso.

A expressão de Noah ficou séria.

— Sua mãe... ela...?

Eu sabia o que ele estava perguntando.

— Ela faleceu em 2015.

— Sinto muito.

— Obrigada. — Coloquei minha jaqueta de lã de volta sobre os ombros. — Independente de quando fez suas tatuagens, não acho que você precise cobri-las. As pessoas não fazem *fact-checking* dos esquetes. E vai ter tanta coisa acontecendo que você pode simplificar o que for possível.

Sexta-feira, 16:39

O carro estava, aparentemente, estacionado em frente à entrada principal do 66 na West 50th Street — em outras palavras, não em uma vaga, o que significa que só Deus sabe o que a equipe de Annabel tinha feito para evitar que o veículo fosse rebocado imediatamente. Depois de convocar Danny para descer do décimo sétimo andar, Annabel, que estava sentada no capô, saltou para dar um beijo apaixonado nele, enquanto os paparazzi, que eram mais de uma dúzia, clicavam com suas câmeras e gritavam perguntas sobre o preço do carro e a data do casamento. O carro em si era um Mercedes-AMG G 65 prateado, uma coleção de letras e números que não significavam nada para mim, embora Henrietta tenha relatado que a internet disse que custou duzentos e vinte mil dólares. Acontece que eu sabia, embora não tivesse certeza se Annabel ou o público geral sabia, que Danny não tinha habilitação.

Não testemunhei nada do espetáculo pessoalmente porque estava ensaiando para Tagarela, tentando me comportar como uma pessoa normal perto de Noah. No entanto, quando encontrei Danny em nossa sala, foi ele quem me mostrou as fotos do perfil de Annabel no Instagram, que destacavam os lábios deles colados um no outro em primeiro plano e o carro ao fundo. Essas fotos não foram tiradas por um paparazzi, mas por um fotógrafo contratado por Annabel presente em quase todos os seus eventos públicos. Na primeira foto estava a frase *Amo meu bb*, e a resposta de Danny nos comentários abaixo era *Te amo, minha garota lunar*.

Eu disse:

— A parte estranha é que eu ouvi dizer que você e Annabel terminaram ontem. — Danny e eu estávamos sentados lado a lado no sofá, e, embora ele negasse ter acabado de arrotar, o ar estava impregnado com o cheiro de sanduíche de pastrame com chucrute meio digerido.

— Não, nós terminamos. — Seu tom era comedido. — Mas só por meia hora.

— Vocês já terminaram outras vezes?
— Um monte.
— Tem sido estressante?
— Não sou eu que quero as coisas desse jeito.
— É sempre Annabel que quer terminar?
— Sim, mas também é ela quem pede para voltar. Annabel fica com ciúme, o que é uma loucura porque eu não poderia ter alguém melhor do que ela. Uma vez eu disse que, quando ela usava o cabelo todo puxado para o lado, parecia a Bethany Brick e ela surtou.
— Quem é Bethany Brick?
— Essa foi a pergunta dela também. Me diga que você não assiste à pornografia sem me dizer que você não assiste à pornografia.
— Acho a narrativa um tanto insatisfatória — eu disse.
— Sim, mas acho que você não entendeu qual é o ponto. De qualquer forma, mais uma vez eu disse a Annabel que não fico com ciúme, e foi como se ela tivesse ciúme por eu não ter ciúme. Só quis dizer que sei que ela está fora do meu alcance. Já excedi meus sonhos mais loucos. — Nós dois ficamos em silêncio e ele conclui: — Isso tudo deve parecer tão estúpido.
— Não, não — falei rapidamente. — O esquete sobre a Regra Danny Horst sou eu ficando chateada com os padrões duplos da heterossexualidade. Não é um comentário específico sobre o seu relacionamento com Annabel.
— Mas todos os altos e baixos entre Belly e eu... eles provavelmente devem parecer muito juvenis para você.
— Já te disse que casei quando tinha vinte e poucos anos?
— Tá falando sério? Porra, Risadinha!
— Eu não pensei nisso na época, mas tanto o casamento quanto o divórcio foram pacíficos. Meu ex-marido e eu éramos o oposto de você e Annabel. Éramos muito calmos e contidos, e veja aonde isso nos levou... não falo com ele há quase dez anos. E eu não descobri muitas coisas desde então.

Não tenho ideia do que faz um casal ficar junto ou se separar, então quem sou eu para julgar?

— Que outros segredos do seu passado você nunca mencionou? Você atirou em um homem em Reno[3] só para vê-lo morrer?

— Eu acho que você tem que confiar nos seus instintos — lancei.

— Eu queria perguntar se você gostaria de ser minha *padrinha*. É tipo um padrinho com vagina.

— O quê? Para igualar os números com as madrinhas da Annabel?

— Em parte, mas também porque eu quero muito que você esteja lá.

Virei a cabeça para ele e sorri.

— Então com certeza. Vai ser uma honra.

Ficamos em silêncio novamente, e foi um silêncio agradável, antes de eu falar:

— Preciso de uma carona até Poughkeepsie, mas não lembro... você tem carro?

Danny riu.

— Vá se foder, Risadinha — ele disse, de um jeito carinhoso.

Sexta-feira, 17:07

— Fiz exatamente o que você falou — Viv disse. — Mandei um e-mail para o dr. Elman, dizendo: "Oficialmente não sou mais sua paciente, seu nome vai estar na lista VIP, até amanhã". — Estávamos em seu camarim, antes de ela ir para a prova de roupa da Irmã Colleen.

— Ele respondeu? — perguntei.

— Ele fez uma piada sobre precisar tirar uma soneca no sábado para ficar acordado até tão tarde, o que... — Ela cur-

3 Referência a trecho da música "Folsom Prison Blues", de Johnny Clash, "But I shot a man in Reno [...]". [N. E.]

vou o lábio superior e dilatou as narinas. — Lembra quando falei que o dr. Elman parecia um idiota de meia-idade naquela foto do site, mas ele era muito gostoso pessoalmente? Talvez ele pareça um idiota de meia-idade porque é um idiota de meia-idade. Ele também disse que iria chegar aqui tocando sininhos.

— Achei isso bem fofo — eu disse. — Abra o seu coração.

Viv revirou os olhos.

— Diz a mulher que está basicamente namorando um pênis sem corpo.

Sexta-feira, 20:07

— Sally, acorda — uma voz feminina disse. — Você tá me ouvindo? Acorda porque tenho uma fofoca incrível! — Enquanto esperava os cenários dos meus esquetes serem transportados do armazém até o estúdio, deitei para tirar uma soneca em minha sala e, quando abri os olhos, Henrietta estava ajoelhada ao meu lado. Em um tom de alegria legítima, ela disse: — Noah Brewster usa peruca!

Eu estava de costas e me apoiei nos cotovelos.

— Espera aí, o quê?

— Aquele cabelo lindo dele é falso! Eu tenho que dizer que a qualidade é impressionante. Você acha que ele usa peruca desde que ficou famoso ou que o cabelo começou a ficar ralo com a idade?

Me sentei, peguei minha garrafa de água no parapeito da janela, tomei um gole e disse:

— Como você sabe disso?

— Terrance estava planejando o penteado do meu cabelo para o Queijeiro, e Gloria o puxou para dizer algo confidencial, mas eu juntei as peças. Parece que Noah não contou nada sobre isso para Gloria, e é um problema porque em pelo menos dois esquetes ele precisa usar uma peruca. Então ele vai usar a peruca, depois uma touca e depois uma segunda peruca. — Ela bateu palmas. — Vai ser um sanduíche de peruca!

— Como é o cabelo real dele?

Henrietta se sentou sobre os calcanhares e deu de ombros.

— Imagino que deva ser calvo.

Era estranho que esse conhecimento me fizesse querer proteger Noah? Isso o fazia parecer vaidoso e inseguro de maneiras que eram mais compreensíveis do que engraçadas.

— Honestamente, eu não contaria isso a mais ninguém — sugeri. — Pode tirar o foco.

— Mesmo? — O que ela disse a seguir me fez lembrar de ter dito a Noah que eu não era uma idiota antes de dizer a ele que eu era, sim. — Porque eu tinha certeza de que você iria se divertir.

Sábado, 13:55

A princípio imaginei que Annabel estivesse apenas atrasada. A passagem final era a primeira vez que qualquer pessoa no *TNO* vivenciava o programa da semana como um todo, embora sem maquiagem, alguns figurinos finais e efeitos especiais, e também o último ensaio antes do ensaio geral. O ensaio geral aconteceria às oito da noite em frente a uma plateia, que seria então trocada por outra plateia para o programa ao vivo, às onze e meia da noite.

Quando a abertura começou no Home Base, com Oliver interpretando Comey, corri para fora da sala de cartazes, onde estava verificando as alterações, em direção ao Estúdio 1, onde Queijeiro era o quarto esquete na programação. No corredor, passei por Danny fantasiado de policial e perguntei:

— Ei, Annabel está no seu camarim?

— A equipe dela iria avisar a Autumn quando eles chegassem aqui.

Ao entrar no estúdio, olhei em volta e não vi Autumn; era provável que ela estivesse no espaço estreito atrás do Home Base com Noah, aguardando antes que ele desse sequência em seu monólogo. Comecei a digitar uma mensagem, percebi que não tinha o número de Autumm e abri meu e-mail. Digitei o endereço dela e uma frase na linha de assunto — *preciso de Annabel no Estúdio 3 para o segmento 5* — e cliquei em enviar. Então pedi a um assistente de produção para descobrir onde Annabel estava, e ele foi procurá-la rapidamente. A abertura seguiu para a banda da casa tocando a trilha sonora do programa por cima do que seria a voz do locutor, cujo nome era Rusty, lendo os créditos de abertura. Mas Rusty não aparecia antes do ensaio geral, então era a assistente de direção Penelope exclamando: "E seu apresentador, Noah Brewster. Senhoras e senhores, Noah Brewster!". Noah saiu pela porta em direção ao palco em um smoking e sacudiu os punhos no ritmo da banda da casa, e tentei não notar, mais uma vez, como ele era escandalosamente bonito. Então pensei: *Espera, sério mesmo que isso é uma peruca?*

Quando ele começou seu monólogo dizendo: "Estou completamente emocionado por apresentar o *The Night Owls* esta noite", examinei o fio do cabelo e as camadas loiras que emolduravam seu rosto, as mechas atrás das orelhas. Eu nunca saberia, na verdade. Me perguntei se Henrietta poderia ter entendido mal, mas parecia improvável. E então Elliot apareceu no palco e eu pensei *Elliot? Como assim?* Como eu, Elliot não aparecia em frente às câmeras; em seu cerne, ele também era um roteirista, não um artista. Mas acabou que a premissa do monólogo era que o roteirista-chefe do *TNO* pensava que Noah estivesse lá como convidado musical e não como apresentador, e Noah estava tentando explicar que ele era as duas coisas. Eu não tinha certeza do motivo de Nigel não ser a pessoa a ocupar o papel de Elliot. Noah e Elliot desenvolveram algum tipo de amizade na última semana que precisava ser comemorada de forma ilustre?

Após o monólogo de Noah, uma versão preliminar do curta-metragem digital das receitas das mulheres brancas foi ao ar nos vários monitores pendurados por todo o estúdio, então chegou a hora do esquete do Queijeiro no Estúdio 1, que seria seguida diretamente pelo esquete da Regra Danny Horst no Estúdio 3. Quando Queijeiro começou, eu estava fora do set, segurando o roteiro aberto contra o antebraço esquerdo e um lápis na mão direita. Usei a mão esquerda para checar rapidamente meu e-mail e ver se Autumn tinha respondido; ela não tinha.

A passagem era mais descontraída do que o ensaio geral, no sentido de que tinha pausas e repetições — alguns esquetes aconteciam duas vezes seguidas — e eu ainda poderia fazer alterações com base em meu próprio julgamento. Para o ensaio geral, cada roteirista assistia ao seu esquete *com* Nigel em um pequeno espaço preparado para ele sob os assentos da varanda, uma espécie de caverna na qual ele se sentava em uma cadeira de diretor, bebendo vinho rosé, os olhos vidrados no feed de um monitor para que ele assistisse aos esquetes como os espectadores veriam em casa. Também presentes, assistindo com Nigel, estariam um ou dois de seus assistentes, alguns produtores seniores, Autumn e às vezes uma das celebridades mais próximas de Nigel (as celebridades menos próximas eram convidadas para assistir ao programa ao vivo em seu estúdio particular). Essas eram as pessoas que presenciavam os feedbacks de Nigel aos roteiristas, o que significava que o roqueiro septuagenário de uma das bandas mais famosas do mundo já tinha ouvido Nigel me dizer com naturalidade: "Quando Viv manda Henrietta tratar sua infecção fúngica com um dente de alho, suponho que ela queira dizer para enfiar o alho na vagina, mas a linguagem atual não está clara". Antes do ensaio geral, eu sempre passava o desodorante que guardava na necessaire, porque nunca suava tanto quanto ao assistir a um dos meus próprios esquetes com Nigel.

Na passagem do Queijeiro, como no ensaio anterior, Noah mergulhou no papel, e uma tela verde atrás dele foi substituída nos monitores por uma imagem de ratos correndo festivamente pela loja. Mesmo quando seu dueto com Henrietta fluiu perfeitamente, continuei rodando e vasculhando o estúdio em busca de Annabel. O esquete terminou e Bob O'Leary, que estava assistindo a alguns metros de distância, disse para mim:

— Algum comentário ou nós podemos seguir?

Olhei para os membros do elenco e disse:

— Wes e Viv, vocês podem ficar mais perto de Bailey? Vocês estão muito longe. No mais, façam exatamente assim no ensaio geral e no ao vivo. — Olhei de volta para Bob. — Annabel Lily teria que participar do próximo esquete, mas não tenho certeza se ela já está aqui.

Bob disse em seu fone de ouvido:

— Alguém pode me dizer se Annabel Lily está no estúdio? Procurando por Annabel Lily para Regra Danny Horst no Estúdio 3. — Sua voz era audível pelos alto-falantes em todo o estúdio, inclusive nos camarins, eu sabia.

Noah estava literalmente sendo levado pela mão por uma moça do departamento de figurino chamada Peggy, que sempre acompanhava o apresentador durante as apresentações. Sem dizer nada, ele estendeu a mão direita livre para um soquinho, e eu levantei a minha até a dele. Dado quão afetada por ele eu estava, esperei sentir faíscas ao tocá-lo; não senti nada, e então ele foi embora, para onde quer que Peggy o estivesse levando.

Enquanto Bob e eu caminhávamos em direção ao Estúdio 3, percebi quando ele recebeu uma resposta em seu fone de ouvido, embora eu não pudesse ouvir. Ele se virou para mim e falou:

— Annabel não está aqui. Que tal se Lynette ou Bianca a substituírem?

Que furada, pensei, e disse:

— Bianca. — Bianca era um membro do elenco do primeiro ano com vinte e poucos anos, ou seja, a idade de Annabel, ou até mais jovem.

Bob disse em seu fone de ouvido:

— Sally falou que vai ser Bianca. Você sabe onde ela está? — Depois de uma pausa, ele disse: — Ótimo, mande-a para cá.

E então a Regra Danny Horst começou: Gregor e Viv em seu encontro no restaurante, rindo e sorrindo, Josh em seu uniforme de policial aparecendo para prendê-los. Minha preocupação com a ausência de Annabel dificultou minha avaliação de como estava indo, especialmente quando Danny entrou em cena. Cerca de trinta segundos depois, Bianca apareceu vestindo Crocs, jeans e um top preto, e anunciou que ela era Susan B. Anthony, lendo os cartazes tão suavemente que eu duvidava que alguém de fora soubesse que ela tinha sido informada de sua participação nos cinco minutos anteriores. Quando o esquete terminou, eu disse:

— Muito obrigada por quebrar o galho, Bianca. — Fiz um rápido contato visual com Danny. — No geral, foi consistente — continuei —, embora Josh tenha entrado um pouco atrasado. Não espere Viv e Gregor terminarem as falas. Pode entrar e interromper.

— Entendi — disse Josh.

— Quer passar de novo? — Bob me perguntou.

Era minha imaginação ou tinha uma energia estranha emanando de Danny?

— Acho que nós estamos bem — conclui.

Enquanto todos se dispersavam, Bianca se aproximou de mim.

— Eu queria te falar — ela começou —, esse esquete passa uma mensagem muito importante. É engraçado, mas também é tipo, que porra é essa? Porque a regra é uma coisa real aqui. Estou feliz que você esteja falando sobre isso, e estou feliz que agora eu posso fazer parte.

— Ah... — fiz uma pausa. — Obrigada. Mas, desculpe, o plano ainda é que Annabel esteja no esquete no ensaio geral e no ao vivo. Acho que ela só está atrasada.

Quase tão rápido quanto a expressão no rosto de Bianca se entristeceu, ela se recompôs.

— Sim, claro. Não, isso faz sentido.

— Eu realmente sou grata por você tê-la substituído, e eu adoraria trabalhar com você em outro esquete em breve...

— Sim, sim — Bianca respondeu rapidamente. — Claro, eu também. — Ela disparou para longe.

Quando o esquete seguinte começou — era no Home Base, aquela em que Viv era freira e Hakeem era padre —, verifiquei meu e-mail novamente e vi que Autumn tinha respondido. Seu e-mail dizia: *Annabel não está aqui.*

Não me diga, pensei. Fui até o banheiro — meu próximo esquete, Tagarela, só aconteceria depois das onze horas — e senti o constrangimento do mal-entendido com Bianca se agarrar a mim enquanto fazia xixi e lavava as mãos. Eu nunca tinha sido um membro do elenco, mas também já vivera o primeiro ano no *TNO*, e me lembrei de como parecia que ter ou não uma oportunidade não era determinada por qualquer coisa que eu fizesse, mas pelo que as outras pessoas mais seniores permitiam.

Quando voltei ao estúdio, Noah estava tocando sua primeira música, que era aquela com a qual ele tinha ou não tinha feito uma serenata para mim. Por causa da iluminação, eu sabia que ele não podia ver além das primeiras fileiras de cadeiras, agora organizadas em linhas ordenadas. Fiquei atrás dos assentos do fundo com os braços cruzados e, ao ouvi-lo cantar e vê-lo tocar violão, senti o respeito que muitas vezes sentia no *TNO* por pessoas que não apenas sabiam fazer coisas que eu não sabia como eram tão boas nessas coisas que as faziam parecer fáceis.

Depois da primeira música de Noah, fiquei onde estava, assistindo ao News Desk com um Danny inexpressivo de paletó e gravata. Quando ele entrou no set para se sentar atrás da mesa, a *legging* rosa claro que ele usava na metade inferior do corpo em vez de calça de terno estava visível. Eu me perguntei qual seria a desculpa de Annabel — talvez a massagem de aromaterapia tivesse atrasado, ou talvez ela estivesse fazendo um plasma facial. Não que fosse incomum, mas Danny mal esboçou um sorriso enquanto dizia suas falas.

Então veio o esquete da Coreógrafa de Noah, que era divertido e bobo, e que terminava com Noah rasgando sua camisa e calça para revelar o short de couro preto e o colete de couro que expunha a barriga, mas o que realmente estava sendo revelado eram sua barriga tanquinho e braços e pernas definidos; a tatuagem no antebraço era quase imperceptível. Como se a visão de seu corpo dourado não fosse suficientemente estimulante, durante o que seria um corte da câmera, um cara do departamento de adereços colocou uma longa cobra verde em volta do pescoço e dos ombros de Noah. Demorei alguns segundos para perceber que a cobra era de borracha. Noah agarrou as duas pontas dela e mexeu os quadris de uma maneira falsamente sensual que não achei tão ridícula quanto eu sabia que deveria achar, ou talvez ele fosse tão atraente porque não tinha medo de ser ridículo.

Então chegou a hora de Tagarela, e, embora Noah e Henrietta estivessem animados quando sua tolice culminou na parte do avião, senti uma clareza profunda e incômoda de que o esquete não era bom o suficiente; não estava provando nenhum ponto que as repetições anteriores de Tagarela não tivessem feito, e melhor. Eu também sabia que não iria começar a revisar o roteiro descontroladamente tão perto do ensaio geral e do ao vivo. Alguns roteiristas continuavam fazendo alterações o máximo que podiam, mas eu acreditava que em certo ponto os ganhos potenciais de qualidade viriam a partir da familiaridade e conforto do elenco com o roteiro.

Depois de Tagarela foi o terrível esquete do Bordão, durante o qual tive a desagradável experiência de perceber que

Bordão podia simultaneamente andar de monociclo *e* fazer malabarismos, o que me impressionou mesmo contra a minha vontade; depois veio o segundo ato musical de Noah, a música chamada "Inbox Zero"; em seguida, o esquete do armário do banheiro, que me pareceu ter cerca de setenta e cinco por cento do potencial total em termos de escrita; depois os Três Tenores. Então, Noah reapareceu no Home Base e disse:

— Obrigado por participarem deste ensaio, que foi supertranquilo em todos os aspectos.

Pelos alto-falantes, ouvi a diretora-assistente Penelope dizer:

— Terminamos, pessoal.

Bob, Nigel, Autumn, Penelope e Elliot caminharam para o chão em frente ao Home Base, e Noah saiu do palco e começou a falar com eles. Tentei me aproximar discretamente de Autumn pelas costas, tocando em seu cotovelo. Quando ela se virou, murmurei:

— Annabel ainda vem para o ensaio geral e o ao vivo, né?

Autumn franziu a testa e balançou a cabeça. As outras pessoas na conversa ficaram quietas e estavam olhando para mim.

Eu disse:

— Só estou tentando descobrir o que está acontecendo com Annabel Lily.

— Annabel não vem hoje — Autumn respondeu. — Ponto-final.

— Por que não? — perguntei.

— Porque ela teve um imprevisto.

— Posso tentar falar com ela — Noah disse.

— Ou Danny pode tentar — falei, ao mesmo tempo em que Bob disse:

— Noah, você vai estar muito ocupado até o horário do ao vivo.

— Não tem problema — Noah retrucou. — Eu meio que a conheço.

Com uma voz muito mais calorosa do que a que ela usou para se dirigir a mim, Autumn disse:

— Isso está acima e além de você, mas adivinha só? Está na hora de conhecer a sua cobra. — Ela olhou entre os outros. — O manipulador recomenda que Noah e a cobra tenham um tempo para se acostumarem um com o outro.

Meus olhos encontraram os de Noah quando falei:

— Espera, você *vai* usar uma cobra de verdade?

Ele sorriu.

— Me garantiram que não é venenosa.

Elliot deu um tapinha nas costas de Noah.

— Vai ser incrível, cara.

Bob comentou:

— Nos últimos trinta e sete anos, só perdemos, o quê, Nigel? Três apresentadores? Quatro?

Friamente, Nigel disse:

— Não mais do que isso. — Então ele olhou para mim: — Um bom programa para você esta noite, Sally.

Sábado, 18:01

Eu estava de volta à sala dos cartazes quando meu telefone vibrou com uma mensagem de Henrietta: *AI MEU DEUS Annabel e Danny terminaram de verdade?!?!!! Danny está bem?*

— Ah, merda — eu disse em voz alta e me virei para o cara dos cartazes mais próximo de mim. — Eu já volto.

Corri para o camarim de Danny e bati várias vezes na porta. Não houve resposta, mas, quando girei a maçaneta, vi Danny deitado de bruços no sofá de veludo marrom. A sala tinha cerca de um metro e oitenta por dois, uma caixa sem janelas com um balcão de fórmica sob a parede espelhada, e Danny fizera pouco para personalizar o espaço além de instalar o sofá de dois lugares. Suas pernas estavam penduradas, e ele ainda estava usando o blazer da News Desk.

— Danny, sou eu.

Quando ele virou a cabeça, seu rosto estava vermelho e molhado de lágrimas.

— Eu acho que você ficou sabendo — ele disse.

Depois de me empoleirar na beirada do sofá — Danny estava ocupando tanto espaço que minha coxa direita estava apertada contra seu quadril esquerdo —, senti o cheiro dele. Mas era um cheiro que eu conhecia, humano e não repugnante; me parecia familiar.

— Sinto muito — falei. — Mas você acha que *acabou* acabou? Considerando a história de vocês...

— Lembra na noite da eleição, quando era tipo o pior que *poderia* acontecer? E então de repente foi tipo *Ah, meu Deus, está acontecendo*. E aconteceu. — Ele fungou. — O assessor dela ligou para o meu assessor, e Belly já soltou uma declaração, que tenho certeza de que o assessor dela escreveu porque é uma mentira deslavada. — Ele sorriu sombriamente. — Aí ela me bloqueou em todas as redes sociais.

Parecia, entre outras coisas, incrivelmente insensível ou deliberadamente cruel se comportar dessa maneira horas antes de Danny ser escalado para se apresentar ao vivo em rede nacional. E seria mentira dizer que não me perguntei mais uma vez sobre o destino do meu esquete da Regra Danny Horst, mas desta vez não era a principal coisa em que eu estava pensando, e sim que Danny parecia não aceitar a situação.

— Aconteceu alguma coisa específica? — perguntei.

Ele rolou para o lado, com as costas contra as almofadas de veludo cotelê.

— Eu estava no apartamento dela hoje de manhã, né? Estávamos relaxando na cozinha, fazendo smoothies, e ela tem um liquidificador superpotente e top de linha. Nós comentamos que ele tem uma garantia de dez anos, e eu comecei a fazer piadas idiotas tipo, quando a garantia expirasse, todos os carros seriam autônomos, toda a carne seria cultivada em laboratórios e provavelmente estaríamos divorciados, mas nem íamos nos importar porque nós seríamos dois robôs transando.

Danny ficou quieto e eu disse:

— Tem mais?

— De verdade, eu mal estava acordado. Eu só estava falando merda. Mas Annabel surtou.

— Ela entendeu que você estava brincando?

— Ela falou que eu nunca a levei a sério porque sou incapaz de levar qualquer coisa a sério. — Ele encolheu os ombros. — Voltei para cá pensando: tá, aquilo foi uma merda, mas já passamos por isso antes. Annabel vai aparecer aqui e vamos fazer as pazes com sexo... — Eu disse a mim mesma que não era o momento de pensar que partículas este sofá tinha absorvido. — E, em vez disso, ela tomou medidas drásticas.

— Eu sei que é fácil para mim dizer isso, mas e se você ignorar as redes sociais, dormir um pouco depois do programa e for vê-la pessoalmente amanhã?

— Annabel é um pouco maluca — ele explicou. — Mas, quando ela não está sendo maluca, ela é a pessoa mais doce e carinhosa que já conheci. Ela tem uma cama enorme com um milhão de travesseiros e um grande edredom de plumas como em um hotel chique, e nós simplesmente deitamos no colchão, olhando nos olhos um do outro. Eu não sabia que as pessoas faziam essa merda de se encarar fora dos filmes até a conhecer.

— Isso parece legal — comentei.

Nenhum de nós falou por alguns segundos, e o estômago de Danny roncou.

— Quando você comeu pela última vez? — perguntei.

— Boa pergunta.

— Vamos chamar um copeiro para pegar um sanduíche para você. Que tal alguma coisa simples, tipo peru e queijo? Você devia comer alguma proteína. — No entanto, quando me levantei, ele estendeu o braço para me impedir.

— Sabe quando você está conectado de verdade com outra pessoa? — Danny disse. — Tipo, pela primeira vez, a solidão desaparece e vocês se entendem completamente... você acha que isso é tudo besteira?

Respirei fundo e falei.

— Não acho que seja besteira. Acho que é raro, mas real.

Sábado, 18:27

Eu disse aos dois assistentes nas mesas em frente à sala de Nigel que precisava vê-lo com urgência, e um deles se levantou, entrou na sala, então ressurgiu e fez sinal para que eu entrasse. Lá dentro, em volta do quadro de cortiça, estavam Elliot, Bob O'Leary e dois outros produtores. Nigel estava atrás de sua escrivaninha bebendo de um copo alto e transparente e, quando o colocou na mesa, disse:

— Sally, nunca subestime o valor da água.

— Precisamos cortar a Regra Danny Horst — deixei escapar. Como eu nunca tinha feito isso antes, não tinha certeza se o pronome deveria ser *nós* como em *nós precisamos* ou *você* como em *você precisa*. — Danny e Annabel acabaram de se separar publicamente, e ela está divulgando coisas nas redes sociais, e é muito confuso.

Em tom calmo, Bob disse:

— Annabel não é tão essencial assim para o esquete. Bianca se saiu bem.

— Precisamos cortá-la pelo bem do Danny — eu disse. — Ele está muito abalado.

— Danny é um profissional — Elliot retrucou. — Ele vai ficar bem. Além disso, eles não se separam toda hora?

— Parece que é diferente desta vez.

— O esquete pode ser catártico? — Nigel perguntou.

Olhar seus rostos era desorientador; tentar fazê-los cortar um dos meus esquetes depois de nove anos fazendo o contrário era desorientador. Talvez eu estivesse errada e eles estivessem certos? Tanto para o bem-estar de Danny quanto para que eu pudesse fazer um triplete, eu queria que eles estivessem.

— Não seria catártico — eu disse. — Seria chutar cachorro morto.

— Vamos manter o esquete no ensaio geral e ver no que dá? — Bob perguntou.

— Ou ver se eles reatam daqui a uma hora — Elliot ironizou.

— Precisamos acabar com o sofrimento do Danny agora — afirmei.

— De qualquer forma, ele ainda está no News Desk — Elliot lembrou.

— Mas esse não é *sobre* ele — observei.

— Você tem certeza disso? — Nigel quis saber.

Naturalmente, neste momento, eu não tinha.

— Sim — respondi. — Tenho certeza.

Nigel se virou para Bob:

— Vamos colocar o Armário de Remédios de volta.

Elliot e eu fizemos contato visual e — não de forma julgadora, mas pensativa — ele disse:

— Se eu não te conhecesse, diria que você perdeu a malícia.

Sábado, 18:35

Tanto o camarim do apresentador quanto o camarim do convidado musical ficavam no mesmo corredor, e suas portas estavam fechadas no corredor até a sala de Nigel. Quando voltei para o estúdio, a do apresentador estava aberta e o camarim cheio de gente. Ouvi alguém dizer:

— Ei, Sally! — E Noah apareceu, gesticulando para que eu entrasse. Atrás dele, de pé ou sentadas na mobília surpreendentemente ruim dentro de um espaço surpreendentemente sem graça, estavam Autumn, Madison e Addison, um homem branco com um cavanhaque bem cuidado, um homem negro com um cavanhaque bem cuidado, uma mulher de cabelo espetado e macacão, uma mulher loira que parecia uma mãe suburbana e um cara branco de terno e gravata. Presumi que os que não eram Autumn, Madison e Addison, eram o agente, empresário e outros membros da assessoria de Noah.

Noah estava usando um smoking e também uma camada de maquiagem e, talvez porque eu estivesse acostumada a ver homens e mulheres com base, bronzer e blush, achei que ele parecia radiantemente bonito. Se ele usava peruca mesmo, era uma peruca extraordinária.

— Oi — eu disse. — Como foi a conexão com a cobra?

— Estamos assim agora. — Ele levantou os dedos cruzados. — Honestamente, não foi ruim. Achei que seria frio por causa do sangue, mas ele estava quente. Ou devo dizer ela. O nome dela é Eleanor.

— Sério?

Noah assentiu.

— Eu queria te dizer... mandei uma mensagem para Annabel, e parece que ela e Danny terminaram.

— Eles terminaram — confirmei. — E o esquete foi cortado.

— Ah, sinto muito.

— Acontece. Obrigada por tentar, de qualquer forma. Como você está se sentindo?

Ele fez uma expressão zombeteira de ansiedade.

— Talvez não cem por cento calmo?

— Eu acho que você vai ser ótimo e vai fazer um ótimo show — eu disse. — De verdade. — Era comum os apresentadores ficarem nervosos quando o programa ao vivo se aproximava, e alguns ficavam tão nervosos que vomitavam e tremiam ao longo da semana inteira, mas eu pessoalmente nunca tinha oferecido conforto a nenhum deles. No entanto, uma vez me encontrei aleatoriamente em um corredor abraçando o dançarino em pânico de uma rapper, um homem careca e extraordinariamente musculoso vestindo uma regata justa e um short jeans curto. Para Noah, acrescentei: — O programa desta semana está muito mais consolidado do que outros estiveram, na verdade.

— É mesmo? — Noah disse. Então, simultaneamente, nós dois dissemos "na verdade" e sorrimos. Nesse momento parecia que nos conhecíamos muito melhor do que de fato nos conhecíamos, e pensei que Noah era claramente um cara legal, além de ser bonito de um jeito radiante, e também que seria um enorme alívio quando o programa ao vivo terminasse e não tivéssemos mais dezenas de encontros ostensivamente casuais. Se o *TNO* era como um acampamento de verão, pelo menos essa sessão duraria apenas uma semana. Fiz um gesto com o polegar:

— Eu deveria ir dizer a Danny que meu esquetezinho mal-intencionado sobre a vida amorosa dele foi cortado.

— Antes de você ir... — Noah se inclinou para dentro da sala e colocou a palma da mão no ombro da loira, que usava um vestido marrom com flores marrons e comia um saco de castanhas de caju de cem calorias. Tinha uma tigela com esses saquinhos sobre a mesa, junto com bananas, maçãs, carne-seca, uma travessa de *crudité*, brownies minúsculos e garrafas de água. A mulher se virou para ele e Noah disse: — Sally, esta é minha irmã, Vicky, e Vicky, esta é Sally, que é uma das roteiristas aqui.

Carinhosamente, Vicky me falou:

— Você é uma das pessoas que estão realizando os sonhos de Noah.

— Bom, não diretamente — respondi, o que pareceu estranho da minha parte. — Prazer em conhecê-la — acrescentei enquanto nos cumprimentamos.

— O prazer é todo meu.

— Você mora aqui em... — comecei a falar, mas, antes que pudesse terminar, Autumn estava atrás de nós com seu jeito Autumn, dizendo:

— Sally, vou roubar Noah e Vicky e mostrar a eles onde Vicky vai ficar quando ela apresentar a primeira música de Noah.

— Ah, que legal. — Dei um passo para trás e acenei vagamente. — Boa sorte! — falei, então corri para longe.

Sábado, 23:08

Trabalhar no *TNO* costumava ser agitado, mas o momento mais agitado era entre o final do ensaio geral e o início do programa ao vivo. Os mais de trezentos membros da plateia precisavam ser escoltados para fora e mais trezentos precisavam ser trazidos para dentro. Todos os roteiristas e produtores e membros do elenco se amontoavam na sala de Nigel — desta vez na sala com vista para o estúdio — para que ele pudesse revelar quais dois ou três esquetes ele cortaria para ganhar tempo, e como ele achava que a sequência dos restantes precisava ser reorganizada, e quais ajustes de última hora Nigel queria fazer nos roteiros, cenários e figurinos. Se às vezes sua atenção aos detalhes parecia absurda — ele decretava que um vaso de plantas em um esquete deveria ser movido do lado direito para o esquerdo de uma mesa —, o contra-argumento era que ele era Nigel Petersen, e o resto de nós não.

O ensaio geral tinha corrido bem, com o público rindo muito, mas não tinha ido bem a ponto de me fazer temer pelo ao vivo; às vezes você entrava no ao vivo sabendo que não poderia fazer melhor do que no ensaio geral, mas essa não era uma dessas noites. Tinha acontecido um verdadeiro fracasso nesse último ensaio — Freira e Padre, aquele que apresentava Viv como a freira —, quando o público ficou quieto do começo ao fim, mas foi logo antes da primeira apresentação musical de Noah, que até certo ponto serviu como um tira-gosto e evitou que o fracasso arruinasse o resto do show. Entendia-se que, embora todos nós sempre procurássemos dar o nosso melhor, o fato de que os esquetes *poderiam* fracassar, de que o público não nos recompensaria apenas por aparecer, dava valor e significado ao fato de nos esforçarmos.

De acordo com a inescrutabilidade frequente de Nigel, ele não cortaria Freira e Padre; em vez disso, ele queria que fosse reescrita de modo que, em vez de Noah como o Papa chegando em dois terços do caminho, o esquete começasse com Noah, e o adorno de cabeça de Noah mudasse de uma mitra para um quipá. Tanto Tagarela quanto Queijeiro sobreviveram ao ensaio geral, embora Nigel quisesse cortar vinte segundos de Tagarela, o que me deixou com dúvida sobre eliminar alguma adição recente, quando Henrietta voava como um avião nos pés de Noah, ou diminuir a conversa entre os jurados do sexo masculino. Decidi pelo último, enquanto me perguntava se isso prejudicaria o esquete como um todo. E o esquete do monociclo do Bordão foi movido para o último segmento. Os esquetes posteriores tendiam a ser curingas — claramente, incluí-los não era a prioridade de Nigel, porque talvez precisassem ser cortados *durante* o ao vivo —, mas às vezes se tornavam clássicos inesperados.

Após a reunião, corri para a sala de cartazes e encontrei o roteirista Benji, que comentou:

— Que chatice Nigel ter cortado a Regra Danny Horst. Eu achei que era um bom esquete.

Mesmo que eu quisesse, não tinha tempo para esclarecer; nós dois precisávamos testar novos cartazes. Apenas respondi:

— Eu sei. — Faltavam dez minutos para o programa ir ao ar e eu podia ouvir a banda da casa tocando no Home Base e a tagarelice dos membros da plateia esperando ansiosamente pelo show. Normalmente Danny subia no palco por alguns minutos antes do ao vivo para aquecer o público, mas ouvi Bailey, que também tinha começado na carreira como artista de stand-up, fazendo isso. Então Bailey deixou o palco e Jay apareceu, com Bianca, Lynette e Grace tomando suas posições atrás dele. Embora eu não pudesse ver o Home Base, eu sabia disso porque era assim que sempre acontecia, Jay estava usando um terno azul-claro de três peças estilo anos 1970, e as mulheres usavam vestidos curtos frente única prateados combinando com botas brancas de cano alto. Todos eles cantaram "We Are Family", e o público enlouqueceu.

Enquanto caminhava em direção ao local sob a varanda de onde eu normalmente assistia ao programa, uma terra de ninguém bem separada da caverna de Nigel e sem vinho rosé, passei por Viv, que estava prestes a interpretar a editora de livros de Comey na abertura. Nos segundos antes de um membro do elenco entrar, quando eles estavam cercados por um maquiador, um cabeleireiro e alguém do figurino fazendo os últimos ajustes, os grupos sempre me lembravam de quando os ratos e pássaros no filme original da Cinderela a vestiam para o baile. Eu não queria atrapalhar ou chamar o nome do dr. Theo, então, quando os olhos de Viv encontraram os meus, simplesmente levantei a mão direita, primeiro com o polegar para cima, depois com o polegar para baixo, e ergui as sobrancelhas. Ela assentiu com a cabeça e ergueu o próprio polegar. Eu não tinha certeza se estava perguntando se o dr. Theo estava lá ou se eles tinham se falado, mas, de qualquer forma, a confirmação parecia promissora.

— Fantástico — falei, e continuei andando para ocupar meu lugar ao lado de outros dois roteiristas, Patrick e Jenna. A menos que as coisas ferrassem durante o ao vivo (se outro esquete desse errado e um produtor me dissesse que eu precisava fazer mais cortes), era aqui que eu ficaria. Mesmo nas noites em que nenhum dos meus esquetes estava na programação, era emocionante estar no estúdio vendo os membros do elenco se apresentarem e saber que os esquetes estavam aparecendo nas televisões de todo o país. Como Noah e milhões de outras pessoas, eu também já tinha sido uma criança que morava longe de Nova York, assistia ao *TNO* e ficava encantada.

E então eram 23:28, 23:29 — uma das pérolas de sabedoria de Nigel que as pessoas de fora do *TNO* pegaram emprestadas era "O programa não começa porque está pronto. O programa começa porque são 23:30" — e eu ouvi Penelope dizendo: "Trinta segundos para ir ao ar, pessoal, trinta segundos para ir ao ar. Continue andando, pessoal". A abertura começou, Oliver estava arrogantemente hipócrita como Comey, e Viv estava impaciente quando seu editor e Lynette subiram ao palco como uma Hillary Clinton cansada do mundo, e então houve o momento na conclusão do esquete quando eles quebraram a quarta parede, inclinaram a cabeça, olharam para a câmera e gritaram em uníssono, dando as boas-vindas aos espectadores do programa, como os membros do elenco de *TNO* faziam desde 1981. Ouvir a famosa frase nunca deixara de acender algo dentro de mim, um tipo de êxtase que era como abrir uma lata de refrigerante, ou talvez como ter um orgasmo, ou talvez como saber que teria um orgasmo em um futuro próximo — algo como excitação e ansiedade e nervosismo e prazer. A coisa essencial que eu não conseguia entender sobre o *TNO* antes de trabalhar lá era que, embora houvesse falas imprecisas e cortes de câmera tardios e esquetes que fracassassem, a parte ao vivo não era a fraqueza do programa; era a sua força. E, realmente, toda a preparação era amontoada no intervalo de uma semana. Essas eram as coisas que nos tornavam inventivos e extremamente ambiciosos, que davam ao programa sua imprevisibilidade, intensidade e magia. Embora, estranhamente, mesmo depois de trinta e sete anos, muitos espectadores ainda não percebessem que o programa *era* ao vivo.

A essa altura, eu já estava familiarizada o suficiente com Noah para perceber que ele estava nervoso durante o monólogo, mas de uma maneira cativante — que ele estava feliz e nervoso ao mesmo tempo. Quando Elliot revelou seu falso mal-entendido, a relativa rigidez de Elliot — e, francamente, sua aparência comparativamente medíocre — ampliou os encantos de Noah. E então Noah estava dizendo: "Nosso convidado musical é, bom, sou eu também, e nós preparamos um ótimo show para esta noite, então fique por aqui e já voltamos", e tudo estava girando para a frente, com Peggy levando Noah para fora do palco (outro dos meus momentos favoritos de todos os tempos foi a noite em que uma celebridade baixinha usando saltos extremamente altos terminara seu monólogo e Peggy simplesmente a içara em um cavalinho para levá-la do Home Base até seu primeiro esquete). Muitas vezes pensei que o *TNO* era como uma versão acelerada da vida real e que, quer algo ocorresse de maneira magnífica ou desastrosa, o tempo sempre passava correndo e o próximo momento estava acontecendo. Durante os intervalos comerciais, ou enquanto outros esquetes se desenrolavam, os enxames de técnicos vestidos de preto moviam calmamente as paredes do cenário, desenrolavam tapetes e carregavam sofás e mesas de escritório, e, antes de cada esquete começar, Penelope dizia nos alto-falantes: "Dez segundos", e então "Três, dois", e estávamos ao vivo novamente. Após o monólogo de Noah, o intervalo comercial e o curta digital de Tony e Lianna, o Queijeiro foi um sucesso (é claro que o esquete que eu menos me importava foi um sucesso, e o que mais me importava foi cortado, mesmo eu tendo sido a pessoa a cortá-lo); depois tinha o esquete do Armário de Remédios que substituíra A Regra Danny Horst, que era ao mesmo tempo inteligente e um pouco fraco, não tão perspicaz quanto teria sido se tivesse sido revisado; em seguida, a reformulada Freira e Padre, que fez o público rugir assim que Noah apareceu em sua batina branca e quipá, e na qual Viv, interpretando a freira, inocentemente proferiu duplos sentidos obscenos que me levaram a olhar as costas das cabeças na plateia procurando pelo dr. Theo; então o primeiro ato musical de Noah estava sendo apresentado por sua irmã, Vicky, e era "Ambiguous", a música que o vi ensaiar. Desta vez ela me deixou inesperadamente triste e me fez pensar que talvez eu devesse terminar as coisas com Gene e tentar, depois de todo esse tempo, um namorado de verdade. Ninguém do *TNO*, certamente, e não Noah Brewster porque ele era Noah Brewster. Mas *alguém*, alguém em cujos olhos eu gostaria de olhar e que gostaria de olhar nos meus enquanto estivéssemos deitados em uma cama enorme com um milhão de travesseiros. Depois foi o News Desk, no qual qualquer que fosse o estado de espírito de Danny era indistinguível de sua habitual fala impassível, e que, além das piadas dele sobre eventos atuais, apresentava Bailey em um segmento de culinária para pratos quentes de Minnesota — Bailey era, na vida real, de Duluth —, e, enquanto despejava uma jarra enorme de creme de sopa de cogumelos em uma panela de vidro transparente de bolinhos de batata, eu já podia notar que essa seria uma parte recorrente. Em seguida, houve o esquete da Coreógrafa de Noah, e eu vi o manipulador de cobras esperando na beirada do set; imaginei que a cobra seria verde como o suporte de borracha, mas suas escamas tinham um padrão de diamantes laranja-avermelhados sobre um laranja mais claro, e o público aplaudiu depois que o manipulador a colocou sobre os ombros de Noah e se afastou, e meu coração disparou, e então aquele esquete também foi concluído, e eu mais uma vez vi o abdome musculoso de Noah, assim como muitos outros americanos. Depois teve Tagarela, e, embora tenha arrancado risos, assim como eu pude notar que o segmento de prato quente de Bailey foi o começo de algo, pude sentir que Tagarela tinha chegado ao fim. Então Peggy estava puxando Noah do Estúdio 3 para o Estúdio 2 para sua segunda música, os ratos e pássaros da Cinderela estavam vestindo-o com uma camisa de boliche retrô verde-menta e preta e retocando sua maquiagem. Jay estava apresentando desta vez, e Noah estava cantando "Inbox Zero", e aí, depois do intervalo comercial, já era hora da despedida, quando Noah apareceu no Home Base, com o elenco e sua banda, agradeceu e todos se abraçaram. O esquete do monociclo do Bordão tinha sido cortado, e o dos Três Tenores de Joseph também. Danny não apareceu para dar boa-noite, a banda da casa ainda estava tocando a música final e o público ainda estava aplaudindo quando saí do estúdio e caminhei pelo corredor em direção ao camarim.

Um produtor e um assistente de figurino me parabenizaram pelos meus esquetes e eu os agradeci de relance. Bati na porta de Danny e a abri sem esperar resposta. Ele estava sentado em frente ao espelho removendo a maquiagem com um lenço.

— Como você está? — perguntei.

— O que você acha?

— Se não quiser ir para a festa, nós podemos ir comer pizza ou qualquer outra coisa.

No espelho, fizemos contato visual e ele deu um sorriso sombrio.

— Sem querer ofender, mas você está parecendo aquelas mães que dizem "querida, eu sei que você não foi convidada para o baile, mas não seria muito mais divertido ficar em casa e assar biscoitos com papai e eu?".

— Eu tenho uma receita deliciosa de biscoitos — falei, e ele não riu.

— Vou para casa, fumar um pouco de maconha e tentar dormir.

— Me manda uma mensagem amanhã para me dizer como você está? — Nunca tínhamos nos falado antes em nosso dia de folga.

— Tudo bem, mãe — Danny respondeu.

Antes de sair do camarim, dei um tapinha em seu ombro.

Os membros do elenco, ao contrário dos roteiristas, recebiam um carro com motorista para chegar às festas pós-programa — mais especificamente, um gigantesco Cadillac Escalade SUV preto —, e eu combinei de ir junto com Henrietta e sua esposa, Lisa. Antes de encontrá-las no camarim de Henrietta, que ficava a apenas algumas portas do de Danny, eu precisava parar no décimo sétimo andar, deixar meus roteiros e pegar a pochete de náilon preta que usava como bolsa. Quando entrei na sala, um enorme buquê de flores estava no centro da minha mesa, rosas cor-de-rosa claro e escuro e folhagens de aparência fosca. Ao tirar o grande vaso quadrado da caixa de papelão aberta, pensei que, se essa era a maneira de Noah me agradecer por ajudá-lo com seu esquete (quatro dias, e também uma vida inteira, antes), era ao mesmo tempo excessiva e extraordinariamente graciosa.

No entanto, quando puxei o bilhete do garfo de plástico transparente no centro do buquê e o desdobrei, ele dizia:

Sally, por favor me perdoe. bjs Annabel

Domingo 01:51

A festa oficial daquela semana, antes da festa pós-festa ou de qualquer festa posterior, foi em um enorme restaurante francês chique à moda antiga. Tinha um bar ligeiramente moderno no nível inferior — não um bar que um jovem de vinte e três anos que morasse em Bushwick consideraria moderno, mas um que, digamos, um homem de trinta e seis que morasse no Upper East Side sim. Cada festa oficial era uma estranha mistura de evento de trabalho quase obrigatório, escape emocional necessário, encontro de celebridades e jantar à uma e meia da manhã.

Quase imediatamente depois de chegarmos, Henrietta, Lisa e eu passamos pelo bufê — Henrietta me disse uma vez que essa era a única refeição da semana em que ela comia de maneira totalmente desenfreada —, então nos sentamos em uma grande mesa redonda já ocupada por Viv; dr. Theo; Bailey; o parceiro de Bailey, Sterling; Oliver; o empresário de Oliver, cujo nome eu não sabia; a ex-namorada de Oliver, Bettina; e o primo de Oliver, cujo nome eu também não sabia. Mesmo enquanto os membros do elenco e eu conversávamos sobre o programa — quem estragou suas falas, quem saiu do personagem, quais esquetes foram recebidos com mais ou menos entusiasmo do que esperávamos —, eu me perguntei o que o dr. Theo achava de estar neste lugar, a esta hora, cercado por pessoas pelo menos uma década e meia mais jovens do que ele. Pessoalmente ele era tão bonito quanto a foto da internet que eu tinha visto, ou talvez mais: estatura mediana, magro, cabelo grisalho cortado rente e olhos castanhos calorosos. Ele parecia simultaneamente calmo e difícil de ler. Viv estava à sua esquerda e eu à sua direita, e, enquanto o interrogatório continuava, eu disse:

— Espero que os bastidores não estejam matando você de tédio.

— De jeito nenhum — ele disse. — É divertido ver o que acontece por trás das cortinas.

— Você é oftalmologista, não é? — perguntei.

— Sou.

— E como é o trabalho?

Doutor Theo riu.

— É ótimo.

Eu ri também.

— Acho que você já sabe disso, mas os olhos das pessoas são importantes para elas.

— Eu sei disso — ele respondeu. — E é verdade.

— Embora eu sempre esqueça de fazer aquela coisa em que você deveria olhar a seis metros de distância da tela do computador por vinte segundos a cada vinte minutos. Você é de Nova York?

Ele balançou a cabeça.

— Moro aqui desde que terminei a faculdade de medicina, mas cresci em St. Louis.

— Espera, sério? Eu sou de Kansas City.

Nós nos viramos para olhar um para o outro — ambos estávamos segurando garfos sobre nossos pratos — e dr. Theo disse:

— Olha só.

— Você costuma visitar o estado com frequência? Eu só vou algumas vezes por ano.

— Vou nas férias. Meus pais e irmãs ainda estão lá, e minhas sobrinhas e sobrinhos. Na verdade, minha sobrinha mais velha está na NYU agora, mas o resto da minha família está lá.

— Viv estudou na NYU — eu disse. — Como você deve saber.

Do outro lado do dr. Theo, Viv perguntou:

— Viv fez o quê?

— Viv estudou na NYU — eu repeti. — Onde, se não me engano, ela era uma estudante de economia e a estrela do grupo estudantil de improviso.

Para o dr. Theo, Viv disse:

— Sally trabalha como minha assessora. Não sei se ela mencionou isso.

— Não é um trabalho — falei. — É um chamado. — No entanto, mesmo enquanto brincávamos, meu olhar foi atraído pela extensão da sala de jantar do restaurante, para onde Noah estava sentado em uma mesa exatamente como a nossa com Nigel, Elliot, Autumn, a irmã de Noah, um dos guitarristas que tocaram com ele e os dois caras de cavanhaque que eu tinha visto em seu camarim. Todos conversavam animadamente, e pensei que Noah devia estar aliviado pelo programa ter corrido bem. Me perguntei se acabaria me despedindo dele. Eu poderia abordá-lo, é claro, mas será que eu tinha algo a dizer?

Durante a hora seguinte, monitorei continuamente a localização e a atividade de Noah, nenhuma das quais mudou muito, exceto quando ele se levantou da cabine quando Franklin Freeman, diretor da banda da casa, estava passando. Noah deu um tapinha caloroso nas costas de Franklin, então eles se abraçaram e conversaram por alguns minutos. Eu veria Noah novamente? A possibilidade mais plausível seria se ele voltasse a se apresentar daqui a dois ou três ou sete anos, se eu ainda estivesse trabalhando no *TNO*, coisa que não imaginava que estaria.

— Sally — Viv estava dizendo. — Sally? — Eu me virei. — Quer carona até o Blosca? — Era o barzinho no Lower East Side onde a primeira festa pós-festa da noite seria realizada. Para chegar ao bar descíamos uma escada estreita até o subsolo, e a festa devia ser muito menor, mais para quarenta pessoas do que para as cem que circulavam em torno desta, e as atrações principais eram uma mesa de bilhar e bebidas baratas (surpreendentemente, todos nós, até mesmo os membros do elenco que eram levados para lá em Escalades tínhamos que pagar por nossas próprias bebidas na primeira festa pós-festa). No meu primeiro ano no *TNO*, fiquei muito intimidada para ir à festa pós-festa, e depois, do segundo ao sexto ou sétimo ano, participei de todas elas, embora tenha terminado a noite lá em vez de continuar para os clubes de striptease que diziam ser os locais das festas pós-pós-festa. Algumas vezes eu terminava em um restaurante por volta das sete ou oito da manhã, mas essa era a extensão máxima da minha aventura. E, nos últimos dois anos, muitas vezes havia pulado a festa pós-festa porque me sentia mais atraída pela minha própria cama.

Mas Viv já estava vestindo sua jaqueta, olhando para mim com expectativa, ainda esperando para saber se eu queria carona.

— Claro — respondi.

Domingo, 03:09
No Blosca, fui direto até o bar pegar uma bebida, me virei e quase esbarrei em Noah Brewster.

— Ei! — Ele abriu um sorriso largo.

— Ei! — eu disse de volta. — Parabéns! Você foi ótimo. — Embora eu não estivesse bêbada, tinha acabado de tomar um gole grande e reconfortante de vodca com tônica, depois de dois drinques na festa anterior.

Noah se inclinou sobre o bar e pediu um refrigerante — provavelmente estava sóbrio —, e ouvi o barman dizer:

— Amo a sua música, cara.

E Noah disse:

— Obrigado, cara. — E então ele se virou para mim e falou: — Eu não tinha certeza se você estaria aqui. — Mesmo na penumbra, seus olhos eram azuis brilhantes, e seu cabelo loiro de surfista era, bem, convincentemente semelhante a um cabelo. Às vezes, nas festas pós-festa, os apresentadores ainda usavam a maquiagem da TV, mas parecia que ele tinha limpado a dele.

— Eu não tinha certeza se *você* estaria aqui. — Estendi os braços. — Mas aqui estamos nós dois. — Não que ele soubesse, mas isso era o mais teatral e embriagada que eu conseguiria ficar. — Você está exausto ou ainda está cheio de adrenalina?

— Eu não sei como vocês fazem isso toda semana.

— Mas ser o apresentador e o convidado musical é o mais louco de todos os mundos possíveis. Eu nunca conseguiria fazer um dos dois, muito menos os dois juntos. E você foi incrível mesmo. O esquete da Coreógrafa foi fantástico.

— Bom, você estava certa sobre o Queijeiro.

— Não, o crédito é todo seu — rebati. — Está tudo na performance. — Apesar da embriaguez, eu já estava ciente de monopolizar o tempo de uma celebridade quando não era mais útil profissionalmente.

Foi quando Noah disse:

— Agora você vai admitir que nunca ouviu minha música de fato?

Eu ri de verdade.

— Se eu não tivesse ouvido, como eu teria escrito o esquete? Além disso, sou um ser humano no mundo. Você acha que existe algum homem, mulher ou criança que não tenha ouvido "Making Love in July" enquanto estava deitado na cadeira do dentista?

— Sim, exatamente. Eu quis dizer que você não ouviu além do mínimo necessário. Você não ouviu de propósito. — Ele ainda parecia estar provocando de brincadeira, em vez de esperando ansiosamente um elogio.

— Também não é verdade — eu disse. — Eu amo "The Bishop's Garden" e "All Regrets".

Noah apertou os olhos um pouco, me examinando.

— Aqui vai uma coisa que eu admito — eu disse. — Existem duas categorias de músicas pop pelas quais não sou louca, e o fato de "Making Love in July", sem culpa nenhuma, estar em uma das categorias, te prejudicou aos meus olhos desde o início. Quero dizer, quase vinte anos atrás. Mas percebi que tinha subestimado o alcance da sua... — fiz uma pausa —... da sua obra. — Fiz uma pausa novamente. — Que tipo de idiota você acha que usa a palavra *obra* em um bar às três da manhã?

— Só um palpite, mas talvez uma idiota que foi para Harvard?

— Não, não — respondi. — Eu não sou um dos idiotas de Harvard do *TNO*.

— Onde você estudou?

— Duke.

Desta vez o sorriso dele foi mais sarcástico.

— Na mundialmente famosa universidade da Carolina do Norte? Você quer dizer aquela Duke?

— Eu entendo que ter frequentado a Duke pode não soar tão diferente de ter frequentado Harvard, mas, acredite, os roteiristas que estudaram em Harvard acham que é. Além disso, você não frequentou uma escola preparatória chique em Washington? Porque eu fiz o ensino médio em uma escola gigantesca e com ensino fraco no subúrbio de Kansas City.

— Mas eu nunca fiz faculdade, então isso anula meu sofisticado diploma da escola preparatória. Eu devia ter ido para Kenyon, mas em vez disso comecei a tocar nas estações de metrô. Quando eu vou poder descobrir as duas categorias de músicas que você odeia?

— Bem, já aviso que música não é minha área de especialização.

— Anotado.

— Uma das categorias é "música sobre um relacionamento longo ou um casamento", e as letras são tipo "Às vezes foi tão ruim que quase não conseguimos, mas sobrevivemos". Eu acho que essas músicas são engraçadas sem querer, porque são uma suposta celebração da resistência do amor ou alguma coisa assim, mas a letra soa mais como "Estar casado com você é um inferno, mas vamos nos parabenizar por continuar aqui".

— Hmm — ele falou — Acho que nunca pensei nisso.

— Existe uma tonelada delas — apontei. — "Nós dois nos sentíamos atraídos por outras pessoas, você me deixou louco, eu queria te matar. Mas, querida, depois de todos esses anos, você ainda é a única". Isso pode dar um bom esquete, na verdade. Mesmo que você tenha envenenado meu gato, embora tenha vomitado no meu travesseiro bordado. Você já esteve em uma festa de casamento onde eles fazem todos os casais se levantarem e então o DJ diz "Pode sentar quem está casado há menos de dez anos, menos de vinte anos, menos de trinta anos?", e os últimos sobreviventes são um casal de noventa anos casado desde 1950?

— Você conheceu meu cantor de apoio Jimmy? Só vi isso no casamento dele. Eu acho que não é uma coisa de protestantes.

— Acho que você está certo. Mas pode ter um frame de congelamento em cada casal enquanto eles são aplaudidos, e eles fazem uma confissão. Então, todos os outros convidados dizem: "Isso é tão comovente", e a mulher de noventa anos pensa consigo mesma: "Por setenta anos, o som da mastigação dele me deu vontade de estrangulá-lo".

— Isso seria engraçado — Noah disse. — Na verdade.

Nossos olhos se encontraram, e respondi:

— Obrigada, na verdade.

— A questão é — ele apontou — que eu tenho certeza de que nunca escrevi esse tipo de música, em parte porque nunca fui casado.

— Ah, desculpa. "Making Love in July" é o outro tipo de música a que eu estava me referindo. Está na segunda categoria. Esse tipo é sempre um homem cantando para uma mulher e é tipo, "Baby, você não sabe como é linda. Você é tão perfeita, nunca pensei que encontraria isso, estou no céu?".

Noah parecia bem-humorado e incerto.

— O que tem de errado com "Baby, você é tão perfeita, nunca pensei que encontraria isso, estou no céu?" — Em um nível quase subliminar, achei gratificante ter enganado Noah Brewster para me dizer, enquanto estávamos a trinta centímetros um do outro, as palavras "Baby, você é tão perfeita, nunca pensei que encontraria isso, estou no céu?".

Expliquei:

— Não gosto da parte você-não-sabe-como-é-linda. Faz parecer que o amor se baseia na falta de consciência da parte da mulher ou na insegurança dela. E as mulheres nas músicas costumam ser tanto uma criança quanto uma feiticeira sexy. Portanto, a letra pode muito bem ser "Estou atraído por você, porque você se enquadra nos padrões considerados desejáveis neste momento da história da humanidade, mas você nem sabe disso e sua falta de noção é o que me faz sentir como um homem de verdade".

— Isso provavelmente é um pouco prolixo — ele comentou. — Mas anotado. Você diria que é semelhante à quando a personagem principal de uma comédia romântica tem farinha no nariz depois de fazer biscoitos e não percebe? Porque ouvi dizer que é muito irritante também.

Embora eu tenha ficado impressionada por Noah se lembrar dessa parte da conversa que tivemos em minha sala, não sabia se ele estava concordando ou tirando sarro de mim. Dei de ombros.

— Eu não te avisei sobre meus monólogos?

— E eu não te disse que adoro monólogos? — ele retrucou. — Mas acho que você está confundindo o segundo tipo de música com uma coisa que está em uma terceira categoria. Sim, existem músicas do tipo você-não-sabe-como-é-linda, mas não as vejo automaticamente iguais às músicas que dizem: "Não acredito que você existe e não acredito que nos encontramos". Quando uma dessas é bem-feita, não captura a experiência mais transcendente que duas pessoas podem ter? — Não respondi imediatamente, e então ele completou: — Não me diga que você acha que se apaixonar é besteira.

— Bom... — Pensei na pergunta estranhamente semelhante que Danny tinha feito algumas horas antes. — Eu não quero que seja.

— Não entendo por que você gostaria de escrever roteiros para comédias românticas se acha que romance é uma cafonice absurda.

— Mas é isso — argumentei. — Eu não escrevo de um lugar de clareza. Escrevo por confusão.

— Então, que tal isso aqui: você pode definir cafona para mim? Porque ainda não descobri, depois de vinte anos, onde está a linha aceitável entre a cafonice e a extravagância emocional. O que faz uma música, um filme ou um momento da vida real se encaixar de um lado ou de outro? Isso é parte do motivo pelo qual o esquete do Queijeiro mexeu comigo.

Fiquei quieta por alguns segundos e finalmente respondi:

— Boa pergunta. Mas a linha é subjetiva, não é? Mais ou menos como a definição de obscenidade da Suprema Corte ser "eu acredito quando vejo".

— Qual é a música que você acha que é romântica de um jeito legítimo e não brega?

— Correndo o risco de ser previsível, tem uma música das Indigo Girls chamada "Dairy Queen".

— Mas ela não é sobre um relacionamento que não dá certo?

— Romance não precisa de um final feliz. — Embora eu não tenha expressado, fiquei surpresa por ele conhecer a música. Os fãs gostavam, mas não era nenhuma "Closer to Fine".

— Certo — Noah disse. — Mas você tem que admitir que é mais fácil não ser brega quando você está escrevendo sobre um amor perdido. Suas comédias românticas vão acabar de um jeito triste e essa vai ser a reviravolta delas?

Eu ri.

— Não sei como elas acabam porque ainda não terminei de escrever uma.

Noah estava olhando para mim com intensa curiosidade, o que não era uma maneira que eu costumava ser olhada. Então ele disse:

— *Você* já se apaixonou?

— Bom... — Fiz uma pausa. — Na verdade eu já fui casada. — Ele olhou para minha mão esquerda, a mão em que eu segurava minha bebida, então troquei o copo para a outra mão e mexi meus dedos esquerdos nus. — E divorciada — acrescentei. — Sou uma divorciada atrevida. Tive um casamento precoce aos vinte e poucos anos, logo depois da faculdade.

— Isso explica por que você não é fã de músicas sobre pessoas que permaneceram casadas durante todos os altos e baixos? — Noah tomou um gole de seu refrigerante. — Ou estou sendo simplista?

— Bom, definitivamente não acho que os divórcios sejam inerentemente trágicos. Eu vi o meu próprio fracasso como pessoal, mas também foi um grande alívio. Eu nunca teria tido essa carreira se tivesse continuado casada.

— No começo, quando você e o seu marido estavam juntos pela primeira vez, você se sentia como se estivesse no céu?

Eu ri.

— Não. — Ele riu também, uma risada de surpresa, e eu disse: — Acho que eu meio que estava apaixonada. Só não era pelo meu marido.

Noah ainda estava me observando com uma expressão que era ao mesmo tempo divertida e estranhamente admirada, como se ele me achasse fascinante. Esse era o problema das celebridades: elas podiam usar seu carisma à vontade, e você se deleitava com seu brilho, e então elas se afastavam de você e o mundo voltava a ser frio.

— Como é meio que estar apaixonada? — Noah perguntou.

Elliot estivera na festa no grande restaurante francês — ele era ambicioso demais para abrir mão dela —, mas não estava na festa pós-festa; ele havia parado de frequentá-las quando se casou.

— É patético — eu disse —, mas tinha uma pessoa no *TNO* que eu achava que era minha alma gêmea. Nós nunca namoramos. Éramos só amigos, mas pensei que fôssemos almas gêmeas de comédia e almas gêmeas de vida. A parte patética é que ele não sentia a mesma coisa por mim.

— Não entendi — Noah retrucou. — Você está dizendo "almas gêmeas" de um jeito irônico?

— Vergonhosamente, estou dizendo isso sem ironia.

— E você ainda gosta dele?

— Ah, Deus, não. Já faz anos. — Houve uma breve pausa (sobre as outras conversas do bar e a música de fundo, que naquele momento era um clássico do rock dos anos 1970, ouvi o barulho de um jogo de bilhar), e eu disse: — Considerando as suas músicas, imagino que você tenha se apaixonado centenas de vezes.

Ele balançou a cabeça.

— Longe disso.

— *Você* ainda sente alguma coisa por pessoas do seu passado?

— Eu quase gostaria que sim. Nunca estive em um relacionamento que pensei que poderia durar para sempre, e, quando olho para trás, eles parecem ainda mais condenados. Me pergunto se eu estava me iludindo pensando que a outra pessoa e eu tínhamos alguma coisa em comum. Acho que, se eu começar a falar sobre a teoria do apego agora, vai parecer que fiz terapia demais. — Ele ergueu o copo. — Mas definitivamente ajuda a ficar sóbrio.

— Se parece que não fiz terapia o suficiente, é porque escolhi a repressão do meio-oeste.[4]

Ele riu.

Eu disse:

— Além do método consagrado pelo tempo de canalizar as neuroses na minha escrita.

— Outro caminho legítimo, ainda que não substitua a terapia.

— Acho que sei o que é a teoria do apego porque li alguns artigos. É a replicação da dinâmica da família em que você cresceu?

Noah assentiu e colocou sua bebida no balcão.

— Lembro de quando fiz trinta anos e tinha acabado de ganhar um grande prêmio na indústria da música...

— Ah, qual é — brinquei. — Não seja modesto.

Ele sorriu.

— O Grammy de Álbum do Ano. Obrigado por me oferecer essa oportunidade.

— Se eu ganhasse um Grammy de Álbum do Ano, eu o carregaria comigo o tempo todo, inclusive agora. É uma estatuazinha de um gramofone, certo?

4 Metáfora que remete ao fato de que o meio-oeste dos Estados Unidos enfrenta frequentemente períodos de seca climática. [N. E.]

— Só que você *ganhou* Emmys, então isso realmente não está certo. A menos que as estatuetas estejam aí? — Ele acenou com a cabeça em direção à minha pochete.

Noah pesquisou sobre mim no Google? Eu não tinha muita presença na internet — embora tivesse criado contas nas redes sociais para seguir outras pessoas, literalmente nunca postava nada —, mas esse era um dos poucos fatos que apareciam se alguém fizesse uma busca. Dei um tapinha na minha pochete.

— Se tivesse espaço para eles, estariam. Mas você estava dizendo, você fez trinta anos, ganhou um Grammy e...?

— Pensei que estava prestes a entender tudo. Eu tive meu sucesso inicial, depois tive a queda do segundo álbum, depois me redimi criticamente... quer dizer, parece uma maneira equivocada de olhar para isso agora, mas era o que eu acreditava naquela época. Eu também pensei que iria me casar e ter filhos. No meu trigésimo aniversário, fui para a Costa Rica para surfar com alguns amigos. Uma noite, assisti ao pôr do sol sozinho de uma varanda da vila onde estávamos hospedados e eu tive certeza de que existia algum código que eu tinha decifrado. Mas seis anos se passaram desde então, ainda não estou casado e me sinto muito mais confuso sobre tudo... o estado do mundo, a direção da minha vida, o quanto devo usar minha famosa plataforma. Comparável à linha cafona *versus* não cafona, onde está a divisão quando você é uma celebridade que quer se envolver, mas sabe que muitas pessoas diriam apenas: "Cale a boca e toque esse violão?".

— Quando você achou que ia se casar — eu disse —, foi com alguém em particular?

Noah balançou a cabeça e sorriu.

— Você acha que isso pode ter sido parte do problema?

— Se serve de consolo, quando eu estava no ensino médio... na minha grande porcaria de escola pública... um professor de matemática disse uma vez em uma assembleia que o objetivo da vida é encontrar aquilo em que você é bom e gosta de fazer, e fazer isso para outras pessoas. Você pode imaginar ter a audácia de declarar qual é o sentido da vida? Mas nunca esqueci, e não tenho tanta certeza de que ele estava errado.

— Já ouvi coisa pior.

— Pode parecer bobo, mas eu penso em... — Fiz uma pausa. Mesmo depois de dois drinques e meio, parecia muito para revelar a uma pessoa que eu mal conhecia. Mas continuei. — Eu penso no *TNO* como o amor da minha vida. — Inexplicavelmente, meus olhos se encheram de lágrimas. E então percebi que não era porque achava triste o que estava dizendo. Era porque era verdade, e nada triste.

— Ah, sim — Noah respondeu imediatamente. — Eu me sinto assim em relação à minha música.

— Nós temos muita sorte — eu disse. — Você não acha? A maioria das pessoas não tem isso. Eu sei que em todos os lugares, exceto em Nova York, se você tem um bom emprego, uma esposa, filhos, uma casa e um carro, esses são os marcadores de maturidade, estabilidade e integridade. E você janta às sete horas e vai dormir às dez, e pratica corridas intensas no fim de semana. Se te faz feliz, ótimo. Mas tem várias outras maneiras de construir uma vida.

— Você conhece aquela frase de Thoreau: "A maioria dos homens vive vidas de silencioso desespero?".

— Não só conheço — eu disse — como no ensino médio eu tinha um pôster com citações famosas, e essa era uma delas! — Falei com tanta empolgação que cuspi uma quantidade muito pequena de saliva em sua bochecha direita. Noah não a enxugou; sorriu de volta para mim, e, embora eu não pudesse provar isso e certamente não fosse perguntar, suspeitei de que ele sabia que eu tinha cuspido nele, mas não queria que eu ficasse envergonhada ou então realmente não se importava, não me achava nada nojenta. Mesmo depois de seis dias, sua gentileza descontraída ainda era inesperada e cativante.

— Só para deixar claro — completei —, eu levo uma vida de silencioso desespero. Eu não gostaria de ser amiga de alguém que não leve, ou de alguém que não seja cheio de ambivalência, porque imagino que seriam pessoas incrivelmente superficiais. Mas tenho certeza de que ficaria dez vezes mais silenciosamente desesperada se eu morasse no subúrbio com uma garagem para dois carros.

— Você sabe que não quer nada disso? O casamento ou os filhos?

Me ocorreu dizer "Com você ou outra pessoa?", mas e se ele pensasse que eu estava falando sério? Em vez disso, respondi:

— Não tenho certeza, mas não vou ficar sentada esperando por nenhum dos dois. E aposto que não se estabelecer quando você tinha trinta anos fez de você um músico melhor. E continuar a sentir confusão também, provavelmente. Apenas não consigo ver como uma pessoa que pensa que tem tudo resolvido e saiu por cima pode escrever músicas muito boas. Ou esquetes cômicos muito bons, ou roteiros muito bons.

— Talvez *você* devesse ser terapeuta. — Ele ergueu o copo do bar, tomou um gole, engoliu e disse: — Aliás, eu não acredito na Regra Danny Horst. Achei o seu esquete engraçado e sinto muito por ter sido cortado, mas a regra em si... pessoalmente, eu definitivamente namorei... sabe...

Não tentei esconder minha diversão.

— Mulheres menos atraentes que você? — sugeri.

— Não era isso que eu ia dizer. Ia dizer não celebridades.

— Você namorou sério?

— Claro. Os relacionamentos que eu tive não foram só aqueles relatados em colunas de fofocas. Mas você está condenado se fizer e condenado se não fizer. Se você sai com outra celebridade, é como Danny e Annabel, e você fica embaixo desse microscópio distorcido. Você tem a vantagem de entender o mundo um do outro de perto, mas a desvantagem de os dois terem agendas muito complicadas.

Considerando que, se você namora uma pessoa que não é uma celebridade, sente que está sempre pedindo que a pessoa te acomode. Além disso, é fácil para ela se sentir insegura. Você está olhando para mim com uma expressão muito debochada agora. Entendi que são problemas de pessoas privilegiadas.

— Acho que você acha que estou olhando para você com uma expressão debochada porque sou roteirista do *TNO*.

— Acho que pode ser um risco da profissão. — E então aconteceu algo que foi difícil explicar para mim mesma, difícil de entender. Como quando Noah segurou meu queixo em minha sala, poderia não ter sido nada. Sua expressão se tornou ao mesmo tempo muito carinhosa e muito divertida, como se existisse uma excelente piada interna entre nós, e ele inclinou a cabeça para a direita e olhou para mim com uma espécie de doçura e gentileza. Então ele novamente colocou o copo no balcão e se inclinou para a frente devagar, e pensei: *Ah, meu Deus, Noah Brewster vai me beijar? Porque ele não pode me beijar aqui, na frente dos meus colegas, em um ambiente que não é realmente reservado porque nenhum lugar é reservado na era dos celulares, em um mundo em que ele é ele e eu sou eu. E porque, se ele me beijar, o que acontece depois?*

Também gradualmente, dei um passo para trás.

— Todas as suas percepções sobre amor e romance — eu disse. — Você conseguiu saindo com modelos de vinte e dois anos?

Ele apertou os olhos com o que parecia ser uma confusão genuína.

— O que isso deveria significar?

Meu coração estava batendo mais rápido, e não de um jeito bom. De um jeito pré-combate, como nas rodadas de reescritas, quando eu me preparava para discutir com Elliot. Eu falei:

— Não sabia que modelos eram tão educativas.

A expressão de Noah não era mais confusa. Era dura, e alguns segundos se passaram antes que ele dissesse:

— Achei que estivéssemos conversando de verdade. Por que você diria isso para mim?

— Você *não* namorou muitas modelos? Isso não é um fato? — Ele fez uma careta (era definitivamente a careta mais bonita que eu já tinha visto, e também era, de uma forma que eu estava apenas começando a compreender, horrivelmente indutora de arrependimento), e acrescentei: — Eu não quis te ofender.

— Claro.

— Desculpa, mas eu avisei que era uma idiota.

— Uau. Isso é... — Ele balançou a cabeça. — Essa foi a desculpa mais esfarrapada que já ouvi.

Olhamos um para o outro e para longe um do outro com uma nova estranheza, um constrangimento nada divertido, enquanto o zumbido da sala, que antes era quase imperceptível, parecia aumentar. Por um lado, eu desejava desesperadamente poder rebobinar a conversa noventa segundos e desdizer aquelas coisas sobre modelos. Por outro lado, me sentir atraída por esse homem, experimentar sua atenção... tinha sido estressante e confuso, não apenas no bar, mas nos últimos dias, e agora parecia que o estresse e a confusão tinham se esgotado. Eu poderia voltar à minha vida normal, sem esperança e sem tormento.

— Se você não quer aceitar as minhas desculpas — me ouvi dizer —, então acho que é isso. Foi um prazer te conhecer ou sei lá o quê. — Ergui minha bebida para ele em uma espécie de saudação de despedida.

Noah pareceu profundamente irritado e talvez até chateado ao dizer:

— "Eu não queria te ofender" e "Eu avisei que era uma idiota"... nenhuma dessas coisas é um pedido de desculpas. Eu só queria... — Então ele fez uma pausa. Mais uma vez, ele balançou a cabeça. — Quer saber? Deixa para lá. Acho que eu devo agradecer por você ter me avisado quem você era antes que as coisas avançassem. — Noah prendeu o cabelo que eu sabia ser uma peruca atrás da orelha de um jeito estranhamente decisivo. — Então, é isso. Se cuida, Sally.

Aí ele se virou e foi embora.

Nos dias seguintes

Vou descrever o que aconteceu a seguir não em ordem cronológica, porque, mesmo agora, a cronologia é confusa para mim, mas na ordem da minha consciência dos eventos. A primeira coisa que percebi foi que Noah não saiu do bar imediatamente, mas teve uma conversa rápida com um grupo de membros do elenco e saiu dez minutos depois. Procurei Viv, que estava conversando com o dr. Theo de uma maneira tão suave e íntima que, se eu não estivesse tão agitada, os teria deixado em paz. Enquanto estava a cerca de cinco metros e meio de Noah, eu o observei de canto de olho, imaginando se deveria abordá-lo e tentar consertar as coisas; se eu estivesse mais bêbada ou fosse mais impulsiva, provavelmente teria tentado, mas parecia improvável que tivesse sucesso. Além disso, eu não queria superestimar a importância que nosso conflito tivera para ele. Será que ele mal se lembraria disso na manhã seguinte? Fiquei arrasada e aliviada quando Noah se afastou de Josh, Hakeem e Lynette, em direção à saída no final da escada, parou para pegar o celular e digitar alguma coisa, depois desapareceu escada acima até o térreo. É claro que já tinha me sentido arrasada — me senti assim no instante em que estraguei nossa conversa. Foi a dramática mudança de tom, o fato de que eu *conseguira* arruinar tudo, que me permitiu admitir para mim mesma que a dinâmica entre nós, não apenas na pós-festa, mas nos últimos seis dias, que tinha peso suficiente e energia para ser alguma coisa, não era nada. Se ele não fosse famoso, eu definitivamente teria pensado que estava dando em cima de mim. Embora, se estivéssemos realmente prestes a nos beijar alguns minutos antes, agora eu nunca saberia se estava surpreendentemente certa ou ridiculamente errada.

A segunda coisa que aconteceu foi que o esquete do Queijeiro viralizou. No domingo à noite, às oito horas, tinha mais de quinhentas mil visualizações no YouTube, na segunda-feira tinha mais de um milhão e, na sexta-feira, mais de três milhões.

A terceira coisa que aconteceu foi que, uma semana e meia depois, o décimo álbum de Noah foi lançado, e, quando ele voltou a Nova York para promovê-lo em talk-shows matinais e noturnos, foi questionado repetidamente sobre o Queijeiro, falou de forma calorosa sobre o esquete, e nunca mencionou meu nome. Pior ainda, ele e Annabel Lily foram fotografados saindo juntos em duas ocasiões distintas. Uma tarde foram passear no SoHo e no dia seguinte jantaram em um restaurante de sushi no East Village. Naquela noite Noah foi visto saindo do apartamento dela por volta das onze horas. Foi Henrietta quem me alertou, enviando uma mensagem de texto depois que a primeira rodada de fotos apareceu na internet: *O que eles estão pensando????* E então, como se eu não tivesse entendido, *Coitado do Danny!!!*

De forma masoquista, continuei a pesquisar sobre Noah no Google por algumas semanas, e não tinha mais nenhum registro dele com Annabel. Embora as fotos tivessem sido acompanhadas por notas de repúdio de fontes não identificadas, ou seja, seus assessores ("Noah e Annabel são apenas velhos amigos"), outro cliente do restaurante japonês notou o "clima sedutor" ("Eles estavam realmente se curtindo"), e os episódios pareciam patentemente encenados. Quer dizer, passear no SoHo — alguém fazia isso na vida real? E pelo amor de Deus, simplesmente pegue sushi para viagem! Mas eu não poderia dizer se a promoção do álbum era o objetivo e a crueldade era o subproduto ou se explorar uma atração sincera era o objetivo e a promoção do álbum era o subproduto.

A quarta coisa que aconteceu foi que Viv e o dr. Theo se tornaram um casal de verdade, um casal sério, embora, como ela me contou mais tarde, eles não tivessem feito sexo na primeira noite. Eles foram para casa juntos e dormiram na mesma cama, mas só dormiram mesmo, depois do que Viv, brincando, mas em êxtase, descreveu como carícias pesadas.

Foi com Viv e o dr. Theo que saí da pós-festa não muito depois da partida de Noah. Nos sentamos na segunda fileira do Escalade, com Viv entre nós, e, enquanto eu colocava o cinto de segurança, me inclinei para a frente e disse ao dr. Theo:

— Como você está?

— Não tenho certeza se já fiquei acordado até esta hora desde que era residente, mas estou aguentando firme.

Viv disse:

— Devemos dar um pulo em Bellevue e você faz o parto de um bebê pelos velhos tempos?

— Vou deixar para a próxima.

O motorista entrou na rua, e menos de um minuto se passou quando ouvi uma respiração ritmada, um som mais baixo que ronco e, quando me inclinei para a frente novamente, vi que o dr. Theo tinha pegado no sono. Viv e eu fizemos contato visual e ela sorriu.

— Gostei dele — eu meio sussurrei e meio murmurei.

— Eu também — ela sussurrou de volta.

— Sabe a Regra Danny Horst? — eu disse baixinho. — Você acredita nela?

— Não — ela disse imediatamente.

— Mesmo?

— É claro que nossa cultura é obcecada com a aparência das mulheres, e todas nós somos impactadas por isso. Mas individualmente as pessoas são muito mais esquisitas do que nós admitimos. Atração tem a ver com muitas coisas além da aparência. — Depois de uma pausa (estávamos indo para a FDR Drive, quase vazia àquela hora, dirigindo pela faixa escura do East River, para além de onde as luzes do Brooklyn alcançavam), Viv disse: — Você preferiria se casar com Danny ou Annabel?

— Definitivamente Danny — eu disse.

— Não é? Porque sexy eventualmente perde a graça, mas divertido nunca perde.

— Com você a pessoa não vai precisar escolher — acrescentei. — Vai ser sexy e divertido, tudo junto.

— Eu sei. — Viv apontou para a esquerda, onde o dr. Theo dormia e, no mesmo tom mais baixo em que estávamos falando, disse: — Cara sortudo.

Hesitei antes de dizer:

— Na terça à noite, ajudei Noah Brewster com o esquete dele. Ele apareceu aleatoriamente na minha sala, e ficamos só nós dois por mais ou menos uma hora, antes de Autumn aparecer e encontrá-lo. Depois disso, durante toda esta semana, continuei sentindo que tinha uma química entre nós. Então eu pensava, é impossível. Não tem como.

— Claro que é possível — Viv disse. Estávamos passando pelo desembarque da balsa da East 20th Street quando ela disse: — Você é como *A princesa e o plebeu*.

— Como assim?

— Noah escapando para longe de seus manipuladores. Ele é Audrey Hepburn e você é Gregory Peck.

— Ah — assenti. — Não tinha pensado nisso. — Depois de alguns segundos, acrescentei: — Mas, se tinha uma química, estraguei tudo esta noite. No Blosca, a gente estava tendo uma conversa estranhamente profunda, aí eu entrei em pânico e falei alguma coisa cruel sobre ele namorar modelos de vinte e dois anos.

— Por que você fez isso?

— Não faço ideia — respondi, e comecei a chorar.

Viv não respondeu. Em vez disso, ela segurou minhas mãos, e o motorista continuou subindo a FDR Drive, passando pelos prédios de um lado e o rio do outro, nessa hora tranquila, nessa noite de primavera, na ilha de Manhattan. Do outro lado de Viv, dr. Theo continuava a ressonar profundamente.

de: Noah Brewster <NoahRBrewster@gmail.com>
para: Sally Milz <Smilz@TNOshow.com>
data: 20 de julho de 2020, 23:42
assunto: Na verdade

Esse ainda é o seu e-mail?

de: Sally Milz <Smilz@TNOshow.com>
para: Noah Brewster <NoahRBrewster@gmail.com>
data: 21 de julho de 2020, 08:04
assunto: Na verdade

Sim, ainda é.

(O.k., a estudante de inglês dentro de mim está passando por um grande conflito agora. Quero que você saiba que, gramaticalmente, a Frase 1 deveria ser "ainda sou eu", mas também não quero que você pense que sou certinha. Consegui ficar no meio-termo? Falando em crise: quando eu era criança, achava que cannoli era um tipo de óleo, tipo como é o de canola.)

Espero que você esteja aguentando firme em meio a esse, hum, caos global insuportável.

de: Noah Brewster <NoahRBrewster@gmail.com>
para: Sally Milz <Smilz@TNOshow.com>
data: 21 de julho de 2020, 13:36
assunto: Na verdade

Até a quinta série eu achava que miojo era feito de queijo. Em minha defesa, miojo feito de queijo deve ser uma delícia.

Quanto à gramática, aceito as duas formas. Foi "Frase" com F maiúsculo que me confundiu. Por outro lado, qualquer pessoa não ignorante iria se render ao conhecimento de alguém que se formou em uma faculdade chique, mesmo que não seja Harvard. Espera... Ignorante é um termo ofensivo?

Você está em NY? Não que você tenha perguntado, mas eu estou em LA.

de: Sally Milz <Smilz@TNOshow.com>
para: Noah Brewster <NoahRBrewster@gmail.com>
data: 21 de julho de 2020, 19:04
assunto: Na verdade

Acabei de pesquisar "ignorante" no Google e ainda não sei. Mas você está lembrado que muita gente acha que a missão do TNO é ofender, né? Depois do primeiro episódio deste ano, antes de todo mundo se dar conta de que a gente teria problemas novos pra se preocupar, uma pessoa importante do Comitê Nacional Democrata tuitou que um esquete que eu tinha acabado de escrever era a apoteose da apatia política das pessoas de vinte e poucos anos. Sendo alguém que vai fazer 39 em outubro, considerei a parte dos vinte e poucos um elogio. Mas os jovens de vinte e poucos anos são as pessoas menos apáticas que eu conheço! São eles que usam canudos de metal. Eles participavam dos protestos do Black Lives Matter antes que todo mundo estivesse participando. (Você foi a alguma manifestação do BLM neste ano?) De qualquer forma, você não deve me enxergar como a pessoa mais indicada para opinar sobre o que é apropriado ou não.

E na verdade estou em (olha o glamour) Kansas City, Missouri. No meu quarto de infância. Morando com meu padrasto de oitenta e um anos e a beagle dele, Sugar. Coisa fina! Estou envergonhada por ser uma das pessoas que fugiram de Nova York, mas, depois que tudo fechou, comecei a me sentir meio que perdendo a cabeça (tipo de verdade, não tipo uma hipérbole). Como está LA?

Miojo feito de queijo seria demais! Você poderia fritar e mergulhar em molho marinara e... ah, droga, acho que acabei de inventar os palitinhos de muçarela! Aliás, algum estranho aleatório já escreveu para você depois de adivinhar o seu endereço de e-mail surpreendentemente óbvio?

de: Noah Brewster <NoahRBrewster@gmail.com>
para: Sally Milz <Smilz@TNOshow.com>
data: 22 de julho de 2020, 22:36
assunto: Na verdade

Eu faço 39 antes de você, em 5 de setembro. Não sei como alguém comemora um aniversário no meio de um "caos global insuportável", mas talvez usando um canudo de metal e comendo miojo feito de queijo na mesma refeição? Tantas possibilidades!

Bom, falando da pandemia... Com toda a sinceridade, esse assunto nos leva ao motivo pelo qual eu te escrevi, pra começo de conversa. Você se perguntou por quê? Se sim, foi legal da sua parte agir como se não fosse estranho e inesperado.

Então... Eu peguei covid em fevereiro. Primeiro vou abrir um parêntese sobre o fato de que eu não devia reclamar porque sou privilegiado... Depois vou dizer que foi horrível pra caralho. Por quase três semanas eu não conseguia respirar, tive a pior crise de tosse da minha vida, fiquei exausto, todo dolorido e com uma dor de cabeça constante. Além de estar péssimo, eu estava morrendo de medo de nunca mais conseguir cantar, pelo menos não como antes. Ainda bem que não foi o caso, mas, para alguém como eu, qualquer coisa que mexa com a voz e a respiração é muito assustadora. Enquanto estou digitando tudo isso, percebi que talvez você também tenha tido e esteja dizendo para si mesma "que bebezão!". Espero que não.

Mas ficar doente me permitiu pensar... pra ser honesto... em muita coisa. Uma delas foi a minha semana no TNO em 2018, especificamente a parte de trabalhar com você, e como as coisas ficaram meio ruins entre nós no final. Me arrependo daquilo e quero te pedir desculpas oficialmente. Eu te acho legal e inteligente, poderia imaginar a gente saindo junto depois daquela semana e aí... Bom, obviamente não rolou. Mas talvez devesse ter rolado, sabe?

Respondendo às suas perguntas:

— Participei de protestos do BLM. Fiquei em cima do muro no começo porque não queria participar só para aparecer, mas decidi que era mais importante ir e deixar o destino tomar o curso dele se fosse para eu ter os meus motivos questionados... Não seria a primeira nem a última vez. Eu pedi para o pessoal que cuida das minhas redes sociais para não postar nada a respeito, apesar de achar que algumas fotos acabaram vazando. Você foi a algum?

— Sim, algumas vezes por ano eu recebo e-mails de estranhos aleatórios que dizem "sou seu maior fã, me empresta 500 dólares para minha cirurgia", ou então "sua música é uma merda". Uma vez um cara reclamou que queria o dinheiro de volta por ter comprado meu último álbum, e ele deu muitos detalhes sobre o motivo. Ele tinha alguns pontos válidos, então respondi "tudo bem, cara, me passa os seus dados bancários que eu reembolso os dez dólares". Nunca mais ouvi falar dele.

Admito que o meu endereço de e-mail é pouco criativo, mas me dá um crédito por colocar a minha inicial do meio nele. Alguém já te falou que o seu endereço de e-mail meio que se lê como "smiles"...? O que eu imagino ser exatamente uma coisa que você escolheria se tivesse a oportunidade. Falando em e-mail, acho que este é o mais longo que escrevi desde o início dos anos 2000!

de: Sally Milz <Smilz@TNOshow.com>
para: Noah Brewster <NoahRBrewster@gmail.com>
data: 23 de julho de 2020, 11:27
assunto: Na verdade

Antes de qualquer coisa, sinto muito por você ter ficado doente. Deve ter sido terrível. Você está 100% recuperado agora ou ficou com alguma sequela? Tinha alguém para cuidar de você? Você estava em LA na época? Não tive covid, ou se tive nunca soube, o que é muita sorte, porque, logo depois do encerramento da produção do TNO, um monte de gente pegou, incluindo Henrietta, a esposa dela, Lisa (que agora está grávida de oito meses), e Viv (que por coincidência também está grávida de oito meses). Por alguma razão, o marido da Viv, que é médico, não pegou. Viv, Lisa e Henrietta parecem estar bem agora, embora eu saiba que elas estão preocupadas com os possíveis efeitos da covid na gestação. Viv também está ansiosa com o parto, e com razão. Confesso que não sabia até ela me contar que, independentemente da classe social, a probabilidade de mulheres negras e seus bebês morrerem no parto é muito maior por causa do racismo/sistema de saúde precário.

Sobre as manifestações do BLM, também fui — você deve saber que eles foram intensos por aqui, e alguns aconteceram muito perto da casa do meu padrasto —, mas dá para dizer que ninguém se importou o suficiente com a minha presença para postar fotos minhas na internet. Por um lado, acho tão estranho e vergonhoso que pessoas brancas e empresas lideradas por pessoas brancas acordaram um dia e decidiram admitir que o racismo existe. Por outro lado, antes (quatrocentos anos) tarde do que nunca? Viv me disse que, depois que George Floyd foi morto, ela começou a ser procurada por conhecidos brancos aleatórios dizendo "Como você está? Não, sério, como?", e ela respondia "olha, estou exausta de gerar um humano no meu útero, mas acho que não é disso que você está falando." (Obs.: é claro que eu me preocupo por talvez ser uma das mulheres brancas aleatórias imaginando que tenho mais proximidade com Viv do que realmente tenho, mas com certeza não vou buscar a validação dela agora. Tenho pensado em um esquete na linha "Sua confissão não vai te proteger". Tipo o fenômeno das mulheres brancas acreditando que o simples ato de expressar nosso desconforto ou culpa nos deixa livres das acusações. Sabe lá como vai ser estar no TNO na próxima temporada — dizem que vamos ter que fazer teste todo dia —, mas na semana passada assinei o contrato para o meu décimo segundo [!!] ano.)

Quanto ao fim da sua semana no TNO, embora eu agradeça o seu pedido de desculpas, você tinha razão sobre tudo. (É possível que eu nunca tenha escrito essas palavras para ninguém antes, então, por favor, aproveite.) Também pensei muito sobre aquela semana e também fiquei me sentindo mal. A realidade é que você não me deve desculpas, sou eu que devo. Quando você me confrontou, foi justificado. O que eu disse no bar foi grosseiro. Eu realmente sinto muito.

Escrever (e imagino que receber) o seu e-mail mais longo desde o início dos anos 2000 é uma coisa boa ou ruim? Em homenagem ao início dos anos 2000, você também está preocupado com o bug do milênio e vestindo uma daquelas camisetas amarelas de ciclista? Eu estou, é claro, usando a minha agora. O náilon me deixa fresquinha no verão úmido do Missouri.

de: Noah Brewster <NoahRBrewster@gmail.com>
para: Sally Milz <Smilz@TNOshow.com>
data: 23 de julho de 2020, 15:50
assunto: Na verdade

Que honra receber o primeiro "você tinha razão sobre tudo" de Sally Milz!! Seria estranho se eu tatuasse essas palavras no meu braço? (Você fez mais alguma desde que a gente comparou as tatuagens? Eu não fiz, mas quando lembro do seu hamster ainda choro de rir.)

É bom pra caralho escrever e receber e-mails longos! Não me leve a mal, é intimidador escrever para uma roteirista do TNO, mas também é tão divertido que, apesar de eu provavelmente estar cometendo todo tipo de erro de pontuação, me pergunto se o que me faltou todos esses anos foi um amigo pra me corresponder. Com toda a sinceridade, minha vida nunca esteve tão silenciosa nas últimas duas décadas, e é muito legal me conectar com outra pessoa. Antes eu fazia umas pausas por seis meses ou um ano, e agora é como se o universo estivesse me desafiando. Não, eu não sou egocêntrico o suficiente pra pensar que causei uma pandemia global, mas ainda assim... Cuidado com o que você deseja.

Respondendo à sua pergunta, eu estava no meio de uma turnê de 18 cidades em fevereiro, voltei para LA e estou aqui desde então. Acho que é uma história conhecida a esta altura, mas nós fizemos um show em San Antonio que foi bastante normal, na noite seguinte era Houston e tinha uma energia estranha no ar, duas noites depois era New Orleans e, quando subi no palco, eu sabia que teríamos que adiar o resto da turnê. Apesar de que naquela noite nós fizemos o *meet and greet* e todas as coisas de sempre... Então eu não devia ter ficado surpreso quando fiquei doente uma semana depois.

Parafraseando você, tenho um pouco de vergonha de falar disso, mas eu tenho uma governanta/cozinheira e um zelador que moram comigo numa área separada da casa, em cima da garagem, e eles são casados. E eu também tenho um assistente pessoal que não mora comigo. Todos eles cuidaram de mim quando eu estava doente de um jeito pelo qual vou ser eternamente grato. Nenhum deles ficou doente... Margit (a governanta) deixava comida do lado de fora da porta do meu quarto, e a gente não interagia muito, mas foi reconfortante ter pessoas conferindo para ver se eu estava vivo.

Espero que não seja uma pergunta muito estranha, mas como é um "dia na vida" pra você agora? Está morando com alguém além do seu padrasto e da cachorra dele? Parabéns por assinar o contrato para mais uma temporada do TNO! Lembro de você me dizendo em 2018 que achava que iria embora em um ou dois anos, mas parece que você mudou de ideia. Você pensou em ficar em Kansas City?

Então... Estou com medo de abordar esse assunto, mas já que parece que nós estamos sendo honestos... Eu sei que devo me desculpar por ter saído com Annabel L. naquela semana depois do programa. Não tenho certeza se devo desculpas a você ou ao Danny Horst, mas não foi legal da minha parte. Não tinha nada acontecendo entre Annabel e eu, mas sei que pode ter parecido que sim e... Bom, eu gostaria de poder voltar e mudar aquela impressão. (Estou suando frio aqui, primeiro porque... esse tópico! E depois porque: escrevi primeiro "Annabel e mim", mas os 47 sites de gramática que acabei de consultar sugeriram a outra forma. Mas ainda não tenho certeza.)

Aposto que você fica incrível na sua camiseta amarela de ciclista. Ouvi dizer que elas nunca saem de moda.

de: Sally Milz <Smilz@TNOshow.com>
para: Noah Brewster <NoahRBrewster@gmail.com>
data: 23 de julho de 2020, 19:40
assunto: Na verdade

É estranhamente gratificante saber que eu contaminei você com a minha ansiedade gramatical. Desculpe? Parabéns?

Na verdade (na verdade, na verdade mesmo) seria um esquete engraçado ter várias pessoas explicando por que elas acham sinceramente que causaram a pandemia. Você não é a primeira pessoa que ouço expressar esse sentimento. A mãe da família que mora ao lado do meu padrasto me falou que a filha de 11 anos estava preocupada que pudesse ter causado a pandemia, porque ela reclamou que a mãe viajava muito a trabalho, e o sogro da Henrietta disse a ela que sentia como se ele tivesse causado a pandemia porque estava com medo de uma festa de aposentadoria que iriam fazer em sua homenagem no fim de março. Quer dizer, a junção entre você, o sogro da Henrietta e a garota de 11 anos claramente causou tudo isso, e vocês devem desculpas ao mundo inteiro. Não tinha nada a ver com um morcego em um mercado em Wuhan.

Uma das coisas estranhas de trabalhar para o TNO é que é oito ou oitenta: ou a semana dura noventa horas ou eu nem piso no escritório por semanas ou pelo verão inteiro. Antes de o comércio fechar, eu poderia dizer que sou excelente em me manter ocupada fora do programa, mas talvez a pandemia tenha provado o contrário.

Eu nunca ficaria em Kansas City pra sempre. Eu sei que isso pode soar esnobe e que pessoas inteligentes e interessantes moram em todos os lugares e tudo mais, mas ainda assim... nunca. Mesmo quando não tem pandemia, os restaurantes fecham às 19h45, as calçadas estão todas vazias e, claro, EXISTE gente inteligente e interessante aqui, mas não nas proporções de NY. Dito isso, saber que vou ficar temporariamente com Jerry e Sugar torna tudo melhor, embora lento. Jerry é muito legal, muito respeitoso, e ele considera e-mails e leite de aveia coisas inovadoras. Sugar não é nada respeitosa, especialmente quando pede carinho na barriga. Este é de longe o maior tempo que Jerry e eu passamos sozinhos juntos, e 75% do que nós conversamos tem a ver com a Sugar. Eu tinha 10 anos quando minha mãe se casou com Jerry (meu pai biológico, que era um cara muito problemático, morreu quando eu tinha 8 anos — outra hora te conto). Quando Jerry foi morar com a gente, eu dormia na cama da minha mãe desde a morte do meu pai, e pra me convencer a voltar para o meu quarto ela comprou uma TV só pra mim. Foi assim que eu comecei a assistir ao TNO escondido quando estava na quinta série. Então talvez eu deva minha carreira ao Jerry?

Segue Um Dia na Vida de Sally na Pandemia (em troca de eu contar isso para você, você é obrigado a me contar Um Dia na Vida de Noah na Pandemia):

7h: Acordar antes que chegue a 30°C, levar Sugar para um passeio bem longo, ficar chocada com o tanto que o dia está claro e com o tanto de gente acordada tão cedo.

8h: Voltar para casa, tomar banho, tomar café, sentar na escrivaninha de vime da minha adolescência, abrir o computador para trabalhar no roteiro, acidentalmente passar as quatro horas seguintes lendo artigos sobre quando vai existir uma vacina e o que é ganho de mutação funcional.

12h: Almoçar com Jerry, que levanta às 10h (quando não estou aqui, ele acorda às 6h para passear com Sugar e volta para a cama), lê o The Kansas City Star de cabo a rabo por duas horas enquanto bebe uma única xícara de café e saboreia uma única tigela de cereal. Ele literalmente coloca a tigela do café da manhã na lava-louça e tira o prato do almoço do armário. No almoço, nós comemos sanduíches de mortadela no pão francês com maionese e alface. Dúvida: sou pescetariana há sete anos. Mas mortadela é carne MESMO?

12:30h-16:45h: Fingir que escrevo o roteiro, ler mais artigos sobre anosmia e tempestades de citocinas.

17h: Fazer "Ioga na Cadeira para Idosos" pela internet com Jerry na sala. A instrutora é uma senhora atraente de sessenta anos chamada Marie, e Jerry nunca, nem em um milhão de anos, iria comentar sobre isso comigo, mas acho que ele tem uma quedinha por ela. Sem querer me gabar, como eu não sou idosa (juvenil?), deixo a cadeira de lado durante a Ioga na Cadeira.

17:30h: Jerry prepara um Manhattan para ele e uma água de toranja gaseificada com gelo para mim, grelha um bife de porco para ele e um hambúrguer vegetariano para mim, e nós comemos no terraço dos fundos se não estiver muito quente. Nesse caso, geralmente acabamos conversando com a família vizinha (as filhas têm 9 e 11 anos, e a de 11 foi quem causou a pandemia quando reclamou que a mãe viajava muito a trabalho). Elas nos fazem muitas perguntas tipo "Se você pudesse comer uma única comida pelo resto da vida, qual seria?" e "Se Sugar falasse a língua dos humanos, o que você acha que ela iria dizer?"...

18:30h: Outra longa caminhada com Sugar. Nesta eu costumo conversar com Viv, Henrietta ou as duas. Viv está em NY — o marido dela ainda está atendendo, o que naturalmente a deixa preocupada —, mas Henrietta e sua esposa alugaram uma casa no interior do estado.

19h-21h: Sou a guia turística de Jerry através da Era de Ouro da Televisão. Tento encontrar programas que ele não conheça que possam expandir seus horizontes mas não o deixem horrorizado. Sim para: dramas ambientados no interior da Inglaterra, reality shows de competições saudáveis, seriados sobre pessoas que não são brancas nem heterossexuais. Não para: reality shows de namoro, seriados acelerados e extremamente irônicos de millenials ou da geração Z. Quando ele não gosta de alguma coisa, ele diz: "É um pouco confuso, não é?". Quando gosta, ele fala que foi "muito interessante" ou "muito divertido".

21:15h: Jerry vai para o quarto dele, eu o escuto arrumando as coisas, vou para o meu quarto. Lá tenho duas opções para passar o tempo e eu tento escolher a menos viciante, guardando meu laptop e celular e pegando um livro. Tenho sucesso cerca de uma a cada três vezes.

Meia-noite: Luzes apagadas, sono tranquilo. Brincadeira. Luzes apagadas e pânico logístico, corporal e espiritual.

Lave, enxágue, repita!

Você já esteve no Missouri? Já teve algum amigo por correspondência ou eu sou, hum, sua primeira?

(Re: Annabel etc., agradeço a sua honestidade. Não vejo muito sentido em ter um amigo por correspondência pandêmico se não for honesto. Na verdade, eu acabei de digitar outro parágrafo aqui sobre Annabel e a vida e a minha confusão existencial, mas decidi poupar nós dois e apagar. São águas passadas. Se te faz se sentir melhor, Danny agora está namorando a filha do Nigel, Lucy, que acabou de se formar na Brown, trabalha no mercado editorial e é linda, como previsível, mas curiosamente pé no chão. Estou torcendo por eles como casal e também torcendo para Nigel se tornar oficialmente o quase-judeu quase-pai de Danny.)

de: Noah Brewster <NoahRBrewster@gmail.com>
para: Sally Milz <Smilz@TNOshow.com>
data: 24 de julho de 2020, 01:49
assunto: Na verdade

Claro que eu já estive no Missouri! Já toquei algumas vezes no Sprint Center em KC, no Chaifetz, em St. Louis e, faz uns anos, no Blue Note, em Columbia, MO, que é um espaço legal e intimista (acho que é um antigo cinema). Não posso dizer que passei muito tempo explorando Kansas City, mas visitei o museu com as enormes esculturas de petecas de badminton no gramado. Nas turnês, quando eu tenho tempo depois das passagens de som e das coletivas de imprensa, tento fazer pelo menos uma coisa ali naquela área, mesmo que seja só ir a um restaurante. Mas também tento ser saudável, e experimentar o prato típico sem comer porcaria pode ser um conflito.

Mais ou menos sobre esse assunto... Eu sei que essa é uma pergunta capciosa vindo de mim, mas qual você diria que é a sua relação com a bebida e o álcool? Você mencionou tomar "água de toranja gaseificada com gelo" quando o seu padrasto toma um drinque, embora eu tenha a impressão de que você bebe de vez em quando. Não sei se isso é óbvio pra você: eu sei que beber, sem ser em excesso, é uma parte normal da vida de muita gente... aquele tipo de gente invejavelmente bem equilibrada!

O seu padrasto parece um cara legal, e aposto que ele está muito feliz por você estar aí. Vou querer ouvir mais sobre o seu pai biológico ou a sua mãe, se você quiser compartilhar. Infelizmente eu não tenho um relacionamento muito bom com os meus pais. Nós não brigamos, mas não somos próximos.

Normalmente eu os vejo uma vez por ano e falo com eles por telefone a cada dois ou três meses. Tenho tentado fazer as pazes com quem eles são (lembra da gente conversando sobre a terapia ter me ajudado muito? Foi principalmente nesse campo). Eles ainda moram em Arlington, na Virgínia, e os dois estão aposentados, mas meu pai era advogado tributário e minha mãe trabalhava com admissões em uma escola particular de ensino fundamental e médio. Eles são cidadãos de bem em todos os sentidos (leia-se: esnobes) e sempre consideraram a minha carreira desagradável por ser tão pública. Além disso, eles acham que a indústria da música e LA estão cheias de pessoas indecentes. Mesmo antes da pandemia eles já levavam uma vida muito isolada, jogando tênis no clube de campo, bebendo e jantando com um grupinho de amigos e passando os verões no Maine. Obviamente eu não tenho do que reclamar, e tive claras vantagens em termos de educação, apesar de ter desperdiçado a chance de frequentar a faculdade, e quanto à segurança financeira também. Mas acima de tudo está a vantagem de acreditar que iria existir um lugar no mundo para a minha música. Como eu era um cara gótico, tímido e esquisito quando era adolescente, demorei anos para reconhecer o privilégio ou mesmo a arrogância em acreditar que você tem o direito de correr atrás da sua arte e de compartilhar essa arte com os outros. Acontece que um número desproporcional de pessoas na indústria da música cresceu privilegiado, e muitas dessas pessoas fazem de tudo para você pensar o contrário. Com certeza também existem muitos músicos que superaram obstáculos, inclusive a falta de grana, e esse pessoal geralmente é mais talentoso e muito mais agradável de conviver.

Espero que não seja informação demais. Achei a descrição do seu padrasto tão interessante que pensei em tentar uma descrição que ficasse à altura. Uma coisa pela qual eu tenho muita sorte é que realmente considero minha irmã Vicky uma das minhas melhores amigas. Ela estava lá quando eu apresentei o TNO, e vocês duas se conheceram de relance. Nossos pais desaprovam a Vicky de um jeito diferente de como eles me desaprovam (ela é assistente social e ajuda crianças em lares adotivos a encontrar "famílias eternas", o que para mim faz dela uma heroína, enquanto para os meus pais ela prioriza os filhos de outras pessoas em vez dos dela — meu sobrinho Jonah tem seis anos e o Billy tem quatro. Além disso, ela é divorciada, o que eles também julgam na maior estupidez). Vicky e eu sempre fazemos juntos uma visita anual aos nossos pais para proteger um ao outro.

Posso perguntar sobre o que é o seu roteiro ou um gênio não revela detalhes do seu trabalho em andamento? Imagino que seja uma comédia romântica e que tenha uma música das Indigo Girls no clímax, mas você está disposta a dizer o que acontece além disso? Fico feliz em saber que o segredo para se tornar um roteirista premiado do TNO é conseguir ter uma TV no quarto na quinta série! Acho que uma das razões pelas quais eu sou músico é que eu só fui ter a minha TV ao virar adulto.

Quanto a um dia na minha vida pandêmica... o seu é muito mais interessante, entre cachorros, ioga na cadeira e vizinhas espertas, mas aqui vai:

9h: acordar.

10h: correndo o risco de parecer um clichê ambulante mais uma vez, meu treinador Bobby vem às segundas, quartas e sextas. Nós fazemos todos os nossos exercícios ao ar livre e ficamos a um metro e meio de distância um do outro. Paramos por um tempo entre março e abril, mas para mim, pessoalmente, malhar é um jeito muito importante de manter o equilíbrio para preservar a sobriedade e tudo mais.

13h: almoço, depois eu coloco em dia os e-mails ou as coisas do trabalho, que diminuíram bastante. Nos últimos meses eu fiz algumas campanhas de arrecadação de fundos na internet, incluindo aquela no final de abril que deu muito errado.

16h: ou faço uma caminhada para combater a claustrofobia ou, de vez em quando, alguns amigos vêm aqui. Tem uns caras com quem estou tocando em uma banda como projeto paralelo. Um dos caras (dois dos sete "caras" são mulheres) é Erik Ventresca, do Frontal Plumage. Nós conversamos sobre trabalhar juntos por anos, mas por enquanto só tocamos juntos, sem pretensão nenhuma. Apesar de ter um estúdio em casa, por motivos óbvios, eu levo tudo pra fora, inclusive os amplificadores. Fizemos isso cinco ou seis vezes e foi uma salvação. Eu me reuniria todo dia se eles pudessem, mas eles têm família... incluindo crianças fazendo ensino a distância.

20h: como já comentei, Margit prepara a maior parte das minhas refeições, mas eu tenho cozinhado mais do que antes. Agora que eu sei que você é pescetariana, talvez algum dia eu prepare meu salmão grelhado pra você. Você gosta de cozinhar?

Sobre Annabel... sim, águas passadas com certeza. Mas estou intrigado com o parágrafo de confusão existencial não enviado. Adoro uma confusão existencial! Esse parágrafo excluído me lembra das fitas perdidas de Watergate. (Estou tentando impressionar você com referências políticas históricas, porque isso parece uma coisa de que uma roteirista do TNO gostaria. Está funcionando?)

Você é minha primeira amiga por correspondência! Eu sou, hum, o seu primeiro?

de: Sally Milz <Smilz@TNOshow.com>
para: Noah Brewster <NoahRBrewster@gmail.com>
data: 24 de julho de 2020, 10:22
assunto: Na verdade

Olha, eu tenho MUITAS perguntas! Jura que você foi um adolescente gótico, esquisito e tímido ou você fala isso para as pessoas por modéstia? Você malha três horas por dia?!. Que tipo de música sua banda de projeto paralelo toca? Mas, acima de tudo, como é que os seus pais conseguem não ficar orgulhosos e impressionados por você ser um músico supertalentoso e bem-sucedido, amado por milhões de pessoas no mundo inteiro? Que doideira! No fundo do coração dele, meu padrasto nem acha o TNO engraçado (está na categoria "É um pouco confuso, não é?" para ele), e mesmo assim ele conta pra todo mundo que eu sou roteirista lá. A melhor parte é que ele se refere ao programa como The Night Owl, no singular, em vez de The Night Owls.

Talvez este seja o momento de confessar que desde 2018 eu ouço muito a sua música. Tipo, mesmo antes de você me mandar um e-mail há alguns dias. Pode ser um pouco verdade que, quando você apresentou o TNO, eu não estava tão familiarizada com seus não-tão-grandes sucessos quanto poderia estar, mas agora eu mergulhei tão longe e tão fundo que talvez conheça até as músicas que você esqueceu de escrever. (Você esqueceu de escrever algumas músicas? Esqueci de escrever certos esquetes, apesar de que, se alguém os mencionasse, eu me lembraria. Não é diferente de um colega de escola que você não vê há 22 anos e depois encontra no corredor de cereais do mercadinho quando se muda de volta para casa durante uma pandemia e reconhece

Vinny Kaplan imediatamente, mas, como vocês dois estão usando máscara, você simplesmente sai de fininho e tem certeza de que Vinny não te reconheceu, mas talvez ele estivesse fingindo exatamente como você estava.) De qualquer forma, correndo o risco de parecer uma *fangirl* medrosa, acontece que você é um ótimo músico! Quem diria?! Além do mundo inteiro??

Não tenho certeza se um gênio revela os detalhes do seu roteiro, mas eu revelo os detalhes do meu (para algumas poucas pessoas selecionadas). É sobre uma juíza da Suprema Corte que se apaixona por um advogado que está sempre defendendo casos julgados por ela. Ou talvez seja sobre um executivo de publicidade que trabalha para uma marca de ração para gato e se apaixona pela executiva de publicidade que trabalha para uma marca de ração para cachorro. Ou talvez a executiva de publicidade trabalhe para a marca rival da ração para gato? Ou, bom, bem-vindo ao meu cérebro. Escrevi umas dez páginas muitas vezes (provavelmente não é coincidência que esse seja o tamanho médio de um esquete do TNO) antes de começar a questionar não só a premissa do roteiro como todas as escolhas de vida que já fiz até agora, abandonando uma ideia e recomeçando. Aliás, o outro segredo para se tornar um roteirista do TNO, além de ter sua própria TV na quinta série, é ser obcecado por Mad Libs. Você gostava de Mad Libs? Na quarta série, meus amigos e eu brincamos disso no ônibus na volta de uma excursão para uma reserva ambiental, e até hoje nada me fez rir mais do que a frase "Fiquei tão feliz que não pude arrancar o sorriso do meu pênis".

Estou com vergonha por você lembrar de quando eu disse que acabaria deixando o TNO mais cedo ou mais tarde. A verdade é que provavelmente já deu a minha hora, mas, com todas as outras incertezas agora, fui muito covarde. Além disso, vender roteiros é um ganha-pão muito menos estável do que escrever para um programa semanal. Não estou tão ansiosa para trabalhar em uma sala típica de escritores — a liberdade, a loucura e a gratificação instantânea do TNO podem ter me estragado para o resto da vida —, embora talvez eu devesse tentar antes de decidir. Agora que existem salas de escritores no Zoom, eu poderia teoricamente permanecer em Kansas City enquanto participo de uma em NY ou LA, o que me parece o pior dos dois mundos.

A história completa da minha saída da cidade é que eu aguentei por lá umas duas semanas depois que as coisas fecharam. Meu apartamento (no Upper West Side) é bem pequeno e escuro, e as ambulâncias passavam correndo o tempo todo. Eu não estava interagindo com ninguém e não me alimentava bem porque não queria sair para comprar comida, mas também me sentia desconfortável pedindo para algum entregador. (Eu não estava DEIXANDO de comer, mas estava comendo coisas estranhas que encontrava no meu armário tipo barras de proteína vencidas há dois anos. E não, eu não gosto de cozinhar.) Uma noite, depois de passar um dia inteiro sem sair do apartamento, eu estava lavando a mão na cozinha, antes de tomar uma sopa enlatada da época em que Obama era presidente, quando bati o nó da mão direita no bico da torneira e minha mão saiu manchada com algum tipo de sujeira preta ou mofo. Me inclinei e olhei de perto a parte de baixo do bico, que estava coberto de sujeira. Então fui olhar a torneira do banheiro e estava igual. Eu tinha uma faxineira que ia a cada poucas semanas. Mas eu estava bebendo aquela água, usando aquela água para escovar os dentes e tudo mais, e senti tanto nojo, como se não bastasse manter minha sanidade no limite e me preocupar com os germes e com o vírus, e com o que ele estava ou não em vias de causar, que quase não resisti ao confronto simultâneo com a covid e minhas torneiras nojentas. (Você lembra de ter perguntado alguns e-mails atrás sobre se eu pensaria que você era um bebezão por se sentir péssimo quando teve covid? Bom, bebês que vivem em cercadinhos de vidro etc.). Entrei em um site de uma locadora de carros no mesmo instante, saí às 5 da manhã do dia seguinte e cheguei à casa do Jerry alguns minutos antes da meia-noite, no horário de Kansas City. Como eu estava com medo de deixá-lo doente, dormi no porão em reforma por duas semanas e me perguntei se sair de Nova York realmente tinha melhorado alguma coisa, mas, depois de quase quatro meses de ioga na cadeira e conversas sobre uma beagle, eu tenho certeza de que foi melhor. Embora eu não queira ficar em KC para sempre, Jerry é tão educado que age como se eu estivesse fazendo um favor a ele por estar aqui. Quando, na verdade, minhas únicas contribuições são 1) as compras de mercado e 2) cortar as unhas da Sugar porque o tosador dela fechou.

Aliás, quando pergunto se você já esteve no Missouri, é uma baita ostentação poder dizer casualmente: "Ah, claro, quando toquei naquele estádio com capacidade para dezoito mil pessoas". Você pode ficar chocado em saber que eu nunca fui a um show no Sprint Center (que recentemente foi renomeado como T-Mobile Center), embora ele só tenha sido construído depois que eu me formei na faculdade, se isso colar como uma boa desculpa. Você GOSTA de se apresentar em estádios? É estressante? Divertido?

Lamento de verdade que os seus pais não apoiem o que você faz e imagino que isso seja difícil e muito doloroso. Fico feliz que você seja unido com a sua irmã — lembro dela e a achei legal. Em relação aos meus pais, meu pai era patologista (também conhecido como as pessoas que examinam biópsias etc.) e também um cara depressivo que se automedicava (literalmente) por meio do método desaconselhável e ilegal de prescrever morfina para si mesmo. Ele e minha mãe, que trabalhava na área de propaganda da Hallmark (sim, a fabricante de cartões comemorativos e filmes cafonas de Natal, embora só a divisão de cartões comemorativos seja sediada em KC), se separaram quando eu era criança. Não tenho lembranças de todos nós morando juntos, embora eu lembre que, quando meu pai vinha me buscar para o almoço de sábado, ele quase sempre usava calça cáqui e camisa polo azul-marinho, com um moletom cinza por cima se fosse inverno. Normalmente a gente comia hambúrguer. Por mais que desde muito novinha eu achasse hambúrguer um círculo de carne nojento e acidentado, eu intuitivamente entendia que não devia expressar meu desgosto porque seria rude. Ou seja, eu entendia que devia ser educada como faria com um amigo da família, em vez de ser mais direta, como a maioria das crianças seria com um pai.

Quando eu estava na segunda série, em 3 de novembro de 1989, minha mãe me pegou mais cedo na escola e me levou para um parque onde a gente nunca tinha ido e me disse que o meu pai tinha morrido por tomar remédio demais. Eu presumo que a localização tenha sido uma decisão estratégica para que ela não estragasse um lugar mais familiar, por exemplo, a nossa casa. Ela me disse que nunca saberia se ele tinha tomado remédio demais por engano ou de propósito, mas que realmente não fazia muita diferença porque, mesmo que meu pai tivesse tomado de propósito, era por acreditar que mais remédios o fariam se sentir melhor. Na verdade, acho que essa foi uma lição profunda sobre como, com informações incompletas, a gente escolhe a nossa narrativa. Também acho que a minha mãe acreditava que ele fez aquilo de propósito, porque, antes de eu ir para a faculdade, ela me disse que não importava quão mal eu me sentisse, a única coisa que eu não devia fazer era me matar. Ela disse que ideias que parecem certas no momento podem parecer erradas depois, e que muita coisa é reversível, mas se matar não é. Minha mãe disse isso com naturalidade, não muito diferente do jeito que ela costumava dizer que você não escova os dentes porque é legal, você escova os dentes porque precisa escovar os dentes (quando era criança, eu reclamava que escovar os dentes era "chato").

Suspeito que os demônios do meu pai sejam parte do que atraiu minha mãe para a estabilidade e a confiabilidade do Jerry. Mas, desde que eu era novinha, existia uma categoria de coisas que a minha mãe chamava de segredos entre mamãe e Sally, como comer restos de bolo no café da manhã, ou nós duas tirarmos um dia de folga e fazermos um piquenique só porque o tempo estava lindo, ou, mesmo que ela não falasse palavrão na frente do Jerry, se estivéssemos apenas eu e ela no carro e ela pensasse que outro motorista estava sendo imprudente, ela dizia baixinho: "Que idiota de merda". Ela me ensinou, sem nunca dizer abertamente, que todos nós temos "eus" públicos e privados, o que também foi uma lição muito importante. Estranhamente, isso está relacionado ao motivo pelo qual pensei que devia deixar o TNO. A cada ano que passa, sinto que os roteiristas novos estão cada vez mais diferentes de mim. Para ser honesta, isso me causa ansiedade, mas também é revigorante, pertinente e faz parte do ciclo da vida — tipo, talvez seja hora de eu deixar o caminho livre para outras pessoas. E uma das diferenças entre os roteiristas na casa dos vinte anos é que eles NÃO parecem pensar que todos nós temos identidades públicas e privadas. Eles estão bem tendo apenas os "eus" públicos e discutindo abertamente seus problemas de saúde mental e médicos, seus hábitos sexuais e seus traumas familiares. Acho muito bom poder falar com você sobre todas essas coisas (ou, até agora, algumas delas), mas não falaria sobre isso com a maioria das pessoas. Você falaria?

Sobre meu relacionamento com o álcool, na vida normal eu tomo um ou dois drinques na festa pós-programa do TNO e não bebo muito além disso — talvez uma taça de vinho se for jantar com Viv, mas, depois que ela engravidou e parou de pedir, eu parei também. A única ocasião, além da festa do TNO, em que sempre bebo é no primeiro encontro, para dar uma acalmada. Então, acho que a verdade é que eu uso a bebida como muleta, só que não com muita frequência (ops, acabei de revelar que não tenho primeiros encontros com frequência? É por opção!). Mas é compreensível que você se pergunte sobre os hábitos alcoólicos de outras pessoas.

Na verdade, você não é meu primeiro amigo por correspondência. Mas provavelmente é o melhor, ou pelo menos esta pequena troca que a gente tem é muito gostosa. Você acha bonitinho quando é a primeira vez de duas pessoas ou você acha que cria um constrangimento inevitável e é melhor quando uma é mais experiente e pode guiar a outra?

de: Noah Brewster <NoahRBrewster@gmail.com>
para: Sally Milz <Smilz@TNOshow.com>
data: 24 de julho de 2020, 15:01
assunto: Na verdade

Sou "provavelmente" o seu melhor amigo por correspondência? Nessa "pequena troca que a gente tem"? Você está partindo meu coração! Brincadeirinha, mas quem são todos esses outros amigos por correspondência que são meus concorrentes? Eles são atuais ou passados? Preciso achar esses caras e desafiá-los para um duelo?

Com toda a sinceridade, fiquei honrado por você estar curtindo a minha música. Também posso parecer um fã bizarro quando digo que acho que assisti a todos os seus esquetes. E isso também aconteceu antes da nossa troca de e-mail, logo depois que eu apresentei o TNO. Imagino que você saiba que é difícil descobrir quais esquetes você escreveu porque não diz nos créditos do programa, então tive que me aventurar em algumas cavernas obscuras e profundas de superfãs. Agora, só para constar, isso não significa que eu concordo com a ideia que você mencionou de que eu sou uma celebridade reconhecida em todo lugar e você é uma desconhecida. Você com certeza tem fãs, mesmo que não te reconheçam no supermercado (com exceção de Vinny Kaplan, que tenho certeza de que reconheceu você, sabia que você estava fingindo não vê-lo e ficou arrasado). Mas sei que você é uma estrela no mundo da comédia. Além disso, muita gente não sabe ou não se importa com quem eu sou, e, sempre que um estranho vem falar comigo em um restaurante (em tempos normais), imagino que essa pessoa vai dizer "Eu amo a sua música" e o que eles dizem de verdade é "Você parece tão familiar… você é o meu dentista?”. Mas o que eu quero dizer é que os seus esquetes são muito engraçados. Por mais difícil que seja escolher, os que mais me fizeram rir são aquele sobre como as mulheres supostamente não peidam, aquele sobre os agentes do Serviço de Imigração e Controle de Aduanas dos EUA comemorando o Dia de Ação de Graças e os anúncios de 1950 para donas de casa. Respeito que você não tenha medo de ser sombria ou de reconhecer a estranheza da vida em vez de encobri-la, como todos nós fomos ensinados a fazer. Impressionante pensar que toda a sua carreira foi construída com base em Mad Libs!

Obrigado pelas coisas gentis que você escreveu sobre os meus pais. Demorei um pouco para chegar aqui, mas tento não levar o julgamento deles para o lado pessoal. Sou grato por ter tido uma gama muito maior de experiências e conhecido muito mais pessoas do que eles. Além disso, não é justo da minha parte afirmar que eles não me apoiam completamente. Faz uns anos… e já aviso que vou mencionar nomes importantes agora… Participei da entrega de um prêmio para o Mick Jagger e depois subi no palco para tocar “You Can't Always Get What You Want” com a banda, e eu convidei os meus pais porque meu pai era um grande fã dos Stones. Embora eles não pudessem comparecer, percebi que ele ficou impressionado. Ao contrário da minha mãe, meu pai tem alguma bondade dentro dele que tem dificuldade em expressar (ele não costuma falar muito), enquanto minha mãe descaradamente critica as pessoas, incluindo as pessoas que ela gerou. Sinto muito pelo seu pai biológico, mas fico feliz em saber que você teve um relacionamento tão maravilhoso com a sua mãe. Parece que você herdou muito do calor e do humor dela, e aposto que ela adorou ter você como filha.

Se eu gosto de me apresentar em estádios e se é estressante? Boas perguntas. Como você deve saber por trabalhar no TNO, não há nada como a magia de uma multidão sentindo uma alegria coletiva e efêmera, e nesses momentos, quando estou no palco vendo tantos rostos, eu me sinto um receptáculo de um jeito incrivelmente privilegiado. Com certeza as turnês podem se tornar repetitivas... Os hotéis e o transporte, mas também as apresentações. Mas eu sei que pode ser uma grande noite para qualquer pessoa na plateia, os ingressos não são baratos, talvez eles tenham contratado uma babá e gastado dinheiro com o estacionamento. Portanto, o meu trabalho é levar tanta energia para Omaha quanto para o Hollywood Bowl.

Hoje em dia eu não me estresso com os shows. Existem prós e contras de ter "atingido o sucesso" cedo, e algo que pode ser as duas coisas é que a esta altura, mesmo reconhecendo o quanto a minha carreira é produto da sorte, essa é a única vida que eu conheço, profissionalmente falando. Olhando para trás, eu corria um grande risco de desaparecer quase tão rápido quanto estourei. Depois que meus dois primeiros álbuns foram lançados consecutivamente, eu estava bebendo muito, agindo como um idiota com vinte e poucos anos e deixando o sucesso subir à cabeça. Em outubro de 2003 eu sofri um acidente feio em Miami em que o meu baterista, que se chamava Christopher e que era o cara mais doce do mundo, caiu de uma ponte levadiça em Biscayne Bay. Esse foi um sinal pra mim, e, depois do funeral do Christopher, fiquei dois meses na reabilitação. Ainda penso nele todo dia e gostaria de ter impedido todos nós de escalar a ponte. Eu considerei parar de me apresentar. Não tinha certeza se os fãs ou a mídia me culpariam pela morte do Christopher, e, por mais que isso não tenha acontecido, sempre tive plena ciência de ter recebido uma segunda chance.

Sobre a sua pergunta se eu malho três horas por dia... eu não malho das 10h às 13h, como posso ter dado a entender. Eu malho mais das 10h às 11h15. Mas, como nós estamos sendo honestos, a minha relação com exercícios e comida é questionável. Tenho orgulho de dizer que não tive recaídas com a bebida (e obrigado por responder tão diretamente à minha pergunta sobre beber), mas sou bastante compulsivo em relação a exercícios. Isso não é motivo de orgulho, porque eu não acho legal ser compulsivo sobre nada. Eu era magricela quando estava em fase de crescimento e pude comer o que eu quis até os trinta anos. Nesse ponto, assim que ganhei peso, parei de comer açúcar e trigo. Quando peguei covid, perdi muito peso, então decidi voltar a comer pão na primavera passada e agora, embora tenha cortado grãos novamente, estou com cinco quilos a mais do que quando apresentei o TNO. Você se lembra daquele esquete em que eu estava com um colete de couro e um short muito ridículo? Eu sabia com antecedência que poderiam me pedir para usar alguma coisa bem reveladora no programa, além de estar na TV e de estar posando para fotos enquanto promovia meu álbum, então eu fiz um detox na semana anterior. Nessa época eu fazia jejum antes das sessões de fotos, mas, agora que me distanciei um pouco de tudo isso, acho que é um hábito que eu quero deixar de lado. Tenho certeza de que ficarei com uma aparência menos sarada e as pessoas vão fazer comentários sarcásticos, mas talvez eu possa aprender a ficar em paz com isso.

O.k... Estou pensando seriamente em deletar esse último parágrafo porque estou com medo de você pensar que eu sou muito vaidoso... Mas também estou curioso para saber qual é a sua reação. E não, absolutamente não falo sobre essas coisas com a maioria das pessoas.

Eu sei o que você quer dizer sobre envelhecer e ter uma sensibilidade diferente das pessoas que vêm depois de você. Tenho ciência disso quando estou nas redes sociais, que me parecem sem sentido, tanto que eu não cuido delas sozinho, mas agora elas fazem parte do meu trabalho. Outra coisa estranha para mim que tem sido verdade desde o início é que, embora as minhas vendas recentes de álbuns sejam respeitáveis, é quase impossível que eu alcance as vendas do meu primeiro álbum de novo (mesmo considerando todas as mudanças no jeito como a música é vendida durante os últimos vinte anos... O que é, como você diria, uma história pra contar outra hora). No início da minha carreira, isso me preocupava por estar falhando com as pessoas da gravadora, mas o tempo me ajudou a reconhecer que a única coisa que eu posso controlar é a minha música... Não consigo controlar as vendas, nem as tendências do mercado, nem as reações dos críticos. Eu só posso tentar colocar o meu melhor trabalho pra fora.

Eu juro para você que eu era um gótico esquisito e, para provar, segue uma foto minha com catorze anos. Por favor, aprecie minha franja muito longa, jeans horríveis e esmalte preto. Eu tinha pavor de garotas, adorava The Velvet Underground e The Cure e odiava ter que usar paletó e gravata na minha escola só para meninos quase tanto quanto odiava as aulas de educação física.

Eu acho que o estilo da banda do meu projeto paralelo é meio... rockabilly? É menos pop do que o meu trabalho solo, o que eu tenho certeza de que vai te deixar triste. Às vezes eu me pergunto quando vou tocar novamente para uma multidão. Sinto falta disso como um doido, fico pensando nas pessoas espremidas umas contra as outras, suando, cantando a plenos pulmões... é tão difícil imaginar que isso volte a ser normal.

Aposto que todas as versões do seu roteiro são ótimas. Não vejo a hora de estar no cinema vendo um filme que você escreveu.

de: Sally Milz <Smilz@TNOshow.com>
para: Noah Brewster <NoahRBrewster@gmail.com>
data: 24 de julho de 2020, 19:22
assunto: Na verdade

Você é definitivamente o meu melhor amigo por correspondência! Sem dúvida! Eu só estava tentando não parecer muito empolgada.

Tive três outros:

Amiga por correspondência 1 (da quarta a sexta série/1992-1994) — Freja Mikaelsson, que morava em Gotemburgo, na Suécia. A colega de quarto da minha mãe na faculdade se casou com um sueco, e as mães tiveram a brilhante ideia de que as filhas, que tinham a mesma idade, deviam escrever uma para a outra. Tenho um palpite de que o principal motivo foi para que Freja praticasse o inglês dela, enquanto a única coisa em sueco que eu aprendi foi "Tudo bem?" e "Bem, obrigado". Por algum tempo, Freja e eu nos falamos bastante — principalmente coisas como "Minha cor favorita é amarelo" e "Não tenho animais de estimação, mas gostaria de ter um coelho" —, mas nossa troca acabou chegando ao fim. Algumas das cartas dela ainda devem estar em uma caixa no porão do Jerry, mas digamos que o porão não está organizado de maneira ideal.

Amigo por correspondência 2 (primeiro ano da faculdade/outono de 2000) — Martin Biersch. Estudei com Martin no colégio (não confundir com Vinny Kaplan do corredor de cereais do mercadinho) e em uma noite de agosto, depois que a gente se formou, um monte de gente estava na piscina da casa da minha amiga Erin. Acho que dá para dizer que Martin e eu tivemos um lance, e, embora quase não tivéssemos nos falado nos três anos do ensino médio, começamos a trocar e-mails depois que eu fui para Duke e ele para a Universidade do Missouri, também conhecida como Mizzou (não tenho certeza se ele já foi ver algum show no Blue Note, mas ouvi dizer que é um espaço legal, possivelmente um antigo cinema mesmo). Martin e eu trocávamos e-mails a cada poucos dias, entre o final de agosto/início de setembro e o feriado de Ação de Graças. Nossos e-mails não eram explicitamente românticos, mas também não eram explicitamente não românticos (essas coisas podem ser confusas, né?). E, então, nós dois voltamos para KC para o feriado de Ação de Graças e tinha um bar específico que as pessoas da minha escola costumavam frequentar na noite anterior ao Dia de Ação de Graças, porque serviam bebida sem pedir documento. Quando Martin e eu nos vimos lá, foi provavelmente a interação mais estranha de toda a minha vida. Tipo, eu quase nem conseguia falar. E ele também não. Pensando hoje, acho que o constrangimento era porque, qualquer que fosse a dinâmica entre nós, ela não era clara — nenhum de nós sabia se era mais amigável ou mais de pegação —, e, além disso, sem querer parecer superficial, eu tenho quase certeza de que nós dois estávamos totalmente sóbrios (eu definitivamente estava). Nós interagimos por uns seis minutos, a maioria do tempo em completo silêncio (acho que eu falo um pouco agora, mas era extremamente quieta quando estava na faculdade, e Martin era um cara quieto também), e aí eu disse que precisava ir ao banheiro e não nos falamos ou trocamos e-mails desde então. Você acha que ele ainda está esperando eu voltar do banheiro?

Amigo por correspondência 3 (meu terceiro ano no TNO/2011) — Nós meio que falamos sobre isso na festa pós-festa, mas nessa época eu tinha acabado de fazer trinta anos, tinha me divorciado e passado pela alucinação que foi meu não relacionamento com outro roteirista do TNO. Anos depois da maioria das pessoas da nossa idade, dei uma chance ao namoro virtual pela primeira vez. E cometi um erro de principiante quando marquei com um cara cujo nome não lembro e troquei e-mails com ele provavelmente três vezes por dia durante três semanas antes do encontro. Aí a gente se conheceu e não rolou NENHUMA química. Não foi estranho de um jeito agonizante como com o Martin. Foi mais como quando você senta ao lado de alguém em um avião e vocês não têm um pingo de interesse um pelo outro. Obviamente, mandar e-mails sem parar para uma pessoa antes de conhecê-la é perda de tempo, mas ainda me pergunto se o eu de uma pessoa que escreve é o seu eu mais real, o seu eu mais falso ou apenas um eu diferente do seu eu no mundo. Ou talvez seja desaconselhável mandar muitos e-mails para alguém antes de um encontro não porque a outra pessoa é real ou falsa, mas porque inevitavelmente vai acontecer uma discrepância entre a ideia que você criou sobre ela e a realidade. Você já tentou namorar pela internet? Aliás, você voa em aviões comerciais? Se nunca tiver voado, eles são essa coisa em que várias pessoas que não se conhecem, mas vão para a mesma cidade, embarcam no mesmo espaço ao mesmo tempo, como um ônibus no céu.

Enfim, é assim que todos os meus amigos por correspondência estão avaliados:

Freja: nota 8 (Qualquer coisa mais baixa parece maldade, né? Até porque ela era criança na época).

Martin: nota 6 (Foi meio interessante ter um vislumbre do primeiro semestre de outra pessoa na faculdade, especialmente porque eu não estava muito feliz no meu primeiro ano, mas o estilo de escrita dele era fraquinho).

Cara cujo nome não lembro de um site de namoro que não existe mais: nota 7 (Também não consigo lembrar especificamente de nenhum dos nossos e-mails, mas o fato de eu estar motivada a responder, deve valer alguma coisa).

Você: nota 10 (Claramente!!) Além disso, você era um garoto de catorze anos adorável.

É muito fofo e um pouco humilhante que você tenha assistido aos meus esquetes. Estou tentada a dar avisos legais sobre o fato de que a comédia atual não se sustenta bem, mas, em vez disso, vou simplesmente agradecer. Lamento pela morte do Christopher; eu fiquei sabendo. Tanto o acidente quanto a morte dele devem ter sido infelizes e terríveis. Fico feliz que você tenha decidido continuar sendo músico depois disso e sei que muitas outras pessoas também.

E, de um jeito diferente, também fico feliz por você não ter apagado o parágrafo sobre alimentação e exercícios. Por um lado, acho que sei alguma coisa sobre pressão estética, porque sou uma mulher que vive nos Estados Unidos no século XXI (talvez seja só porque sou mulher, ponto-final) e porque, convivendo com pessoas cujo trabalho é estar na frente das câmeras, eu vejo as inseguranças delas e as críticas que elas escutam mesmo sendo extremamente atraentes. Por outro lado, não consigo imaginar ter a minha aparência dissecada publicamente por estranhos, e parece injusto que isso importe tanto quando a sua aparência não tem nada a ver com a sua capacidade de escrever músicas e de tocar guitarra. Se vale de alguma coisa, lembro de você no TNO super em forma, e é muito possível que você pareça melhor ainda depois de ganhar cinco quilos. De um jeito ou de outro, nos últimos dias, a minha visão de você usando short de couro foi substituída pela minha visão de você como uma consciência digital com a qual estou me comunicando (com muito prazer!). Quando vejo seu nome na minha caixa de entrada, imagino o que você vai falar sobre a sua infância ou a sua vida agora mais do que penso em como você ficava usando um short de couro. Não que você NÃO fique bem usando um short de couro. Você ficava tão bem em um short de couro quanto uma pessoa pode ficar... Quero dizer, o.k., hum, acho que isso está atingindo níveis de estranheza Martin Biersch no Dia de Ação de Graças de 2000.

Uma última observação: ainda sobre a minha declaração acima sobre pensar que entendo a pressão estética porque sou mulher, outra das razões pelas quais eu suspeito que esteja quase na hora de sair do TNO é que, embora grande parte da minha visão de mundo tenha sido moldada por crenças sobre homens e mulheres e sexismo e feminismo, a maioria dos roteiristas mais jovens do programa considera que o gênero é uma construção social. E, para minha surpresa, quanto mais eu leio sobre esse assunto, mais concordo com eles. Em 2012, quando coloquei no ar um esquete sobre meninas do ensino fundamental jogando bola no recreio, aquilo parecia subversivo e chamou a atenção. Acho que é um sinal de progresso que agora seja simplesmente aceito como fato no TNO que o mundo é extremamente sexista (obrigada, eleição de 2016?) e que tópicos "femininos" são tão válidos quanto os "masculinos". Em um dia bom, isso me faz pensar que eu cumpri a minha missão, e, em um dia ruim, isso me faz pensar que estou prestes a levar um chute.

Antes de encerrar, qual é a sua cor favorita? Você tem algum animal de estimação?

de: Noah Brewster <NoahRBrewster@gmail.com>
para: Sally Milz <Smilz@TNOshow.com>
data: 24 de julho de 2020, 22:40
assunto: Na verdade

Tudo isso é fascinante... Mas levanta muito mais dúvidas do que respostas. Para começar:

- Imagino que você só tenha as cartas que Freja escreveu para você e não as que você escreveu para ela? O que é muito triste, porque aposto que as cartas que a Sally da quarta série escrevia eram espetaculares. Talvez até fossem um patrimônio nacional.

- O que significa "ter um lance" com Martin? Isso é um eufemismo que todo mundo conhece menos eu? Parece que estão faltando alguns detalhes importantes nessa história.

- Agradeço por confirmar que eu sou o melhor amigo por correspondência de todos os tempos, mas admito que ainda estou me sentindo um pouco inseguro por você ser muito mais experiente do que eu. (Acho que isso não é uma pergunta.)

- Sim, essas coisas às vezes são confusas. (Acho que isso também não é uma pergunta.)

- Seu casamento e divórcio... Existe um PDF em algum lugar que eu possa baixar para ter uma visão panorâmica de quando/onde/por quê?

- Mesma pergunta acima, mas sobre a alucinação com o cara do TNO.

Sobre namoro virtual... Há alguns anos eu testei um aplicativo que deveria ser "discreto"... Não para pessoas que fazem coisas confusas, mas para respeitar a privacidade dos usuários. Eu tive alguns encontros na época, nenhum memorável. Não estou convencido de que o namoro na internet funcione para mim. Mesmo com a suposta ênfase na privacidade, quando eu estava trocando mensagens com mulheres, eu precisava ter em mente que qualquer uma delas poderia dar com a língua nos dentes ou até ser repórter de um site de fofoca de merda. Tenho certeza de que ser cuidadoso desse jeito não aumentou minha probabilidade de me conectar com alguém. Só para constar, não me preocupo nem um pouco com a possibilidade de você me dedurar.

Sobre que tipo de voo eu frequento... Geralmente é em um ônibus espacial que decola com propulsores de foguetes. Meu tempo é tão precioso que isso me permite chegar nos lugares do jeito mais eficiente possível, sem ter que interagir com a ralé. Sim, claro que às vezes eu viajo em voos comerciais! Evidentemente é de primeira classe, e, se o aeroporto tiver terminal privado, é lá que eu espero. Quando estou em turnê, às vezes nós alugamos um avião e às vezes um ônibus, e mesmo com os ônibus mais sofisticados tem partes que não são glamurosas... Trânsito, membros da banda ficando doentes, membros da banda lavando o cabelo com água não potável e por aí vai. E, ainda assim, nesses ônibus, eu certamente tive alguns dos meus momentos mais felizes.

Minha cor favorita é amarela. Não tenho nenhum animal de estimação, mas gostaria de ter um coelho.

de: Noah Brewster <NoahRBrewster@gmail.com>
para: Sally Milz <Smilz@TNOshow.com>
data: 25 de julho de 2020, 09:03
assunto: Na verdade

Sally,

Desde o envio do último e-mail, percebi que perguntar se posso baixar um PDF sobre seu casamento e divórcio provavelmente soou desrespeitoso e eu queria pedir desculpas por isso. Eu estava tentando ser engraçado, mas passei dos limites. Quero que você saiba que percebo (vendo a minha irmã e alguns amigos) que se divorciar é uma experiência de vida muito desafiadora e eu não devia ter sido impertinente a respeito disso. Como eu disse antes, esses e-mails agora são realmente um colete salva-vidas para mim. Espero não ter feito nada que prejudique a nossa comunicação.

Atenciosamente,

Noah

de: Sally Milz <Smilz@TNOshow.com>
para: Noah Brewster <NoahRBrewster@gmail.com>
data: 25 de julho de 2020, 9:32
assunto: Na verdade

Eu queria que você risse como eu estou rindo agora. Você também é nota dez em pedidos de desculpas sofridos. Eu gosto especialmente de como você incluiu uma saudação (eu não tinha certeza antes disso se você sabia meu nome) e uma assinatura (porque antes disso eu não tinha certeza de qual era o seu nome). Mas o "Atenciosamente" é um toque muito legal, como se você estivesse entrando em contato para perguntar se a minha empresa de marketing está contratando.

Em primeiro lugar, eu não disse a você em 2018 que é difícil ofender qualquer pessoa que trabalha no TNO? A razão pela qual não respondi ainda não foi porque eu fiquei ofendida. É que estou demorando muito para achar um jeito de resumir meu casamento e alucinação. Ainda estou trabalhando nisso! Talvez os e-mails devessem ser divididos em duas partes, como a Tchecoslováquia em 1992.

Em segundo lugar, tem muita coisa sobre todos os casamentos, inclusive o meu, que merece ser tratada com impertinência e desrespeito. Infelizmente o meu casamento em si foi meio chato e não tão engraçado, mas posso dizer com segurança que não sou alguém que pensa que o casamento como instituição é sagrado. Na verdade, eu gostaria de achar qualquer coisa na vida que seja sagrada.

Sério, seu remorso aqui foi muito cativante, além de ser hilário. Por favor, invente mais algumas coisas que você considera inapropriadas e depois peça desculpas por elas.

Até lá, enquanto escrevo minha obra sobre casamento/ alucinação, devo parabenizar você pela perspicácia de perceber que eu deixei de fora alguns detalhes da história de Martin. "Ter um lance" com Martin significa que (Está preparado?! Mesmo?) perdi a virgindade com ele NA piscina da Erin (!) enquanto outras pessoas estavam sentadas nas espreguiçadeiras a uns três metros de distância (!!). Acho, que por consideração às outras pessoas, Martin e eu não nos beijamos durante a transa semipública.

Em outras palavras, não, você não precisa se preocupar com a possibilidade de eu te dedurar porque, embora exista um público menor para os meus segredos, estamos em uma situação de destruição mutuamente assegurada. Não que eu fosse dedurar você de qualquer maneira.

de: Noah Brewster <NoahRBrewster@gmail.com>
para: Sally Milz <Smilz@TNOshow.com>
data: 25 de julho de 2020, 10:18
assunto: Na verdade

Ufa!!!

Tenho que admitir que fiquei meio assustado com aquela parte sobre você nunca mais ter mandado e-mails para Martin depois do constrangimento do Dia de Ação de Graças. Não quero que você pare de me escrever!

Acho que a minha principal pergunta sobre Martin é: foi uma boa experiência para você? Tenho uma bomba aqui, uma coisa que eu nunca contei para ninguém em toda a minha vida, sabe, exceto minha irmã. Viu? Eu confio muito em você! A bomba é que o meu primeiro álbum saiu antes de eu ter transado. Todo mundo interpretou "Making Love in July" (uma música de que eu sei que você gosta muito) como autobiográfica, mas eu nunca tinha "feito amor" na vida real antes do lançamento, e só fui fazer quatro meses depois. Se você estiver tentando fazer as contas, eu tinha dezenove anos quando a música foi lançada e vinte quando perdi a virgindade. A música era uma fantasia sobre sexo, não uma recordação. Quando escrevi, eu tinha beijado umas garotas, mas era isso. Minha escola só para meninos era afiliada a uma escola para meninas mais ou menos no mesmo campus, e no primeiro e último ano nós podíamos ter aulas na escola delas e vice-versa, então não posso nem usar a escola unissexual como desculpa. Eu simplesmente não tinha habilidade. Além disso, a minha fase de esmalte preto, mesmo tendo sido breve, pode ter feito as meninas pensarem que eu era gay. (Falando nisso, o gênero é com certeza uma construção social... David Bowie e Prince não nos ensinaram isso? Ao mesmo tempo, tenho certeza de que sempre tem lugar para seus pensamentos sobre homens e mulheres, sexismo e feminismo.)

Uma parte da minha história de virgindade que, por algum motivo, eu acho que você gostaria de saber é que existem duas atrizes diferentes, Angela Shinske e Kathryn Woo, que a mídia costuma dizer que foram inspiração para "Making Love in July", e Angela concorda com essas afirmações, mesmo que ela e eu só tivéssemos saído duas vezes, e àquela altura já era 2004. Kathryn e eu namoramos mais tempo, e ela foi minha acompanhante no Grammy de 2002, mas eu tinha escrito a música bem antes disso.

Então... Sua empresa de marketing está contratando?

de: Sally Milz <Smilz@TNOshow.com>
para: Noah Brewster <NoahRBrewster@gmail.com>
data: 25 de julho de 2020, 10:59
assunto: Na verdade

Espera aí, você perdeu a virgindade com QUEM? (Sim, tem uma conjunção no fim da frase, mas é porque é uma dúvida muito urgente.) Você contou para a outra pessoa que ela te deflorou? Sempre achei que o Grande Sexo na Piscina de agosto de 2000 tinha sido a primeira vez de Martin também, e não diria que foi mágico, mas não foi uma experiência negativa, o que eu acho que conta como uma vitória?

Espero que você não fique desapontado ao saber que não acho chocante ou vergonhoso que você só tenha transado aos vinte. Eu ganhei de você por, o quê, um ou dois anos?

Sobre nossas trocas de e-mail *versus* minhas trocas de e-mail com Martin, essa situação parece bem diferente. Porque você e eu somos adultos? E porque ele e eu quase não conversamos fora da piscina (nem na piscina, por sinal), enquanto você e eu antes desta correspondência tivemos muitas conversas profundas sobre queijo, panteras e cobras. Hum, talvez esses não sejam pontos tão persuasivos, afinal. Mas eu suspeito que, a menos que algum de nós tenha mudado drasticamente nos últimos dois anos, temos uma noção de como é conversar um com o outro pessoalmente.

Embora, desde que chegamos a esta conjuntura um tanto estranha... Não sei... Você tem ideia do que nós estamos fazendo aqui? Dá para perceber que estou sacando as entrelinhas do que você diz agora? Para... transmitir... minha... personalidade... descontraída... e relaxada...

de: Noah Brewster <NoahRBrewster@gmail.com>
para: Sally Milz <Smilz@TNOshow.com>
data: 25 de julho de 2020, 11:26
assunto: Na verdade

Não, não faço ideia do que nós estamos fazendo. Mas é divertido, né?

Perdi a virgindade com... estou cerrando os punhos com força aqui... uma modelo chamada Brittain Smith. Brittain e eu nos conhecemos na estreia de um filme para o qual eu tinha feito uma música e namoramos apenas alguns meses. Muito tempo depois eu namorei sério outra modelo, chamada Maribel Johnson. Só para constar, essas são as duas únicas modelos com quem namorei, ponto-final. Não que eu sinta necessidade de justificar isso... Na verdade, parece muito sexista que alguém assuma automaticamente que um relacionamento com uma modelo é superficial. Mas a maior razão pela qual eu reagi mal quando você disse aquela coisa no bar sobre modelos de vinte e dois anos é que, quando alguém menciona isso como um jeito de me acusar de ser um playboy, não é só um insulto, mas é simplesmente errado.

Envie o PDF do casamento/alucinação!

de: Sally Milz <Smilz@TNOshow.com>
para: Noah Brewster <NoahRBrewster@gmail.com>
data: 25 de julho de 2020, 17:12
assunto: Na verdade

Isso pode parecer fora de contexto, mas, na minha experiência, existem dois tipos de apresentadores no TNO. Com o tipo bom, o clima de preparação para um programa é divertido. Todo mundo está ciente do status superior do apresentador e, portanto, todo mundo respeita, mas todos estamos tentando alcançar o mesmo objetivo. Com apresentadores ruins, o status é o elemento definidor para estar em uma sala com eles, porque essa é claramente a lente pela qual eles veem a vida — eles são narcisistas exemplares. Nesse caso, não importa quão rude ou irracional seja o apresentador, a equipe do TNO dá o sangue para garantir que ele fique feliz em todas as situações, ao mesmo tempo que coloca o programa no ar no sábado às 23:30. Esse tipo de apresentador não é convidado para voltar. Mesmo assim, no fim da semana dele, eu me sinto suja por ter gasto tanta energia para fazê-lo parecer bem na fita.

Para deixar claro, você definitivamente não é um narcisista nocivo. Mas não posso deixar de perguntar por que estou tentando tanto entreter você (e te elogiar! e te tranquilizar!). Porque você é uma celebridade? Que está entediada durante a pandemia? E eu tenho sorte de chamar a sua atenção? Até que exista uma vacina e você possa voltar a surfar na Costa Rica e cantar para um estádio de dezoito mil pessoas?

de: Noah Brewster <NoahRBrewster@gmail.com>
para: Sally Milz <Smilz@TNOshow.com>
data: 25 de julho de 2020, 20:58
assunto: Na verdade

Sally, sinto muito se eu a ofendi. Estou confuso porque parece que as coisas simplesmente saíram do trilho, mas não sei por quê. Quando eu disse que nunca quero que você pare de me mandar e-mails, isso te fez pensar que não estou dando valor a você? Eu pretendia expressar bem o contrário. É uma verdadeira alegria estar em contato com você, e eu estava tentando te dizer o quanto sou grato e quão incrível eu te acho. Não estou contestando que posso ter feito alguma coisa errada aqui, mas não tenho certeza do que foi.

Se alguém me perguntasse: "Você é uma celebridade?", minha resposta seria "Sim, sou uma celebridade". Se a pergunta fosse "A América tem uma relação fodida de amor e ódio com as celebridades?", minha resposta para isso seria "Definitivamente, sim". A fama é meio que uma coisa que eu escolhi... embora sem entender totalmente o que estava escolhendo... e meio que uma coisa que me escolheu. Tem grandes vantagens e algumas desvantagens, mas, neste momento, é só um fato da minha vida. Quando você diz que eu sou uma celebridade, não está revelando uma coisa que estou tentando esconder. E não é uma parte da minha identidade que possa ser separada das outras partes. Não é uma coisa que eu tenha a opção de deixar em casa em alguns dias, como um guarda-chuva.

Dito tudo isso, sou uma pessoa exatamente no mesmo grau que você. Não sou um manequim que sobe no palco e toca violão. Talvez meus sentimentos, esperanças e preocupações não sejam idênticos aos seus, mas espero não precisar te convencer de que tenho sentimentos, esperanças e preocupações. A pior parte do seu último e-mail é a implicação de que eu estou usando você. Pensei que as nossas trocas de e-mail fossem recíprocas... mutuamente divertidas... e nos últimos dias, quando eu te contei que eu estou investido nisso, estava tentando te elogiar, não fazer você se sentir obrigada a me entreter. Não estamos todos só procurando alguém para conversar sobre tudo? Alguém que valha o esforço de dividir nossas histórias e opiniões, cujas histórias e opiniões realmente queremos ouvir?

de: Sally Milz <Smilz@TNOshow.com>
para: Noah Brewster <NoahRBrewster@gmail.com>
data: 25 de julho de 2020, 22:15
assunto: Na verdade

1) Você FEZ terapia, não fez? Essa é a minha maneira idiota de dizer que aprecio sua resposta muito calma ao meu e-mail meio maluco (75% maluco?), do qual sinto remorso desde que cliquei em Enviar. (Enviar está em maiúscula por um motivo diferente do motivo pelo qual Frase 1 estava em maiúscula no primeiro e-mail que te mandei — mas talvez essas também sejam histórias para outro dia?)

2) Essa é uma pergunta estranha, mas lembra de quando você estava ensaiando a música "Ambiguous" no TNO e eu sentei perto do palco e escutei? E, se você lembra, diria que estava fazendo uma serenata para mim?

de: Noah Brewster <NoahRBrewster@gmail.com>
para: Sally Milz <Smilz@TNOshow.com>
data: 25 de julho de 2020, 22:21
assunto: Na verdade

Lembro perfeitamente. Fico feliz em responder à sua pergunta, mas o que você quer dizer com serenata?

de: Sally Milz <Smilz@TNOshow.com>
para: Noah Brewster <NoahRBrewster@gmail.com>
data: 25 de julho de 2020, 22:24
assunto: Na verdade

Você estava tentando me seduzir?

de: Noah Brewster <NoahRBrewster@gmail.com>
para: Sally Milz <Smilz@TNOshow.com>
data: 25 de julho de 2020, 22:33
assunto: Na verdade

Estou nervoso agora, porque parece que existe uma resposta certa e uma errada para a sua pergunta, e não tenho certeza de qual é qual. Então, vou ser honesto, porque ouvi dizer que não faz sentido ter um amigo por correspondência pandêmico se você não for honesto.

Eu diria que, definitivamente, estava tentando te impressionar e não estava tentando te seduzir.

de: Noah Brewster <NoahRBrewster@gmail.com>
para: Sally Milz <Smilz@TNOshow.com>
data: 25 de julho de 2020, 22:58
assunto: Na verdade

Cadê você?

de: Noah Brewster <NoahRBrewster@gmail.com>
para: Sally Milz <Smilz@TNOshow.com>
data: 25 de julho de 2020, 23:19
assunto: Na verdade

Resposta errada, né?

de: Sally Milz <Smilz@TNOshow.com>
para: Noah Brewster <NoahRBrewster@gmail.com>
data: 26 de julho de 2020, 12:25
assunto: Na verdade

O.k., aqui vai a história do meu casamento: como uma garota branca de classe média, não posso dizer que estava deslocada na Duke do ponto de vista socioeconômico (é assim que todas as histórias deliciosas e românticas começam, né?), mas eu não me encaixava na *vibe* fraternidade-irmandade/clube de campo do campus. Eu quase nunca ia às festas e mal tinha amigos até entrar para a equipe do jornal estudantil no meu segundo ano. Primeiro, fui uma das revisoras e, por fim, chefe de redação. Isso significava que eu ficava até tarde, lia praticamente todos os artigos arquivados e era bastante invisível de um jeito que me convinha. (Nigel diz que o TNO não é lugar para perfeccionistas ou lobos solitários e, como sou naturalmente ambos, trabalhar lá me ensinou a lutar contra essas tendências.)

Enfim, o editor de esportes do jornal no meu último ano era um cara chamado Mike. Ele também começou de baixo, então nós conversamos várias vezes (enquanto eu editava os artigos dele sobre, digamos, torneios de tênis masculino) sem realmente nos conhecermos. Em um happy hour da equipe no Halloween, um colunista chamado Derrick tomou um porre, e Mike e eu acabamos levando ele de volta para o dormitório e colocando o cara na cama. Eram só oito da noite de uma sexta-feira, e o campus estava cheio de gente usando todo tipo de fantasia maluca e planejando todo tipo de noite selvagem, mas Mike e eu estávamos preocupados que Derrick fosse vomitar, engasgar com o vômito e morrer, então ficamos ali no quarto, com a luz fraca, para ficar de olho nele. Sentamos no chão e conversamos por algumas horas, até decidirmos que era seguro ir embora. Sinceramente, não acho que teríamos ficado juntos se não tivéssemos sido babás do Derrick (embora eu ache que isso aconteça com muitos relacionamentos, eles são aleatórios com a mesma frequência com que são inevitáveis), mas em pouco tempo nos tornamos um casal sério (em todos os sentidos). Mike estava se inscrevendo em faculdades de direito na época e acabou decidindo por Chapel Hill, que fica a vinte minutos de Duke. Ele era (é? Porque ele ainda está vivo, mesmo que não faça parte da minha vida) de Charlotte, NC, e já estava claro que, quando terminasse a faculdade de direito, ele iria voltar para lá.

Na primavera do nosso último ano, decidimos nos casar. Nenhum de nós estava sendo pressionado pelos pais — os pais dele eram religiosos, mas não a ponto de ficar chateados se a gente morasse junto sem casar. Minha mãe disse que estava preocupada porque as pessoas podem mudar muito na casa dos vinte anos, e Mike e eu poderíamos deixar de querer ser um casal, mas ela também achava que eu tinha o direito de tomar minhas próprias decisões. Nós nos casamos no tribunal do condado de Durham na sexta-feira seguinte à nossa formatura, estavam presentes os pais e o irmão de Mike, minha mãe e Jerry e dois dos nossos amigos do jornal. Na segunda-feira seguinte, comecei meu trabalho como redatora em um boletim informativo interno de uma gigantesca empresa de dispositivos médicos (AdlerWilliams).

Hoje, olhando pra trás, penso simultaneamente que está tudo bem Mike e eu termos nos casado, nenhum animal foi ferido etc., E QUE PARECE que nós fizemos isso por razões terríveis — na melhor das hipóteses, para riscar o que a gente entendia como o maior item na lista de tarefas da vida adulta; na pior das hipóteses, porque nós tínhamos medo da vida depois da faculdade. Ou talvez seja a mesma coisa, talvez eu só esteja dizendo que estava com medo. Em teoria, eu queria mudar para Nova York ou Los Angeles e escrever para a TV, mas não conhecia ninguém no mercado e era covarde demais para ir para uma dessas cidades sozinha. Acho que eu queria me absolver da responsabilidade pela minha própria felicidade — poderia culpar Mike por me prender em NC.

Todo mês de julho, enquanto trabalhava na AdlerWilliams, como um rito anual secreto que ninguém além de Mike sabia, eu enviava um pacote de esquetes para o TNO. A primeira vez que fiz isso, o redator-chefe, que na época era Ollie Toubey, me ligou oito semanas depois e disse alguma coisa como: "Não conseguimos fazer uma proposta agora, mas você tem talento e nós queremos que você se candidate de novo". Foi a conversa de três minutos mais emocionante que eu já tive. Continuei me inscrevendo e sendo rejeitada nos anos seguintes (e não tive mais notícias de ninguém), durante os quais Mike se formou na faculdade de direito, nos mudamos para Charlotte e eu consegui um emprego novo como redatora em uma revista de cartão de crédito sofisticado (Luxuries Monthly? Talvez você assine? Contra a vontade?). E então, no fim de setembro de 2009, em uma segunda-feira, recebi uma ligação de Ollie dizendo: "Você pode vir ao escritório do TNO amanhã para uma entrevista?". E eu disse: "Nossa, isso é incrível, mas eu moro na Carolina do Norte". E Ollie disse: "Legal, você pode vir ao escritório do TNO amanhã para uma entrevista?". Gastei oitocentos e oitenta dólares na passagem, o máximo que já gastei em qualquer coisa. E fiz uma reserva no Holiday Inn Express no aeroporto de Newark, mas saí direto do avião para o prédio 66, então estava arrastando minha mala. Fiz a entrevista com Ollie e a assistente dele, Ursula, e eles eram as pessoas mais inteligentes e engraçadas que eu já tinha conhecido, aí me disseram para esperar do lado de fora do escritório de Nigel para conhecê-lo. Esperei por sete horas, o que, como você deve saber, não é nada notável — Henrietta teve que esperar do lado de fora do escritório dele por três dias (no dia em que estive lá, ele estava voltando dos Hamptons de helicóptero). Finalmente falei com ele às dez da noite, tivemos uma troca muito medíocre que parecia ter acabado antes de começar, e passei a maior parte descrevendo meu trabalho para a Luxuries e para o boletim informativo da AdlerWilliams (chamado Heartbeats). Presumi que ele não poderia ter me achado mais sem graça. Saí da sala dele depois de uns oito minutos e sentei no corredor novamente, e Ollie e Ursula entraram na sala por um tempo ainda mais curto do que eu fiquei lá, depois voltaram, me levaram até a sala de Ollie e disseram: "Você pode começar amanhã?". Mesmo agora, não tenho palavras para expressar como fiquei chocada, emocionada, maravilhada e incrédula. Foi como nadar no oceano e sentir alguma coisa mudar sob você e, quando percebe, uma gigantesca criatura mágica do mar que você nunca soube que existia está saindo da água com você nas costas.

Depois disso, perto do prédio 66, minha mala e eu pegamos um táxi para o Holiday Inn Express, e eu estava tremendo de emoção quando liguei para Mike e contei a novidade. Com uma voz muito suave, ele diz: "É uma pena que você não possa ir", e eu fico tipo: "Por que eu não posso?", e ele diz: "Porque nós moramos em Charlotte".

Eu: Por que a gente não pode se mudar?

Mike: Porque a minha licença me permite advogar aqui.

Eu: Então, por que eu não posso viajar todo dia?

Mike: Porque de que adianta nós sermos casados se não moramos no mesmo lugar?

(Longo silêncio.)

Eu: Se você não está disposto a se mudar para Nova York, por que nunca disse isso enquanto eu enviava os roteiros para o TNO nos últimos cinco anos?

Mike (com naturalidade): Porque nunca pensei que eles iriam te contratar.

Eu poderia dizer muitas outras coisas sobre isso, mas as mais importantes são: 1) Mike tinha senso de humor e gostava muito de comédia. Fomos ver stand-up juntos e assistíamos ao TNO e a especiais de comédia. 2) Ele lia meus pacotes de esquete todos os anos.

Embora eu tenha percebido meio tarde que ele não me achava engraçada nem talentosa, Mike não era um idiota. Ele era uma pessoa muito calma, responsável e tranquila, que acreditava ter se casado com outra pessoa calma, responsável e tranquila. E, quando meu táxi entrou no túnel Lincoln, pensei comigo mesma: Graças a Deus que não temos filhos, porque isso iria tornar o nosso divórcio muito menos complicado. Observação: Ele ainda mora na Carolina do Norte, é casado e agora é pai de dois filhos.

Meus instintos narrativos me dizem que devo fazer uma pausa aqui, que nós deveríamos beber algum tipo de água com gás para limpar o paladar, ou pelo menos eu deveria te dar a chance de responder, mas meu desejo de resolução me impulsiona para a Parte 2: A Alucinação, que pelo menos é muito mais sucinta do que a Parte 1: O Marido.

Como você e eu já abordamos parcialmente, durante meu segundo ano no TNO, desenvolvi uma paixão ensandecida por um colega roteirista (spoiler: era o seu amigo Elliot). Eu meio que me convenci de que ele tinha uma queda por mim, em parte porque ele não era especialmente gostoso. Ou seja, a meu ver, ele não estava fora do meu alcance. Na festa pós-programa do fim da temporada, contei (de um jeito que merece um sólido 9 de 10 na escala de estranheza Martin Biersch) que estava apaixonada por Elliot e ele disse: "Sally, você confundiu o romantismo da comédia com o romantismo do romance".

Ainda não tenho certeza se isso foi uma coisa brilhante ou extremamente idiota de se dizer. Talvez ambas? Certamente ele estava no direito dele de não retribuir meu interesse, e eu logo concluí que, se a gente tivesse namorado e terminado, isso poderia ter arruinado o TNO para mim, e, se a gente tivesse se casado e tido filhos, isso poderia ter arruinado o TNO para mim de um jeito diferente. Decidi que nunca mais iria tentar namorar ninguém no TNO, o que evidentemente pode ter sido uma situação meio árvore caindo na floresta.[5]

Tudo isso é um jeito (muito, muito) comprido de dizer que, depois de casar com um cara que não gostava do que me fazia ser eu, e depois de ser amiga de um cara que me adorava, mas não queria me beijar, eu não confio nos meus instintos. As duas situações embaralharam o meu cérebro, e eu sei que é uma pequena amostra, mas decidi que já estava de saco cheio daquela merda. E agora os nossos e-mails estão me embaralhando de novo.

5 Refere-se ao ditado popular americano "Se uma árvore cai em uma floresta e ninguém está por perto para ouvi-la, ela faz barulho?", que remete a ideia de que há certas coisas que ocorrem mesmo que não percebamos. [N. E.]

de: Noah Brewster <NoahRBrewster@gmail.com>
para: Sally Milz <Smilz@TNOshow.com>
data: 26 de julho de 2020, 00:41
assunto: Na verdade

Pode soar brega, mas obrigado por me contar tudo isso. Estou feliz por saber.

Tem uma tonelada de coisas que eu quero responder, mas a que parece mais urgente agora é por que os nossos e-mails estão embaralhando seu cérebro?

de: Sally Milz <Smilz@TNOshow.com>
para: Noah Brewster <NoahRBrewster@gmail.com>
data: 26 de julho de 2020, 00:43
assunto: Na verdade

Correndo o risco de destruir o meu passatempo preferido da quarentena: porque estou com medo de confundir o romantismo dos e-mails com o romantismo do romance.

de: Noah Brewster <NoahRBrewster@gmail.com>
para: Sally Milz <Smilz@TNOshow.com>
data: 26 de julho de 2020, 00:44
assunto: Na verdade

Por que este não seria o romantismo do romance?

de: Sally Milz <Smilz@TNOshow.com>
para: Noah Brewster <NoahRBrewster@gmail.com>
data: 26 de julho de 2020, 00:45
assunto: Na verdade

Por causa da Regra Danny Horst?

de: Noah Brewster <NoahRBrewster@gmail.com>
para: Sally Milz <Smilz@TNOshow.com>
data: 26 de julho de 2020, 00:46
assunto: Na verdade

Eu não te falei em 2018 que não acredito nisso?

de: Sally Milz <Smilz@TNOshow.com>
para: Noah Brewster <NoahRBrewster@gmail.com>
data: 26 de julho de 2020, 00:49
assunto: Na verdade

Na verdade, não acho que sou tão insegura assim em relação à minha aparência. Para o bem de nós dois, vou me abster de detalhar o meu rosto e corpo e dizer apenas que, embora eu tenha algumas críticas a mim mesma, me sinto sortuda por ser saudável, neste momento mais do que nunca.

Também tenho certeza de que romperia o espaço-tempo contínuo se um cantor mundialmente famoso como você se envolvesse com uma roteirista de TV como eu.

de: Noah Brewster <NoahRBrewster@gmail.com>
para: Sally Milz <Smilz@TNOshow.com>
data: 26 de julho de 2020, 00:51
assunto: Na verdade

Às vezes, e este é um dos seus charmes, é difícil saber se você está brincando. Mas realmente me sinto atraído por você, desde aquela reunião de apresentação no escritório do Nigel.

de: Sally Milz <Smilz@TNOshow.com>
para: Noah Brewster <NoahRBrewster@gmail.com>
data: 26 de julho de 2020, 00:52
assunto: Na verdade

Às vezes é difícil até para mim dizer se estou brincando ou não. Mas você também não estava de se jogar fora naquela reunião.

de: Noah Brewster <NoahRBrewster@gmail.com>
para: Sally Milz <Smilz@TNOshow.com>
data: 26 de julho de 2020, 00:52
assunto: Na verdade

Eu sei que isso também pode romper o espaço-tempo contínuo, mas posso te ligar?

No Hampton Inn em Albuquerque, Novo México, a meio caminho entre Kansas City e Los Angeles, fiz o check-in com tanta vontade de fazer xixi que mal conseguia ficar de pé. Eu era a única pessoa no saguão, com exceção do homem atrás do balcão da recepção. Ambos usávamos máscaras de pano — a minha era estampada de morangos, a dele era azul-clara —, e eu disse:

— Vocês estão lotados esta noite?

E ele disse:

— Não.

No quarto, quando terminei de lavar as mãos, o celular vibrou no bolso lateral da minha legging, e, depois de enxugar as mãos (será que as toalhas estavam limpas? Será que alguma coisa estava?), eu o peguei.

Avise quando estiver no hotel, Noah escreveu.

Depois: *Já disse que estou superempolgado porque você está vindo?*

Depois: *Estou superempolgado porque você está vindo!!*

Me olhei no espelho acima da pia e tentei imaginar que aparência uma mulher que dirige dois mil e seiscentos quilômetros para visitar Noah Brewster devia ter. Teria que ser sensual, certo? O que era um problema porque, me esforçando, eu conseguia bancar a simpática, e conseguia sempre bancar a sorridente, mas não tinha certeza se era fisicamente capaz de bancar a sensual.

Uma semana havia se passado desde que Noah e eu conversamos por telefone pela primeira vez; doze dias haviam se passado desde que eu recebera o primeiro e-mail dele; e treze horas, contando as paradas para abastecer, haviam se passado desde que eu saíra da garagem de Jerry. Peguei emprestado o Hyundai da irmã dele, carregado com uma mala, uma mochila, uma bolsa e uma caixa de papelão aberta contendo uma garrafa de água, uma caixa com doze barras de proteína, quatro maçãs, três recipientes separados com um litro de álcool em gel para as mãos e um monte de máscaras dentro de um Ziplock enorme. Depois de decidir que iria de carro e não de avião, calculei que poderia fazer a viagem em dois dias desagradavelmente longos ou três dias moderadamente desagradáveis. Como eu esperava transar com Noah (embora não tivesse certeza), e como queria transar com Noah o mais rápido possível, optei por dois dias.

Acho que, depois de aceitar o convite de Noah para visitá-lo, eu deveria ter ficado maravilhada com a capacidade humana de se conectar mesmo durante os tempos mais sombrios. E eu fiquei! Mas também estava preocupada sobre como e quando falar sobre o estado desgrenhado e cabeludo ao qual eu me entregara durante a pandemia. Em nossa primeira conversa por telefone, ele disse que talvez no dia seguinte pudéssemos fazer uma videochamada, e, no minuto em que desligamos, embora já passasse das três da manhã, aparei minhas sobrancelhas fervorosamente e descolori os pelos acima do lábio superior com o mesmo creme possivelmente tóxico que eu usava desde o ensino médio. Mas na noite seguinte Noah ligou de novo em vez de fazer a videochamada, o que significa que me foi negada a oportunidade de fingir que eu era espontânea e depilada e estava espontaneamente depilada.

Quando concordamos que eu realmente iria de carro para a Califórnia, imediatamente comecei a traçar estratégias para chegar à casa dele (a casa de Noah! A casa de Noah Brewster!) depois de dois dias na estrada parecendo e cheirando o menos desagradável possível. Planejei retocar as sobrancelhas e depilar as pernas, axilas e virilha de manhã, no hotel em Albuquerque. E embora, é claro, eu fosse tomar banho antes de deixar o Novo México, tinha pensado muito se, ao chegar a Los Angeles, deveria procurar um lugar para tomar banho antes de encontrar Noah — uma parada de caminhões? Um quarto de hotel? O apartamento vazio de um amigo?

Decidi, porém, não acrescentar mais nenhuma variável logística ou social; eu não ia contar sobre minha visita a ninguém que conhecia que morasse lá. Em vez disso, antes de chegar à casa de Noah, eu pararia em um posto de gasolina, que era praticamente tudo o que estava aberto na Califórnia naquele momento da paralisação, para escovar os dentes e talvez passar desodorante por cima da camada de suor da axila.

Tudo isso para dizer que os esquetes que eu havia escrito ao longo dos anos sobre o absurdo e a arbitrariedade dos padrões de beleza femininos surgiram não da minha renúncia lúcida a eles, mas do meu ressentimento por seu domínio sobre mim. No entanto, mais forte do que minha ansiedade para saber se Noah me acharia bonita o suficiente para me beijar — mesmo agora, quando era plausível que ele estivesse tão sozinho que tudo de que precisava era um corpo quente e um batimento cardíaco — era o medo de minha aparência não importar porque eu tinha entendido tudo errado e aquilo não ter sido de fato um convite muito, muito inconveniente para um sexo casual.

Eu ainda não tinha respondido às mensagens de Noah de um minuto antes quando outra apareceu: *Quando nos falarmos hoje à noite, vamos precisar conversar sobre uma coisa.*

Merda, pensei, e imediatamente meu cérebro começou a criar mil cenários: *Sou celibatário. Sou gay. Estou com covid de novo. Te chamei pra vir aqui porque queria que escrevesse minhas piadas para uma apresentação que vou fazer via Zoom em um programa de auditório noturno.*

E então uma última mensagem que não era exatamente reconfortante: *Não é nada ruim.*

* * *

Na noite em que enviei meu número por e-mail para Noah, ele ligou um minuto depois. Talvez essa rapidez não tivesse me dado tempo suficiente para ficar nervosa, mas meu coração estava martelando, e eu me perguntei ao dizer "Oi" se essa palavrinha revelaria o tremor em minha voz.

— Oi, Sally. — Noah parecia tranquilo e confiante, como um homem que subia nos palcos cantando para uma multidão de fãs, um homem que o público estadunidense considerava excepcionalmente bonito. — Você está no seu quarto de infância agora? Com todos os pôsteres das Indigo Girls?

— Infelizmente, nunca tive nenhum — eu disse. — Teria sido muito mais legal do que o pôster que eu tinha com a citação de Thoreau sobre vidas de silencioso desespero. Ah, e eu também tinha um pôster da Audrey Hepburn para indicar que eu era elegante e feminina. — Como essa não era a conversa que eu esperava (eu não sabia o que esperava, mas não era isso), senti que estava ficando um pouco menos nervosa. — Que pôsteres você tinha?

— Para ser tediosamente previsível, a maioria eram de músicos. Jimi Hendrix, Velvet Underground, a capa do álbum *Nevermind* do Nirvana. Por sinal, você é muito elegante e feminina.

— *Nevermind* é aquele com a piscina e o pênis de bebê?

— Eu acho que a intenção era ser uma denúncia sobre o capitalismo porque o bebê está pegando uma nota de um dólar, mas talvez dê no mesmo.

— Não tem mais quase nada das minhas coisas antigas aqui — expliquei. — Tem os móveis de vime, mas não tem o chapéu de formatura, não tem bicho de pelúcia nem porta-joias. Nenhum sinal do meu eu adolescente.

— Ah, cara — ele disse. — É vime branco?

— A estrutura da cama, a mesa de cabeceira e a escrivaninha são todas de vime, e tem uma poltrona de vime, onde eu estou sentada. Imagino que você também esteja sentado em uma poltrona de vime branco?

— Claro — Noah respondeu. — Sempre.

Desta vez eu ri.

— Estou no meu escritório — ele revelou. — Isso me faz parecer intelectual?

— Você está fumando cachimbo e usando um monóculo?

— E estou de paletó de veludo — Noah completou. — Honestamente, a única coisa que eu faço no meu escritório é assistir à TV. Eu leio no meu quarto.

— Ler e assistir à TV são atividades nobres — eu disse. — É importante lembrar disso.

— Especialmente assistir à TV nas noites de sábado às onze e meia, né?

— Você não tem TV no seu quarto?

Ele riu.

— Não, eu tenho uma lá também. E uma na cozinha.

Depois que recebi o segundo e-mail de Noah — aquele que mencionava que ele estava em Los Angeles e que, como o primeiro e-mail, não deu a entender que ele estava entrando em contato por motivos profissionais —, pesquisei *casa de Noah Brewster em Los Angeles* no Google. Claro que pesquisei; eu não era acéfala. Segundo a internet: localizada em Topanga Canyon, comprada em 2014 por nove milhões de dólares e depois reformada de cima a baixo, uma propriedade estilo *hacienda* hispânica de quarenta mil metros quadrados, com seis quartos, oito banheiros, piscina, edícula e estúdio de gravação autônomo construído em 2016. Uma revista masculina publicou fotos dele tiradas no estúdio, ao lado e dentro da piscina — uma das fotos mostrava Noah parado na parte rasa vestindo uma camiseta branca encharcada que se agarrava graciosamente aos músculos de seus braços e abdome —, e o site de uma revista de decoração fez uma reportagem sobre o interior da casa acompanhada de uma longa conversa entre ele e um arquiteto britânico.

Depois de pesquisar *casa de Noah Brewster em Los Angeles* no Google, a internet sugeriu que eu também pesquisasse *fortuna de Noah Brewster*, e quem era eu para recusar? A resposta, que poderia estar correta ou completamente errada, foi de noventa e cinco milhões de dólares.

Houve um breve silêncio ao telefone, então Noah disse:

— Eu acho que você devia vir me visitar. E acho que a gente tem que passar um tempo junto e continuar conversando sobre todas as coisas que conversamos por e-mail. O que você acha disso?

— O.k.

— Espera, você acha que estou brincando?

— Você *está* brincando?

— Não.

— Eu também não estava. E, por sorte, minha agenda está bem livre agora.

Ele riu.

— A minha também. Que tal, não sei, amanhã? Depois de amanhã? Você provavelmente vai tirar sarro de mim por isso, mas uma opção é o meu assessor providenciar um avião para trazer você.

— Isso é muito *Cinquenta tons de cinza*.

— Por algum motivo ainda não conseguir ler esse. Mas, se fretarmos um voo, você vai ser poupada do terminal e da inspeção de segurança, que para mim são os focos de germes.

— Comprei os livros da série *Cinquenta tons* para fazer uma pesquisa rápida para um esquete, e quando me dei conta tinha consumido mil e quinhentas páginas sobre bolas Ben Wa e chicotes. — Hesitei. Não sabia quanto custava fretar um voo, mas parecia um jeito estranho de começar as coisas com Noah. Eu disse: — Um avião particular parece um pouco, uh, intenso. Mas visitar você vai ser ótimo.

— Não precisa decidir sobre o avião agora. Se vier num voo comercial, só me prometa que vai usar uma KN95.

— Sabe como as pessoas como eu chamam os voos comerciais? — perguntei. — Elas chamam de voos.

— É, acho que eu mereci essa.

A conversa tinha começado depois da meia-noite, e ficamos no telefone por mais duas horas e meia, comentando sobre o fato de os filhos de um dos membros da banda do projeto paralelo de Noah estarem confeccionando máscaras para residentes de asilos; e sobre o fato de que, quando saí para passear com Sugar naquela noite, vi uma mulher branca e magra com uma camiseta que dizia *Good Vibes Only*, e isso parecia uma coisa que uma mulher branca e magra não deveria usar naquele momento cultural específico; e que eu estava lendo um romance ambientado na Romênia comunista; e que ele estava lendo um livro de não ficção sobre o futuro da inteligência artificial, mas a verdade é que Noah lia apenas à noite e raramente conseguia ler mais do que algumas páginas antes de pegar no sono; e que, na semana anterior, ele tinha começado a escrever uma música pela primeira vez desde que tivera covid e não tinha ficado incrivelmente ótima, mas também não ficara um desastre; e que, em "Dairy Queen" das Indigo Girls, tinha uma parte da letra que eu nunca entendi, porque soava como "para te abraçar", mas também soava como "para te assombrar", e se você pesquisasse na internet dizia *abraçar*, mas eu queria que fosse *assombrar*; e sobre a rede de sorveterias Dairy Queen e o fato de Noah nunca ter entrado em uma, e eu disse que era porque ele nunca tinha morado no meio-oeste; e que eu nunca tinha ido ao In-N-Out Burger, e ele disse que era porque eu nunca tinha morado na Califórnia. Àquela altura já eram quase três e meia no meu fuso horário e eu me sentia como a adolescente que nunca fui, dopada pela paixão e pela conversa. Pouco antes de desligarmos, eu disse:

— Normalmente odeio falar no telefone, mas não odeio falar no telefone com você.

— Vou tentar não deixar isso subir à cabeça. — Noah parecia muito feliz, e eu senti um aperto no coração. Aquilo tudo não era bom demais para ser verdade? Na semana anterior, sempre que não estava ativamente escrevendo um e-mail ou lendo um e-mail de Noah, enquanto fazia ovos mexidos ou arrastava o lixo e as lixeiras para a calçada, eu muitas vezes pegava o celular do bolso e relia as mensagens que ele tinha me enviado e as que eu enviara a ele, especialmente se estivesse esperando por uma resposta; mais de uma vez li todos os e-mails, na ordem, do começo ao fim. Eu também compunha continuamente futuros e-mails na minha cabeça e passava quase todas as experiências que estava tendo (não que estivesse tendo muitas, admito) por um filtro para saber se valeria a pena descrevê-las para Noah. E agora tínhamos nos falado e isso não havia estragado tudo!

Ele acrescentou:

— Posso te ligar de novo amanhã à noite?

— Definitivamente pode.

— Posso te mandar sete e-mails antes de ligar amanhã à noite?

— Estou contando com isso.

Foi quando Noah disse:

— Quase sugeri uma chamada de vídeo agora em vez de ligar. Quais são seus sentimentos sobre chamadas de vídeo?

— Depende do rosto em questão. — Depois de uma pausa, prossegui: — No seu caso, sou a favor.

Ele riu.

— Que alívio. — Então ele encerrou a conversa: — Boa noite, Sally. Foi muito divertido.

— Foi mesmo — eu disse. — Boa noite, Noah.

Mas ele não mandou e-mail no dia seguinte; em vez disso, ao meio-dia, ele mandou uma mensagem: *Espero que não se importe de eu ter comprado isso pra você*, seguida pela captura de tela de um travesseiro rosa que dizia *Good Vibes Please* em letra cursiva branca, seguida por outra captura de tela de um travesseiro laranja que dizia *Good Vibes Welcome* com a imagem de um sol abaixo das palavras, seguida de outra mensagem que dizia: *Foi difícil decidir, então comprei os dois*.

Mandei uma mensagem de volta: *É uma coincidência incrível, porque acabei de comprar isso pra você*, e enviei a captura de tela de uma placa de madeira desgastada com os dizeres "Nesta casa somos verdadeiros, damos abraços e dançamos mal".

Noah respondeu: *Incrível mesmo, porque acabei de comprar isso pra sua cozinha*, seguido pela captura de tela de uma placa de madeira envelhecida diferente com os dizeres "Não se faz uma omelete sem quebrar o ovo" e que exibia a imagem de um batedor de claras. E então trocamos mensagens de texto por três horas e depois conversamos novamente naquela noite, das dez às duas da manhã. Às 21h50 eu tinha aplicado base, rímel e brilho labial, depois limpei o brilho labial e reapliquei. Às dez horas, a notificação de uma ligação de vídeo apareceu no meu celular, mas, antes que eu pudesse ver, ela desapareceu e uma ligação normal foi feita.

Quatro horas depois, no fim da conversa, ele disse:

— Eu só queria mencionar que eu, bem, raspei a cabeça. Não tenho mais cabelo comprido.

Pensei em Henrietta ajoelhada ao meu lado em meu escritório no *TNO*, me acordando enquanto eu estava deitada no sofá para me contar sobre a peruca de Noah. Vinte e sete meses se passaram desde então, o que não era suficiente para explicar quão irrecuperável aquele momento parecia agora.

Eu tentei parecer despreocupada ao dizer:

— Legal.

— Não queria que você ficasse chocada se nos falarmos por vídeo amanhã.

— Eu gosto de pensar que sou mais difícil de chocar do que isso.

— Só porque algumas pessoas dizem que meu cabelo é, você sabe... — Ele fez uma pausa e, quando continuou, pareceu envergonhado pela primeira vez que eu conseguia me lembrar. — Tipo minha marca registrada.

Mais uma vez, tentei soar leve, mas sincera, e nem um pouco zoeira:

— Suas composições e sua guitarra não são sua marca registrada?

Na noite seguinte, especialmente nos primeiros minutos, foi chocante e comovente ver Noah na tela do meu celular. Ele parecia ao mesmo tempo um pouco diferente e ainda surpreendentemente bonito. A cabeça estava raspada mesmo, com alguns milímetros de barba por fazer, que era mais escura que as mechas loiras de antes, mas combinava com a barba nas bochechas. Noah parecia mais pálido ou mais cansado do que nas fotos da internet, que eu obviamente inspecionara muitas vezes na semana anterior, o que significa que ele parecia não estar usando maquiagem e não tinha se arrumado de nenhuma outra forma profissional, e foi uma alegria pura e reflexiva contemplar aquela versão dele: aquela pessoa real e particular. Seus olhos azuis penetrantes estavam bem vivos, sua expressão era descontraída, ele estava vestindo uma camiseta verde-oliva e sentado em uma poltrona branca baixa e eu simultaneamente gostaria de poder mergulhar na tela e abraçá-lo *e* estava constrangida por saber que ele podia me ver, e continuei olhando de relance para meu reflexo minúsculo e granulado no canto inferior direito da tela.

— Isso é tão estranho! — deixei escapar.

Noah sorriu.

— Em que sentido?

— Você não acha? — Rapidamente, continuei: — Não por causa do seu corte de cabelo. O corte está ótimo. Acho que nas últimas duas noites acabei me acostumando com a sua voz sem corpo.

— Uma voz sem corpo é melhor ou pior que uma consciência digital?

— Bom — eu disse —, elas são parecidas.

Em seguida, falamos sobre o livro de IA que ele estava lendo e sobre quantos anos tínhamos quando tivemos nosso primeiro celular, e em quinze minutos eu estava muito mais calma. Na noite seguinte, levei apenas alguns minutos para superar o choque da beleza de Noah, e na noite seguinte àquela me perguntei se estávamos perto de transar por telefone — eu já tinha invertido a câmera para mostrar meu quarto a ele, ele fizera várias perguntas bobas sobre que tipo de lençóis eu tinha e a posição dos meus travesseiros —, mas eu não poderia transar por telefone com Noah Brewster, ou pelo menos não enquanto estivesse sóbria, e nunca tinha bebido outra coisa que não água enquanto conversava com ele porque parecia desnecessário e talvez até insensível. Então, em vez disso, depois de ponderarmos mutuamente se a contagem de fios fazia alguma diferença real, eu disse:

— E se eu for te visitar de carro em vez de ir de avião?

— Sério? Mas a distância não é de um milhão de quilômetros?

— São dois mil e quinhentos.

— Não quero fazer nada pra desencorajar você, mas isso não seria desnecessariamente complicado?

— Acho que pode ser bom para mim. Eu poderia conversar comigo mesma enquanto a paisagem passa poeticamente.

— Dirigir sozinha é seguro? Desculpe se eu estiver sendo sexista, mas...

— Agora você pode me mandar um pedido formal de desculpas e assinar com *Atenciosamente*. — Então acrescentei: — Não está sendo sexista. Acho que seria seguro sim.

— Você teria que me mandar um monte de mensagens sobre a sua localização. Estou preocupado que meu radar Sally possa ficar instável em alguns desses estados do oeste.

Eu podia sentir — e, em miniatura, ver — a mim mesma sorrindo de um jeito pateta. Talvez eu fosse uma otária, ou talvez Noah tivesse um pouco de prática demais, mas ele era absurdamente doce.

— Que tal se eu colocar uma antena transmissora no topo do meu carro? — Eu disse. — Ou no topo da minha cabeça?

— Ótimo plano. Aí eu posso te rastrear até quando você entrar em uma loja de conveniência, tipo, na zona rural de Utah.

— Não me julgue quando eu comprar Doritos.

— Eu amo Doritos. Então, quando você pode pegar a estrada?

Em nossa primeira conversa por telefone, pensei que surgiria algum esclarecimento, algum reconhecimento explícito de que nosso contato era romântico, ou presumivelmente romântico até que se provasse o contrário. Não aconteceu. A dinâmica entre nós era sedutora e não explícita. E eu não poderia ter tocado no assunto tão facilmente quanto ele? Exceto pelo fato de que eu tinha mais a perder. Em vez disso, nós dois continuamos a conversar calorosamente. *Por que este não seria o romantismo do romance?* e *Eu sinto uma atração muito forte por você, desde aquela reunião de apresentação no escritório do Nigel* — se eu estava procurando uma confirmação, aquelas frases dos e-mails dele eram minha evidência mais forte. E eram frases de que eu gostava muito, frases que eu tinha relido muitas vezes mesmo depois de decorá-las. Mas também: *Eu diria que definitivamente estava tentando te impressionar e não estava tentando te seduzir*.

— Só para eu saber como fazer as malas — eu disse —, quanto tempo você me imagina ficando aí?

— O tempo que você quiser.

E então, em vez de realmente resolver a questão, eu quis saber:

— Você é o tipo de anfitrião de Airbnb que deixa expostos seus quadros com fotos de família e seu iogurte meio vazio na geladeira? Ou você deixa o ambiente imaculado antes de os hóspedes chegarem?

Ele riu.

— Pra você, vou deixar imaculado, porque quero ganhar cinco estrelas.

Na manhã seguinte, mandei uma mensagem: *E se eu sair de KC em 1º de agosto de manhã e chegar aí no dia 2 à noite?*

Você sair de KC em 1º de agosto e chegar aqui no dia 2 de noite é uma ideia incrível, Noah respondeu.

Em 31 de julho, um pacote da FedEx chegou à casa de Jerry: a caixa tinha doze unidades de barras de proteína, um catálogo espiralado de mapas de estradas e uma camiseta cinza com *Califórnia* escrito em uma fonte amarela dos anos 1980. No bilhete que acompanhava o pacote, ele tinha escrito: *Sally, não vejo a hora de você chegar! Seu amigo por correspondência, Noah*. Eu nunca tinha visto a caligrafia dele, e até mesmo isso parecia emocionante e me encheu de desejo: a maneira como a base do *S* em *Sally* se ligava ao *a*, as maiúsculas sem adornos, a linha reta sem volta que se projetava do *v* em *você*. Mas eu devia ler *amigo por correspondência* como uma piada interna ou uma referência ao nosso status platônico?

Naquele dia nós encerramos nossa conversa à meia-noite, ou seja, cedo, e programei o alarme do celular para as 6h15. Embora eu tivesse dito a Jerry que ele não precisava se levantar de manhã, ele se levantou; vestindo seu roupão de banho branco e azul, carregou minha caixa de barras de proteína e máscaras para fora e a colocou no lado do passageiro no banco da frente, então me abraçou e disse:

— Alguns estados permitem que você dirija a oitenta por hora, mas acho que um pouco mais devagar é mais seguro.

Sugar brincava aos nossos pés, e eu agachei para fazer carinho nela. Eu tinha explicado a Jerry que iria visitar um amigo em Los Angeles por uma ou duas semanas, e sua irmã, minha tia Donna, para quem eu fazia compras quando ia ao mercado para Jerry e para mim, ofereceu seu carro; ela disse que, já que ela e meu tio Richard quase não iam a lugar nenhum ultimamente, eles não precisavam de dois.

Foi estranho sair da casa de Jerry; era estranho não saber quanto tempo ficaria na Califórnia; era estranho, mesmo depois de cinco anos, viver no mundo sem minha mãe; era estranho ser uma pessoa durante uma pandemia global. Dei a partida no carro e saí da garagem, acenei para Jerry e Sugar da rua e aumentei o volume da estação de rádio folk feminina, e uma música de Mary Chapin Carpenter, cuja letra eu sabia inteira, ecoou pelo carro. Eu estava animada e melancólica enquanto dirigia na direção sul na State Line Road, sob a luz do início da manhã de verão, e a melancolia diminuiu um pouco quando cheguei à Shawnee Mission Parkway, e quando passei por Olathe, Kansas, meia hora depois, ela estava quase completamente ausente, ou pelo menos eclipsada pela vertigem, nervosismo e puro tesão. A estrada à minha frente era longa e quase plana, e percebi que só tinha ficado tão animada e apavorada outra vez na minha vida: quando fiz a entrevista para entrar no *TNO*.

* * *

O Hampton Inn em Albuquerque tinha quatro andares flanqueados por um estacionamento de concreto quase vazio e deprimente, com a Cordilheira Sandia visível a leste. Sentada na cama do meu quarto, jantei às 20h15, horário das montanhas: duas barras de proteína, uma banana e uma laranja que comprara no começo do dia em um posto de gasolina no canto noroeste do Texas Panhandle. A viagem tinha corrido bem, a rodovia me levando pelo estado cada vez mais árido do Kansas, depois uma breve descida por Oklahoma, um passeio só um pouco mais longo no Texas e as horas finais no Novo México: a estrada reta e sem fim; as extensões abertas de terra de ambos os lados, uma mistura de grama desbotada, areia e arbustos; o céu grande e reconfortantemente azul. Embora eu tivesse planejado refletir sobre a natureza e a humanidade enquanto dirigia ou então determinar a estrutura de "Supremely", que era o título provisório do meu roteiro quase inexistente sobre a juíza da Suprema Corte, eu tinha ficado distraída por longos períodos. Esses momentos eram abruptamente pontuados pelo impulso de segurar o volante quando eu passava por um caminhão ou, de forma muito mais agradável, por ser esporadicamente surpreendida pelo fato de que poderia transar com Noah em cerca de vinte e quatro horas. Não poderia? Como prometido, eu mandava uma mensagem para ele toda vez que parava, e ele sempre respondia imediatamente.

Jerry não mandava mensagens de texto, então enviei um e-mail para contar que tinha chegado a Albuquerque. Depois coloquei uma máscara, saí do quarto, andei a passos rápidos pelo saguão — passei por uma família solitária carregando um equipamento de camping — e parei sob a varanda de transporte, colocando meus fones. O sol tinha se posto, mas o céu do oeste ainda estava levemente alaranjado. Quando liguei para Noah, ele disse:

— Como foi o jantar?

— Graças ao seu pacote de cuidados, uma delícia, e agora estou dando uma volta no estacionamento para tomar um pouco de ar. Como você está?

— Estou tentando enxergar minha casa através dos seus olhos para ver se tem alguma coisa que eu precise esconder. Além disso, Margit vai pedir alguns mantimentos. Você bebe água de toranja gaseificada e coloca leite de aveia no café, certo?

— Desde que você não tenha uma bandeira da Confederação, tudo bem pra mim. E sim.

— Mesmo que Jerry ache leite de aveia estranho.

— Sim. Mesmo que Jerry ache estranho. — Ouvir Noah dizer o nome de Jerry, Noah saber quem era Jerry, ainda era ao mesmo tempo estranho e fofo.

— Outra coisa nesse contexto: aquilo que eu mencionei que a gente precisa conversar... você lembra que eu não tenho bebida em casa? Tudo bem pra você?

— Claro — eu disse.

— Por favor, não diga que está tudo bem só para ser educada. Eu estou sendo honesto quando digo que não ter vinho nem nada em casa é minha preferência, mas tenho certeza de que a gente pode pensar em alguma coisa se isso for muito extremo para você. Quando eu recebo amigos, eles trazem e levam de volta quando vão embora, então não é que eu proíba o consumo de bebida aqui dentro.

Fiquei em silêncio por alguns segundos antes de dizer:

— Está tudo bem mesmo. Se por você não teria problema, claro, eu tomaria um drinque quando chegasse aí, só porque... bem... não quero parecer idiota, mas estou um pouco nervosa. Mas não beber não é um grande sacrifício. — Pensei, não pela primeira vez, que expressar claramente os sentimentos da gente sobre tópicos complicados era bem mais difícil do que escrever esquetes entre personagens imaginários.

— Me avisa se isso mudar? — Noah disse.

— Minha vontade de beber um drinque é menor do que a vontade de que isso não seja um problema pra você — respondi. — Mas pode deixar que eu aviso.

— Obrigado, Sally, de verdade. E um último item de gestão doméstica: minha casa é um pouco difícil de achar, um monte de estradas sinuosas, e eu queria saber se é melhor eu te encontrar no estacionamento do shopping e te orientar até aqui.

— Ah, eu consigo achar o caminho. Mas obrigada. — Eu me sentia mais ansiosa nos primeiros segundos e momentos em que estávamos na presença um do outro. Embora eu tivesse dito por e-mail que achava que nossas interações no *TNO* significavam que já sabíamos como era estar na mesma sala, expressara esse sentimento quando estar nessa situação novamente ainda era uma hipótese. Agora que estava a caminho de Los Angeles, eu tinha menos certeza. E não era mais provável que o encontro em um estacionamento só aumentasse o constrangimento?

— Me avise se mudar de ideia. Depois de entrar na 101, você vai levar uns vinte minutos para chegar ao Topanga Canyon Boulevard, e as estradas ficam mais sinuosas quanto mais para o sul você avança. Quando você começar a achar que está no lugar errado, já vai estar quase chegando na minha casa.

— Isso não parece nada ameaçador.

Noah riu.

— Tem um muro de pedra cercando a propriedade, depois um portão em frente à entrada da garagem. É só encostar no interfone e, depois que o portão abrir, você sobe o morro e eu vou estar te esperando na frente de casa.

Seria esse o momento de mencionar que pesquisara a casa dele no Google e que os ladrilhos terracota do hall de entrada eram lindos? Talvez não.

— Uma última coisa, em nome da sinceridade total — ele disse. — Se você mudar de ideia sobre me encontrar no shopping, tem chance de ter algum paparazzi no estacionamento. Eles gostam de ficar de olho na porta da mercearia chique. Imagino que você esteja acostumada com isso por causa dos seus amigos do *TNO*, mas não queria que fosse pega desprevenida.

— Tudo bem. — O nervosismo cresceu em meu estômago, era distinto da expectativa arrebatadora de vê-lo; era um nervosismo azedo.

— Parece que eles têm circulado menos durante a pandemia, mas nunca se sabe.

Eu estava passando pelos fundos do Hampton Inn nesse momento; as cortinas estavam fechadas na maioria dos quartos. À minha frente, as montanhas escureceram. De acordo com meu celular, estava fazendo vinte e três graus — já mais frio do que quando eu tinha feito o check-in e mais seco de uma maneira que contrastava favoravelmente com meu último dia inteiro em Kansas City, quando a temperatura atingira trinta e seis graus úmidos. Antes que eu pudesse me conter, eu disse:

— Seria mais fácil se eu ficasse em um hotel?

Lentamente, depois de um silêncio, Noah perguntou:

— Mais fácil como?

— Na parte da logística? Não sei.

— Você ficaria mais confortável em um hotel?

Por que eu tinha falado dessa possibilidade? O que estava errado comigo? Era quase como se passar ilesa pela discussão sobre a bebida, tivesse me preparado para um fracasso subsequente, como se eu fosse incapaz de não estragar as coisas de algum jeito.

— Eu acho que seria, uh... menos divertido? — tentei. — Mas também não quero impor.

— Acho que seria muito menos divertido se você ficasse em um hotel — Noah falou. — E, só para você saber, eu tenho muitos quartos, então nós vamos lidar com isso do jeito que você quiser... tipo, não quero presumir nada.

Certamente existia uma maneira perfeita e inteligente de responder, alguma frase que tornaria a conversa animada novamente em vez de desajeitada, que transmitiria com charme que eu apreciava o cavalheirismo dele, mas esperava muito que ele quisesse dividir a cama comigo. Se eu tivesse um ou dois dias para inventar essa frase, ou se a tivesse escrito em um esquete para outra pessoa, como Viv ou Henrietta, com certeza poderia descobrir qual era. Mas como eu mesma, em tempo real, fiquei travada. Depois de alguns segundos, falei:

— Sim, tudo bem.

Mais uma vez houve um ou dois segundos de silêncio, mas a voz de Noah era calorosa quando disse:

— Sabe quando você comentou que está um pouco nervosa? Eu estou muito nervoso.

— Até parece.

— Como eu poderia não estar? A roteirista estrela do *TNO* está vindo me visitar.

— Você está mais ou menos nervoso do que quando se apresentou pela última vez no Madison Square Garden?

— Muito mais — ele disse, e nós dois rimos. Era uma percepção tardia, mas me ocorreu que talvez fosse assim que as conversas funcionassem entre adultos. Não que a comunicação não falhasse, mas que os dois tentassem de boa-fé corrigir as coisas depois que acontecesse.

* * *

Acordei às cinco da manhã, antes que o alarme do celular despertasse, e, mesmo com meu banho rigoroso e depilação adicional, estava de volta à estrada às seis. O sol nasceu atrás de mim enquanto eu dirigia, lançando uma luz rosa sobre a terra e a vegetação dos dois lados da estrada. Como eram oito horas em Nova York e a rodovia estava quase perturbadoramente vazia, liguei para Viv.

— O trem da indecência já saiu da estação? — ela perguntou.

— Está disparando em direção à LA a cento e vinte por hora, e acho que talvez eu tenha um ataque de pânico.

— Agora?

— Não, provavelmente vou esperar até chegar à Califórnia. Como foi a aula de massagem?

— Nenhuma de nós duas ficou sem calça — Viv disse. — Desculpa te desapontar.

Viv tinha contratado uma doula para acompanhar seu parto, uma mulher de sessenta e poucos anos e cabelo grisalho chamada Gloria, e na noite anterior Gloria tinha fornecido um tutorial de massagem perineal pelo Zoom. De antemão, Viv e eu tínhamos especulado se Gloria planejava mostrar seu períneo a Viv ou se esperava que Viv mostrasse o dela.

— Ela usou um manequim anatomicamente correto? — perguntei.

— Ela usou papel e caneta. Mas, falando em exploração perineal, quando você chega à casa do Noah?

— No fim da tarde ou início da noite.

— E por que você vai ter um ataque de pânico?

— A vida real é simplesmente estranha — eu disse. — E se ele me achar chata?

— E se você achar ele chato? Aliás, estou fazendo ovos cozidos e você está indo do quarto para a cozinha comigo agora. Você sabe o que são esses ovos?

— Orgânicos e de galinhas criadas soltas?

— São meu segundo café da manhã.

— Parabéns.

Ouvi uma espécie de movimento e farfalhar ao fundo, então Viv disse:

— O Theo acha que você deve colocar os ovos antes de a água ferver, mas eles ficam muito melhores quando você ferve a água e *depois* coloca os ovos.

— Eu só faço ovos mexidos, então sou a Suíça aqui.

— Você ficou sabendo que Bianca vai ser demitida? Recebi uma mensagem do Tony ontem à noite.

— Ah, isso é péssimo — respondi. — Patrick me falou que Elliot falou pra ele que o retiro definitivamente não vai rolar este ano. — Era uma viagem anual do *TNO* para um resort em Catskills antes da primeira semana do programa, e tinha o objetivo de promover a união profissional, resultando invariavelmente em um comportamento ainda mais clichê do que o que acontecia no estúdio.

— Não vou dizer que estou surpresa — Viv disse. — Então a coisa que está te preocupando é fazer cocô na casa do Noah?

— Já te contei isso?

— Sally, eu te conheço há muito tempo.

A regra que impus a mim mesma depois que Noah e eu começamos a trocar e-mails, mesmo antes de ele anunciar o quanto confiava em mim, era *Não compartilhar os e-mails com outra pessoa e sem captura de tela*. Eu poderia resumir para Viv e Henrietta o que estava acontecendo, e certamente poderia escrever sobre meus muitos, muitos sentimentos, mas não poderia mostrar nada a elas, nem compartilhar nenhum detalhe verdadeiramente pessoal que Noah revelara a mim sobre si mesmo.

Eu disse:

— E se, porque eu já escrevi esquetes sobre diarreia e odores corporais, ele presumir que fico confortável com diarreia e odores corporais?

— Acho que Noah não é tão idiota assim.

— Mas nós nunca conversamos sobre essas coisas.

— Sério? Quando estavam escrevendo e-mails quilométricos e românticos sobre seus anseios e suas almas interiores, esse assunto não surgiu? Estou chocada. Olha, você vai fazer o seguinte. Quando estiver no banheiro, assim que o cocô sair, tipo no segundo em que bater na água, você dá descarga. Você pode ter que dar descarga algumas vezes, mas assim não gruda tanto no vaso e deixa o banheiro menos fedorento.

— É assim mesmo?

— Provavelmente é irrelevante porque ele deve morar em uma mansão com um milhão de banheiros. Estou te dando dicas de quando eu ficava na casa de caras que moravam em estúdios, mas você vai fazer cocô a oitocentos metros do Noah.

— Fazer cocô embaixo do mesmo teto de um cara de quem você gosta é um estado de espírito. — Então eu disse: — E se eu chegar lá e ele falar: "Eu valorizo muito a nossa sólida amizade platônica?".

— Aí você aperta a mão dele platonicamente, deseja boa sorte, aluga um lugarzinho fofo na praia e entra no Tinder. — Um cronômetro apitou e Viv acrescentou: — Mas, como Noah falou com todas as letras que tem atração por você, eu ficaria surpresa.

— São seus ovos?

— São os meus ovos. Respire fundo e me mantenha informada.

Foi depois de sair de Flagstaff, Arizona, cinco horas depois de dirigir, que eu percebi como deveria ter respondido quando Noah disse "Não quero presumir nada" sobre dividir a cama. Em um tom alegre, eu deveria ter dito: "Fique à vontade para presumir!".

* * *

O posto de gasolina em Canoga Park, na Califórnia, ficava, de acordo com as instruções do meu celular, a dezesseis quilômetros e vinte e quatro minutos da casa de Noah. Passava um pouco das cinco da tarde, fazia uns vinte e três graus, o tempo estava seco e ensolarado, e o trecho onde parei não parecia tão diferente dos shoppings de Kansas City, exceto pelas palmeiras à margem da estrada. Depois de encher o tanque, enquanto caminhava em direção à entrada da loja de conveniência, meu coração martelava e meu corpo inteiro tremia. Embora eu acreditasse estar nervosa quando falei com Noah por telefone pela primeira vez, e também quando nos falamos por vídeo pela primeira vez, esses episódios pareciam, em retrospecto, estranhamente leves. Pelo amor de Deus, Noah estava a dezesseis quilômetros de distância!

Do lado de fora da loja de conveniência, coloquei minha máscara. Lá dentro, encontrei o banheiro, fiz muito xixi e lavei as mãos com vigor, depois coloquei meu kit de higiene no balcão (com germes? ou limpo recentemente?) ao lado da pia. Tirei a máscara, escovei os dentes umas três vezes mais cuidadosamente do que normalmente fazia, usei um enxaguante bucal de um frasco tamanho viagem que havia comprado em uma farmácia em Kansas City dois dias antes, passei protetor labial e coloquei a máscara de volta. Segurando meu desodorante tamanho viagem, minha mão tremia tão intensamente que quase errei a axila na primeira tentativa. Me achei parecida com alguém, e então percebi que era Sugar durante uma tempestade.

Eu tinha decidido com antecedência que trocaria todas as peças de roupa, até a calcinha e o sutiã, ou principalmente a calcinha e o sutiã. Fiz isso dentro de uma baia, de pé em cima dos tênis enquanto tentava evitar encostar os pés com meias no chão. Depois de vestir minha camiseta preta favorita, e que mais me valorizava, e jeans com barra curta, como meu último ato de transformação, me abaixei para tirar as meias e calcei sandálias pretas. Meus pés não estavam horrivelmente suados, mas também não estavam frescos como margaridas. Decidi que os limparia no carro com lenços umedecidos e desejei que estar ciente do meu papel de ridícula pudesse de alguma forma diminuir quão ridícula estava sendo.

Eu não tinha mais nada a fazer, exceto ir ver Noah. Me olhei mais uma vez no espelho do posto de gasolina e pensei, como não fazia havia anos, no que minha mãe disse depois que repeti a frase de Elliot sobre confundir o romantismo da comédia com o romantismo do romance. Primeiro ela disse: "Que merdinha pretensioso". Então disse: "Eu juro que um dia você vai encontrar o amor que merece, mas pode não ser quando você espera, nem do jeito que você espera".

Quando saí do banheiro e passei pelas geladeiras de refrigerante, chá gelado e água de garrafa atrás das portas de vidro transparente, semicerrei os olhos, incerta — será? — e então, embaixo da minha máscara, não pude deixar de rir. Não estava tão alta, mas era inconfundível: pelo sistema de som da loja, uma versão instrumental de "Making Love in July" estava tocando.

* * *

É verdade que, quando entrei no Topanga Canyon, rapidamente me senti como se estivesse no meio do nada, de uma forma que era bonito e poderia, em outras circunstâncias, ser relaxante. A estrada sinuosa de duas pistas parecia muito mais rural do que um lugar a menos de uma hora do centro de Los Angeles. O caminho me levou além das montanhas escarpadas de Santa Monica de um lado e das descidas íngremes do outro, passando por matagais de chaparral e afloramentos de arenito e a ocasional casa construída nas encostas cheias de árvores. Virando para o sul, tive meu primeiro vislumbre do nebuloso turquesa do oceano Pacífico. Desaparecia e reaparecia quando a estrada fazia uma curva.

Depois de quinze minutos, fiz uma curva fechada à direita. A essa altura eu não tinha certeza se meu coração poderia bater mais rápido sem que se tornasse uma ocorrência médica. Então veio o muro de pedra, o portão e a calçada atrás dele, que se erguia em uma colina de arbustos e árvores de um jeito que escondia a casa. Eu estava tão nervosa que, quando freei e tentei chegar ao interfone do portão, errei por cerca de um metro e meio. Dei ré e tentei novamente. Estendendo o braço esquerdo para fora da janela, apertei um botão prateado, e a voz de Noah — em oposição à voz de algum criado — disse: "Oi, Sally. O portão vai abrir". No topo de colunas de pedra flanqueando o portão, notei câmeras de vídeo e senti a mesma inquietação que havia experimentado quando Noah mencionou sobre paparazzi no estacionamento da mercearia. O portão se abriu, e eu entrei na propriedade.

Subi talvez quarenta e cinco metros quando o terreno nivelou e a casa apareceu, a mesma extensa hacienda de estuque que eu tinha visto na internet. Estar lá pessoalmente me lembrou de uma das famosas pinturas de lírios d'água de Monet que vi no Museu Metropolitano de Arte de Nova York depois de estudá-la em uma aula de história da arte. De fato, aquela paisagem existia. Eu ainda estava a trinta metros da casa e uma figura masculina se aproximava do carro vestindo jeans, camiseta azul petróleo e máscara preta, e meu coração era uma explosão de fogos de artifício. Mesmo usando máscara, mesmo a essa distância, Noah estava incrivelmente bonito.

Freei novamente quando estávamos a três metros de distância — a porra do Noah falso-surfista Making-Love-in--July Brewster e eu, Sally Milz —, e o vidro do carro ainda estava aberto de quando tinha falado com ele pelo interfone, e minhas primeiras palavras decididamente inglórias foram:

— Eu devia estar usando máscara?

Por trás de sua máscara, Noah disse:

— Eu não devia estar usando? — Acima da máscara, o canto de seus olhos se enrugou de um jeito que eu tinha certeza de que ele estava sorrindo, e ele disse: — Bem-vinda à Califórnia.

— Devo estacionar aqui ou na garagem? — perguntei.

— Você devia era estacionar aqui porque está nesse carro há muito, muito tempo. — Noah puxou a máscara até o queixo. — E eu devia tirar isto aqui porque, a partir de agora, nós estamos no mesmo barco. — Ele soltou as tiras das orelhas e enfiou a máscara no bolso de trás, e a revelação de seu rosto... bom, eu não precisava de confirmação de que ele era muito atraente, mas, caso precisasse, seus olhos azuis eram intensos e os lábios estavam ligeiramente inchados e emoldurados por linhas de expressão, e as sobrancelhas grossas e a barba por fazer eram castanho-claras. E, embora fosse difícil de entender, havia certa franqueza em sua expressão e seu comportamento o fazia parecer visível e desorientadamente satisfeito por eu ter chegado.

Desliguei o carro, fiz um contato visual breve e apavorado comigo mesma no retrovisor e saí, e Noah estava bem ali, a zero metro de distância, e nossos corpos estavam colados um no outro e nossos braços estavam em volta um do outro. Como ele era alguns centímetros mais alto, meu rosto ficou pressionado contra seu pescoço parcialmente barbado, e a sensação e o cheiro de sua pele e sua barba por fazer e todo o seu corpo vestido contra o meu foi a mais agradável que já tive. Tudo era reconfortante e emocionante em uma combinação que eu não sabia que existia, e nós ficamos assim por um bom tempo.

E então, finalmente, porque eu era eu e me sentia obrigada a quebrar o momento mesmo enquanto me perguntava se estávamos a ponto de nos beijar apaixonadamente, me afastei, olhei para ele e disse:

— Suas instruções foram excelentes.

— Quer ir ao banheiro, tomar água ou algo assim?

— Estou bem. Parei antes de chegar a Topanga. — Apreciei não apenas sua consideração, mas também o não romantismo de mencionar o xixi. Estendi uma perna. — Estou com minhas sandálias chiques.

— Sandálias chiques ótimas. — Ele inclinou a cabeça em direção à casa. — Que tal se eu te mostrar o lugar? Deixe as suas coisas no carro por enquanto.

— Eu tenho uma coisa pra você. — A porta do lado do motorista ainda estava aberta, e tomei cuidado para não pegar o presente me curvando pela cintura e apontando minha bunda para ele, mas me sentando novamente no banco e me inclinando para pegar o saco de papel cinza. Quando ressurgi, entreguei o pacote a Noah. Eu me senti consciente de um tremor contínuo no meu corpo inteiro.

— Que emocionante — ele disse.

— Talvez você queira manter suas expectativas sob controle.

Noah sorriu.

— Ah, tarde demais. — Ele enfiou a mão no saco de presente e, um por um, retirou e abriu cada chaveiro individualmente embrulhado em papel que eu havia comprado ao longo do caminho. Depois do primeiro, Noah comentou: — Eu sempre quis um chaveiro no formato do Novo México. — Ao abrir o segundo, acrescentou: — E também sempre quis um chaveiro com chapéu de caubói do Texas. Ah, e um cacto do Arizona. — Os restantes eram uma placa retrô do Kansas com talos de trigo e um pássaro do estado de

Oklahoma; é claro que eu tinha pensado em Nigel quando o comprara.

Expliquei:

— Não tem nada do Missouri porque eu cheguei à fronteira do Kansas uns cinco minutos depois de sair de casa.

— O engraçado é que eu nunca quis um chaveiro do Missouri — ele disse. — Tenho uma nova consideração pelo Missouri. Não me interprete mal. Mas os chaveiros de lá simplesmente não fazem meu estilo. — Noah já tinha desembrulhado todos a essa altura e falou: — Obrigado. Adorei.

— Eu queria te dar alguma coisa que com certeza você ainda não tinha.

Noah colocou a palma da mão no meu antebraço nu e eu pensei na frase de "Making Love in July" que dizia: "Você também sentiu/minha mão roçou em você". Pensei em quando tinha ouvido a música pela primeira vez, quase vinte anos antes, no verão entre meu primeiro e segundo ano de faculdade; tinha achado a letra tão boba e não fazia a menor ideia de quem Noah Brewster acabaria se tornando para mim. Além disso, quando começaríamos a nos beijar apaixonadamente? Ele disse:

— São perfeitos.

Dentro da casa, paramos em um hall de pé-direito alto com paredes de estuque branco e, como nas fotos que vi na internet, um piso de ladrilhos terracota intercalados com ladrilhos de cerâmica azul e branca. Uma porta interna em arco que se abria para uma grande sala de estar confirmou que a estética era Sudoeste Casualmente Chique e A Cor Branca. Enquanto ele me conduzia pela sala de estar, sala de jantar e escritório, quase todos os tapetes, sofás e cadeiras eram brancos — o tecido da mobília era geralmente de linho, com alguns pufes de couro — e quase todas as mesas pareciam caras. Parada na porta do escritório, apontei para a mesa.

— É aqui que você senta para escrever para mim? Onde a mágica acontece?

Ele riu.

— Às vezes.

Havia uma espécie de sala de instrumentos, que não devia ser confundida com o estúdio de gravação autônomo, que estava quase vazia, exceto por um piano de cauda e um banco, quatro violões em suportes encostados na parede e uma grande cadeira (branca) sem braços em um canto. A cozinha também era grande e aberta, com uma enorme ilha de madeira, uma geladeira e um fogão de inox e uma parede inteira de janelas do chão ao teto que revelavam uma longa piscina retangular em um pátio de ladrilhos terracota. Saímos para o pátio, onde cadeiras Adirondack rodeavam uma lareira externa. Além da piscina, o solo descia em direção a um vale e então se elevava novamente para as montanhas, acima das quais o céu azul-claro era cristalino e expansivo.

— Onde nós estamos agora em relação ao oceano? — perguntei.

Noah apontou o polegar sobre um ombro.

— É para lá.

— A vista é linda — elogiei. — E o cheiro consegue ser melhor do que dentro do meu carro.

Ele riu.

— São os eucaliptos.

— Você nada mesmo ou a piscina é mais decorativa? Ela é meio zen.

— Interessante você perguntar. Assim como cozinhar, eu tenho nadado mais nos últimos meses do que nos anos anteriores. Comecei a nadar para me exercitar, mas agora, só por diversão, eu fico flutuando em boias que eu usava nas festas, mas nunca sozinho.

— Onde estão o seu mordomo e a sua camareira agora? Eles estão nos vendo pelas câmeras?

Noah riu.

— Espero que não. Não, Glenn e Margit vão visitar os netos nos fins de semana e geralmente passam a noite lá. A filha deles mora em Torrance.

— Os netos deles vêm aqui? Você conhece?

— Eles não vêm muito aqui, mas eu os conheci. É um menino e uma menina com idades próximas a dos meus sobrinhos.

Gesticulei uma das mãos horizontalmente pelo ar, mostrando tudo, e disse:

— Bom, você tem um quintal ótimo.

— A verdade é que Topanga não é o lugar ideal para estar em termos de incêndios florestais, mas tirando isso é muito legal. E as coisas estão indo bem neste verão. — Nossos olhares se encontraram e ele disse: — Eu devia ter mencionado os incêndios antes de você atravessar metade do país?

— Ouvir sobre incêndios florestais parece uma coisa assustadora, mas não tenho certeza se isso teria me impedido.

Entramos novamente na cozinha, que dava para uma segunda, ou talvez terceira, sala de estar, com um sofá branco e duas cadeiras brancas diante de uma televisão de tela plana. Fiz um gesto em direção a ela.

— É ali que você assiste ao *TNO*?

— Todo sábado, sem falta. — Quando voltamos para a frente da casa, Noah falou mais sobre a casa: — Comprei isto aqui em 2014, mas só me mudei em 2016 por causa das reformas. Acho que a obra teria sido chata se eu estivesse com pressa, mas, como me interesso muito por arquitetura, achei todo o processo divertido.

Não tive coragem de fazer mais perguntas — esse interesse ainda parecia artificial de uma forma que Noah geralmente não era —, mas consegui não fazer uma piada esnobe a respeito, então não teria sido um empate, ou até mesmo uma pequena vitória?

Entramos em um corredor onde havia três quartos, todos tão grandes e arejados que presumi que o primeiro fosse dele, e sofri uma excitação silenciosa ao ver a cama, até que ele explicou:

— Este é o quarto em que a minha irmã gosta de ficar quando está aqui. — Então presumi que o segundo fosse dele... como o primeiro, tinha uma cama king size com uma grande colcha branca e algumas almofadas de couro que pareciam ocidentais... e então presumi que o terceiro fosse dele. Mas no terceiro Noah disse: — Pensei em dar este para você. Eu acho que é o melhor porque fica no fundo, mas, se quiser privacidade pra valer, a gente pode te acomodar na edícula. — Ele estava olhando para mim com uma expressão atenta e inquisitiva, e me perguntei se tínhamos chegado a conclusões opostas depois de discutir a questão do quarto no telefone... se Noah pensara que eu estava sinceramente pedindo espaço em vez de apenas tentando dar a ele uma saída. E, sério, *quando* íamos nos beijar? E se esperássemos muito e perdêssemos a janela de oportunidade, e eu acabasse não apenas inventando piadas sobre sua aparição em um talk show noturno, mas como ghost-writer de seu livro de memórias?

Ou então se, em vez de esperar que Noah me beijasse, eu o beijasse primeiro? Se ele me rejeitasse, a má notícia seria que eu precisaria pular no meu carro e dirigir de volta para Kansas City imediatamente, mas a boa notícia seria que eu iria vivenciar uma experiência tão vividamente humilhante que certamente reuniria inspiração pessoal e profissional para os próximos anos.

Só que, mais uma vez, não fiz nada. Apenas respondi:

— Ah, não preciso dormir na edícula.

Atravessamos novamente o hall de entrada, e então estávamos definitivamente na suíte master: duas vezes maior que os quartos de hóspedes, com sua própria área de estar — parecia tão previsível que quase não vale a pena ressaltar que o quarto era maior que o meu apartamento inteiro em Nova York —, e o banheiro adjacente tinha pias duplas em uma bancada de quartzo, um enorme chuveiro de quartzo e uma enorme banheira oval. Como nos quartos de hóspedes, a cama estava arrumada com uma colcha branca, mas na cômoda e nas mesinhas de cabeceira havia objetos pessoais — um iPad, um bloco de anotações e um relógio cilíndrico prateado de aparência pesada com o mostrador iluminado por formas geométricas em marrom-claro e marrom-escuro. Realmente não tinha muita bagunça; ou ele era uma pessoa organizada ou Margit e Glenn arrumavam para ele, ou as duas coisas.

Me ocorreu apontar para a cama e dizer "É *aí* que a mágica acontece?", mas também consegui suprimir esse impulso inútil e, em vez disso, disse:

— Sinto que tem alguma coisa faltando aqui.

Estávamos de costas para a porta do banheiro, dentro do quarto, e Noah olhou para mim com uma expressão alerta.

— Um pôster das Indigo Girls — falei.

Ele riu.

— Acho que as pessoas compram pôsteres na internet agora, né? Antigamente eu ia a uma loja de música no shopping e ficava folheando aqueles mostruários gigantes de plástico.

— Eu também — falei. — E depois comprava um smoothie.

Me senti constrangida de ter chegado ao fim do tour, constrangida de estar em seu quarto, constrangida da intimidade de nossa conversa. Mesmo enquanto estava perfeitamente ciente de sua proximidade, eu também estava pensando de forma abstrata sobre como eu tinha sido um tipo de pessoa até o meu divórcio, uma pessoa resignada e constrangida. Então eu tinha sido outro tipo de pessoa na última década, uma pessoa cínica e evasiva. Existia alguma razão para eu não poder me tornar um terceiro tipo de pessoa, mais confiante pela experiência e mais corajosa pelo lembrete atual de que todas as nossas vidas foram frágeis e tênues o tempo todo? E, ainda assim, a cabeça de Noah estava virada para mim, e minha cabeça estava virada para ele.

Ele sorriu para mim de uma maneira que ninguém nunca antes tinha sorrido, um sorriso cheio de tanta ternura, franqueza e calor.

— Oi — ele disse.

— Oi — respondi.

Ainda estávamos fazendo contato visual enquanto eu roçava as costas da minha mão direita nas costas da mão esquerda dele, e então nossos dedos se entrelaçaram um pouco. Esse gesto, sua cumplicidade, me impulsionou, e eu dei a volta para ficar de frente para ele. A mudança tornou mais fácil dar as mãos corretamente, não apenas de um lado, mas, quase sem que eu percebesse, também do outro lado.

— Então — eu disse, e realmente senti que poderia distorcer o espaço-tempo com a imensidão do que parecia estar prestes a acontecer. Eu nunca tinha dado o primeiro passo para beijar alguém de quem gostava e nunca tinha dado o primeiro beijo sóbria.

— Então — Noah falou, ainda sorrindo.

Dei mais um passo em direção a ele — novamente, a proximidade, o cheiro quente dele, me deixou tonta — e então fiquei na ponta dos pés, me inclinei e pressionei minha boca contra a dele.

Havia, é claro, uma parte da minha mente narrando a ação, declarando: *Está acontecendo! Puta merda, está acontecendo!* Porém, enquanto continuávamos nos beijando, enquanto alternávamos entre franzir os lábios e recuar e sorrir e colocar nossas mãos nos ombros e costas um do outro, enquanto sua língua deslizava para a frente e tocava a minha, meu narrador interior recuou ou foi para outro lugar. E então havia apenas o puro prazer físico e a excitação da minha boca tocando a boca de Noah e a pele das minhas mãos e braços e rosto e pescoço tocando a pele de suas mãos e braços e rosto e pescoço e o resto do meu corpo vestido pressionado contra o resto de seu corpo vestido. Parecia um alívio, como algo que eu esperava desde que o *TNO* e grande parte do mundo haviam fechado em março, e também como uma coisa que eu esperava desde que ele me mostrara suas tatuagens em 2018, e também como uma coisa que eu estivera esperando por toda a vida. *E* parecia um milagre surpreendente. Se isso fosse tudo que eu teria, seria a melhor coisa que já tinha acontecido comigo, e, se isso fosse tudo que eu teria, nunca pararia de querer mais.

E então Noah afastou a cabeça uns trinta centímetros e também deu um passo para trás, embora suas mãos ainda estivessem segurando meu queixo de cada lado e sua expressão ainda fosse terna.

— Tenho uma coisa pra te mostrar — ele falou.

Era por eu ser uma roteirista de comédia, e não porque era sexualmente destemida, que fiquei tentada a dizer: "Seu pênis?". Em vez disso, perguntei:

— É melhor do que isso?

Ele riu.

— Está na cozinha.

— É pão de fermentação natural?

— Não, embora eu possa fazer o jantar se você estiver com fome, tipo um pouco de salmão e uma salada, e também a Margit deixou algumas coisas pré-preparadas para nós.

Quem se importa com o jantar?, pensei.

Arrisquei:

— É um contrato para eu assinar?

Ele riu.

— Também não. — Noah colocou a mão nas minhas costas para me conduzir em direção à porta do quarto. — É uma espécie de presente, mas não são chaveiros.

Ele achava que eu beijava mal? O beijo não deveria ter acontecido? O beijo deveria ter acontecido, mas, quando não era um cara de um aplicativo, o ritmo era diferente e as coisas subsequentes não vinham tão rápido assim? Era estranho eu não saber como tudo isso funcionava mesmo tendo trinta e oito anos, ou ninguém sabia? Contando com Martin Biersch, meu ex-marido, dois caras na faculdade e a variedade de encontros com caras de aplicativos, eu havia transado com um total de nove homens. Se alguém tivesse me falado desse número quando eu estava no ensino médio, eu teria pensado que era mais do que eu poderia esperar, mas com certeza não era nada comparado ao número de Noah. Mesmo uma estrela pop que evitasse o termo *playboy* deveria ser, pelos padrões normais, um playboy.

De volta à cozinha, na ilha com tampo de madeira, notei uma pasta preta brilhante. Ele puxou uma única folha de papel, com palavras impressas que eu não consegui ler, e disse:

— É uma coisa que fiz de surpresa. Não é uma música. Mais uma atividade.

— Que intrigante.

— Logo, logo você vai saber o que é. Tudo bem. — Ele limpou a garganta. — Eu preciso que você me dê um substantivo.

Eu não tinha certeza se tinha ouvido direito.

— Um *substantivo*? Tipo uma pessoa, lugar ou coisa?

— Sim.

— Algum tipo particular de substantivo?

Noah balançou a cabeça.

— Vamos ver — eu disse. — Que tal *porta*?

Ele usou uma caneta esferográfica para escrever.

— Verbo no gerúndio?

— Isso é tipo *Mad Libs*. Remexendo.

Noah parecia envergonhado.

— É *Mad Libs*. Mas personalizado para você. — Ele começou a ler. — Acabei de dirigir minha porta de Kansas City, Missouri, para Los Angeles, Califórnia. Enquanto dirigia, estava me remexendo sobre... — Ele ergueu os olhos da página. — Isso ficou brega demais, não?

— Bom, nós mal começamos. Não entregue a piada.

— Não precisamos continuar com isso.

— Estou feliz em fazer. Precisa de um adjetivo?

Ele franziu a testa.

— Achei que isso fosse inteligente antes de você chegar aqui, mas agora está parecendo bem artificial.

— Está divertido — insisti.

— Eu quero que você pense que vir para cá foi uma boa ideia — ele disse, e eu senti um aperto no peito, menos de desmaio do que de susto. — Quero que você pense que eu não sou sem graça, por mais que não trabalhe no *TNO*.

Eu poderia dizer que Noah não estava sendo sarcástico, ou mesmo sedutor. Ele estava sendo completamente vulnerável e sincero, e tentei ser igualmente sincera quando respondi:

— Não quero te assustar, mas ninguém nunca fez uma coisa assim pra mim. É tão intencionalmente fofo. E *eu* quero que *você* pense que a minha visita foi uma boa ideia. No seu quarto agora pouco... — Parei de falar e olhei para ele com incerteza.

— Não, aquilo foi incrível — ele interveio. — Foi ótimo. Para ser honesto, eu estava com medo de ir rápido demais e eu só... eu quero deixar você se acomodar aqui e ficar confortável. Não quero que você se sinta pressionada.

— Na verdade, estou muito confortável.

— Não me leve a mal, isso é definitivamente o que eu quero. Mas eu me preocupo por ter assustado você antes.

Senti minha testa franzir.

— Quando?

— No bar depois da festa.

— Ah, eu estava bem confusa naquela noite. Eu quase pensei... bom, eu me perguntei se você ia me beijar, mas não acreditava que você pudesse querer.

— Eu estava planejando te convidar pra sair. Claro que eu queria te beijar, mas não teria feito isso lá.

Foi um pouco mais fácil reunir coragem desta vez:

— Você quer me beijar agora?

Estávamos parados com um canto da ilha entre nós, e ele deu a volta, encostou o rosto no meu e beijou meus lábios.

— Isso responde à sua pergunta?

Sorri ao dizer:

— Já falei que estou superconfortável agora? E nem um pouco assustada?

E então estávamos nos beijando na cozinha, e desta vez Noah era um pouquinho mais familiar, o sabor de sua boca e pele e a sensação de seu corpo, e eu estava um pouquinho mais relaxada, e de novo foi avassalador e emocionante. Novamente, depois de um ou dois minutos, ele recuou, agora com as mãos segurando meus braços. Ele inclinou o queixo para baixo uma vez.

— Viu? Eu só... eu não quero colocar o carro na frente dos bois ou, tipo, assustar você.

Eu entendi, como não tinha entendido antes, que ele estava dizendo que estava com uma ereção; mesmo antes de ele dizer qualquer coisa, eu senti. E fiquei feliz da vida. Olhando para Noah, pensei que ele era bonito demais, mas também tão encantador.

— Quer saber de uma coisa? — eu disse. — Vamos voltar para o seu quarto e colocar o carro na frente dos bois.

* * *

Acabamos não comendo o salmão. Acabamos não comendo nada até depois da meia-noite, quando fomos até a cozinha, Noah sem roupa e eu vestindo apenas minha camiseta preta, e ambos comemos um punhado de castanhas-de-caju, dividimos uma banana e bebemos água do mesmo copo enorme que ele depois levou de volta para o quarto.

Primeiro fizemos um sexo rápido, voraz, do tipo tirando-a-roupa-um-do-outro, primeira-vez-juntos que era ao mesmo tempo tá-acontecendo-uma-pandemia-e-talvez-

-estejamos-vivendo-a-ruína-da-humanidade. Eu não esperava chegar ao orgasmo, certamente não enquanto estávamos na posição papai e mamãe — pelo amor de Deus, o dia ainda estava claro e eu estava sóbria —, o que pode ter sido o motivo. Na verdade gozei antes dele, e, enquanto eu gemia, com seu ombro direito perto da minha boca e sua boca perto da minha orelha esquerda, ele disse, com a voz baixa e tranquila: "Ah, Sally", então Noah saiu de mim e ejaculou na minha barriga, e eu lembrei que Jessa, a filha mais velha da melhor amiga da minha mãe, tinha me falado aos treze anos que, quando você não gosta de um cara, as partes nojentas do sexo são nojentas, e, quando você gosta de um cara, as partes nojentas do sexo são excitantes. Puxei Noah para cima de mim e ele disse: "Estou pesado?", e respondi: "Você está perfeito", e nós dois ficamos parados por um bom tempo, meus braços em volta dele, todo o seu peso sobre mim, seu rosto pressionado contra meu pescoço, sua mão esquerda brincando com meu cabelo. Minha mente não estava acelerada; eu não estava nervosa; não havia nada que eu quisesse além daquilo.

Depois de alguns minutos — oito? Ou vinte e cinco? —, Noah saiu de cima de mim, deitou de lado e me puxou para que eu também ficasse de lado, então ficamos de frente um para o outro e ele olhou para mim a cerca de sete centímetros de distância com tanta intensidade e carinho que eu tive que desviar o olhar; não pude evitar. Mas então olhei para ele e comentei:

— Definitivamente vale a pena dirigir vinte e seis horas por você. E você definitivamente não é sem graça, mesmo não trabalhando no *TNO*.

Noah riu.

— Isso porque você nem provou meu salmão grelhado ainda.

— Aliás, eu tenho um DIU. Caso da próxima vez você queira... — Fiz uma pausa e levantei as sobrancelhas, mais uma vez ciente da estranheza de como a maneira mais precisa e sucinta de dizer uma coisa poderia soar esplendidamente obscena. Continuei: — Caso da próxima vez você queira gozar dentro de mim.

— Eu adoraria gozar dentro de você da próxima vez. — Ele sorriu. — Espero não ter feito muita bagunça agora pouco.

— Foi uma bagunça boa — eu disse. — E eu também tenho, uh, um atestado de perfeita saúde. Sexualmente falando.

— Bom saber. Eu também.

Noah se inclinou e beijou minha boca, e o sexo que fizemos naquele momento foi mais lento e calmo, antes de voltarmos a arranhar e devorar um ao outro.

Depois da segunda vez, antes da terceira vez, quando ficou claro que haveria uma terceira vez, ele estava de costas, e eu estava montando nele, e não me importei em contrair o estômago porque decidi que eu era bonita daquele jeito. Brincadeirinha! Foi porque estava escurecendo e também porque pelo jeito os hormônios sexuais estavam correndo pelas minhas veias. Noah ainda não estava dentro de mim, embora eu sentisse sua ereção, e eu disse:

— Você tomou Viagra?

— Uau — ele respondeu. — Muito obrigado.

— Não foi uma ofensa. Foi um elogio.

— Para qual de nós? — Sem esperar por uma resposta, ele disse: — Desculpe por estar superexcitado por causa de você. Não, eu não tomei Viagra.

Com sinceridade, eu disse:

— Desculpe se isso foi rude.

Era difícil ler sua expressão — ele parecia estar me analisando ou examinando de maneira quase distante, embora também houvesse uma nova névoa de proximidade entre nós que sem dúvida surgiu pelo fato de estarmos ambos nus, nossa pele cheirando como a do outro, nossos fluidos corporais misturados em seus lençóis. Mesmo que o domínio não fosse abrangente, de repente nos conhecíamos muito melhor, mais profundamente, do que algumas horas antes.

— Acho que eu consigo te perdoar — Noah disse —, diante das circunstâncias. — Ele tomou impulso para cima uma vez, então parou e disse: — Está tudo bem? Precisa de alguma coisa?

— Tipo o quê? Uma vacina? Um contrato com um estúdio?

— Eu estava pensando em lubrificante.

Da mesma forma como ser olhada com ternura, como receber um jogo de palavras personalizado, nunca me perguntaram se eu precisava de lubrificante antes. E, da mesma forma que quando ele perguntou se eu precisava ir ao banheiro assim que cheguei, fiquei tocada tanto por sua consideração quanto por sua ausência de medo em relação à biologia do corpo humano.

— Agora não — eu disse. — Mas obrigada.

Desta vez Noah me olhou quando estava dentro de mim, e consegui olhar de volta por cerca de três segundos, o que não foi nada; e então me inclinei para a frente, em direção a ele, para que nossos corpos ficassem pressionados um contra o outro.

* * *

Se a vida fosse uma comédia romântica, eu teria acordado na manhã seguinte após um sono profundo, restaurador e graciosamente posicionada no colchão, com a luz do sol entrando pelas janelas e Noah parado ao lado da cama segurando uma caneca de café para mim. Em vez disso, acordei no escuro às 4h13, com o coração martelando, deitada de lado com o queixo em uma poça da minha própria baba, sendo abraçada por Noah. E mesmo essa disposição ostensivamente fofa foi comprometida pelo fato de que, na melhor das hipóteses, eu precisava peidar, mas tinha certeza de que precisava fazer cocô. E ele ainda estava nu, e eu ainda estava vestindo nada além da minha camiseta. Em contraste com situações comparáveis no passado, felizmente eu não estava de ressaca. Ao mesmo tempo, tudo o que parecia ter sido espontâneo na noite anterior — não tomar banho ao chegar em sua casa, não escovar os dentes antes de dormir, ele gozar na minha barriga — finalmente me pegou. Eu provavelmente ainda estava coberta com resíduos do Hampton Inn em Albuquerque! Embora não me sentisse exatamente nojenta por causa de Noah, eu definitivamente me sentia nojenta ao lado dele, e ciente dele atrás de mim não como uma pessoa gostosa por quem eu poderia estar me apaixonando, mas como um corpo de respiração ritmada habitado por um ser humano que eu *não* conhecia muito bem.

Eu conseguia ver as horas no relógio cilíndrico de prata na mesa de cabeceira de Noah, do qual eu estava mais perto do que dele. Que objeto feio, pensei enquanto tentava traçar uma estratégia para me desvencilhar. O banheiro principal ficava a uns seis metros dali, e a porta estava aberta, eu podia entrar lá, abrir o chuveiro para abafar o barulho de enfrentar meu destino no vaso sanitário, tomar um banho de verdade para esconder o fato de que acabara de enfrentar meu destino no vaso sanitário e sair limpa. Mas onde estavam minhas roupas, escova de dentes e escova de cabelo? Ainda no carro? Deviam estar. E era muito plausível que o alarme de segurança da casa estivesse armado, ou porque Noah o havia acionado na noite anterior ou porque era automatizado. Então, pensei, um dos quartos de hóspedes. Qualquer um dos quartos. Qualquer banheiro que não seja o do quarto de Noah.

Todo esse tempo, o braço esquerdo de Noah estava sobre o lado esquerdo do meu corpo, e, o mais levemente possível, eu o removi. Então me aproximei da beirada do colchão, coloquei as pernas para fora e me levantei. Imediatamente, minha recente liberdade produziu uma onda de adrenalina. As peças de roupa espalhadas pelo tapete eram indistinguíveis no quarto escuro, e a primeira coisa que peguei foi, tenho certeza, a cueca boxer dele. A segunda coisa parecia ser sua camiseta. Na cama, ele se mexeu, e eu pensei *Merda* e corri para fora do quarto.

Segui por um pequeno corredor até o hall de entrada; o atravessei; entrei na ala de hóspedes; caminhei até o mais distante dos três quartos; entrei no banheiro; me sentei no vaso; fiz xixi por muito tempo; fiz cocô; imediatamente me senti sessenta por cento melhor; lembrei que não tinha calcinha e muito menos calça para puxar para cima; lavei e sequei as mãos; então fiquei parada lá, sem saber o que fazer a seguir. Me ocorreu que, como nas casas de pessoas ricas que visitei no passado, talvez houvesse produtos extras de higiene pessoal no armário atrás do espelho ou embaixo da pia. Mas o espelho era só um espelho, sem nenhum armário, e embaixo da pia só encontrei uma escova de vaso sanitário, um desentupidor e um pacote fechado com seis rolos de papel higiênico. Em vez de uma escova de dentes, usei o dedo indicador e água, e, ao fazer isso, notei o emaranhado de fios de cabelo na parte de trás da minha cabeça depois de três orgasmos. Lavei e sequei as mãos uma segunda vez e tentei passar os dedos pelos nós com pouco sucesso. Ao fazê-lo, compreendi totalmente o absurdo da situação. Meu celular estava no quarto de Noah, no bolso da minha calça jeans abandonada. Meu computador estava no carro. Eu não estava usando nada da cintura para baixo. Se eu fosse uma pessoa diferente, esse seria o momento em que provavelmente teria voltado para o quarto de Noah, subido em sua cama, me aconchegado nele e voltado a dormir. Em vez disso, fui sem calça até a cozinha, puxando a camiseta para cobrir as partes íntimas, esperando que realmente não houvesse alguém olhando as câmeras, me servi de uma tangerina em uma tigela de frutas cítricas no balcão da ilha e então — o mais silenciosamente possível — abri sete armários antes de encontrar aquele com as lixeiras lado a lado. Vi no relógio do micro-ondas que eram 4h31. Voltei para o quarto de hóspedes adjacente ao banheiro que eu tinha batizado, me enfiei debaixo das cobertas e comecei a ensaiar as frases que usaria para expressar a Noah que realmente apreciava sua hospitalidade, mas que ficar em um hotel parecia render mais no fim das contas. Será que eu diria que me senti sobrecarregada ou isso era óbvio? Será que eu especificaria que, embora eu soubesse que existiam pessoas que conseguiam lidar com uma viagem amorfa e indefinida no contexto de um relacionamento amorfo e indefinido, eu não era uma delas? *Relacionamento* era claramente a palavra errada. *Encontro? Lance? Aventura?* Revisei freneticamente meu roteiro hipotético por pelo menos uma hora antes de, surpreendentemente, pegar no sono. Quando acordei, a luz do sol entrava pelas janelas e Noah estava parado ao lado da cama segurando uma caneca de café para mim. Mas, antes de perceber que era ele, a única coisa que eu sabia era que estava em um quarto estranho com um homem estranho, aí eu gritei.

— Sally, sou eu — ele disse. — Desculpa. Eu não queria te assustar.

— Que horas são?

— Nove e quarenta e cinco. — Noah me passou a caneca e sentou na beirada do colchão. Estava vestindo uma camiseta cinza, short azul, meias até o tornozelo e tênis. O pelo dourado perfeito em seus braços e pernas perfeitos era visível, e seu rosto era bonito e gentil. — Tentei adivinhar a quantidade de leite de aveia que você coloca, mas, se estiver errado, podemos fazer de novo.

— Espero que tudo bem eu ter vindo para cá. Eu só pensei... — As palavras que algumas horas antes pareciam necessárias (*amorfo* e *indefinido*, *relacionamento*, *encontro*) estavam me escapando. Em vez disso, fiquei muito feliz em ver Noah, ao mesmo tempo que me perguntava se meus olhos estavam visivelmente remelentos ou se meus lábios estavam visivelmente cheios de baba seca.

— Sim, claro. — Sua voz era amigável e totalmente tranquila. — É sempre estranho dormir em um lugar novo pela primeira vez. Desculpe não ter acomodado você ontem, mas acho que a gente se distraiu. — Ele sorriu delicadamente. — Suas malas estão todas no corredor. Eu tirei do carro. E a sua roupa está ali. Ele acenou com a cabeça para a esquerda e vi que na poltrona branca, em uma pilha arrumada, estavam meus jeans e meu sutiã dobrados. — Acho que seu celular está no bolso.

Onde, eu me perguntei, estaria a minha calcinha?

Noah deu um tapinha na minha panturrilha sob a colcha.

— Meu treinador está chegando. Lembra do Bobby, aquele com quem eu *não* faço três horas de treino? Vou tomar banho depois disso, então eu pensei que a gente poderia fazer uma caminhada ou um piquenique na praia, se você achar legal. Ou podemos ficar de bobeira e nadar. — Noah sorriu e eu senti uma espécie de confusão efervescente, como a maré se formando para depois recuar: o quanto eu estava atraída por ele, o quanto eu gostava dele e como era confuso estar em sua casa. — Hoje podemos deixar o destino decidir, mas estou muito feliz por você estar aqui.

Uma pessoa que não estivesse ansiosa e desconfortável se sentaria e o beijaria? Mas eu não tinha escovado os dentes desde o banheiro do posto de gasolina! Em vez disso, falei:

— Eu também.

A mão de Noah permaneceu na minha panturrilha e ele a apertou.

— Me mande uma mensagem se precisar de alguma coisa na próxima hora. Vou estar no quintal perto do estúdio. — Então ele se inclinou e me beijou na boca, e o beijo foi tão rápido que provavelmente não importava se eu tinha baba seca nos lábios ou não.

* * *

Boas notícias, fiz cocô com sucesso, mandei uma mensagem para Viv. *Também transamos três vezes ontem e foi ótimo*

A má notícia é que não tenho ideia do que estou fazendo aqui

Faltam treze horas para a hora de dormir

Sério, como você passa um dia com outra pessoa?

No jeans dobrado na cadeira, encontrei meu celular em um dos bolsos da frente e minha calcinha no outro, o que era vergonhoso, mas não tão ruim quanto se a calcinha ainda estivesse foragida. Viv não respondeu de imediato, então abri a porta que Noah tinha fechado quando saiu, espiei, não vi ninguém e puxei minha mala, mochila, bolsa e a caixa de papelão com as duas barras de proteína restantes, que eu comi. Localizei e usei minha escova de dentes e em seguida tomei banho. Depois que saí do banheiro, uma mensagem de Viv estava na minha tela: *Sexo diurno*

Depois: *O.k., podemos rebobinar um segundo e falar sobre o fato de que você TRANSOU TRÊS VEZES COM NOAH BREWSTER*

E QUE FOI ÓTIMO

ESSA É A ÚNICA COISA BOA QUE ACONTECEU EM 2020

Você não pode falar agora, né?

Liguei para ela imediatamente.

— Ele está lá fora com o treinador.

De uma forma melodiosa, Viv disse:

— Sally Milz transou ontem à noite, la, la, la, la.

— Estou meio que surtando — eu disse.

— Por quê?

A resposta era ao mesmo tempo tão abrangente e tão óbvia que era estranhamente difícil de articular. Depois de alguns segundos, expliquei:

— E se a gente não tiver mais sobre o que falar? E se eu peidar na frente dele?

— Se esse é um relacionamento real, então essas coisas com certeza vão acontecer. E aí, se você engravidar, vai peidar tanto na frente dele que vocês só vão notar os raros momentos em que você *não* estiver peidando na frente dele.

— Quantos cafés da manhã e almoços você comeu hoje?

— Pedi camarão kung pao para o almoço, depois tive uma azia horrível e agora estou tomando chá de gengibre e a azia ficou moderada. Você ainda não decidiu quanto tempo vai ficar, né? Quanto tempo você acha que pode ficar aí sem surtar?

— Do meu ponto de vista ou do dele?

— Já que você não sabe ler mentes, apenas do seu.

— Até, não sei... quinta-feira? — Era segunda, o que meio que fazia com que ficar até quinta-feira obedecesse à regra de três.

— Ótimo — Viv disse. — Diga a você mesma, mas não diga a ele, que você vai embora ao meio-dia na quinta-feira. E que depois disso você nunca mais vai encontrar com ele. E aproveite pra caramba até lá. Bota esse time em campo. É assim a expressão? Eu odeio metáforas esportivas. Mas, pelo menos desta vez, não se preocupe com o futuro. E com certeza não se preocupe com a aparência do seu ânus quando você estiver transando de quatro.

— Aposto que o meu ânus é menos fofo que o seu. Além disso, nenhum de nós dois está bebendo nada. Estou me abstendo em solidariedade.

— Uau, que lindo. Você não pode simplesmente se entregar à névoa da bebida.

— *Nunca* mais vou encontrar com ele depois de quinta-feira?

Viv riu.

— Meu bebê vai nascer saudável e sempre vai estar seguro?

— Justo. E sinto muito pela sua azia.

— Bianca não foi demitida, aliás. Eles não vão demitir ninguém por causa da pandemia. Mas a garota da... qual é aquela equipe de improvisação com o nome mais irritante de todos os tempos?

— Você precisa ser mais específica.

— Não consigo lembrar agora, mas ela foi contratada. Então, lembra quando eu falei sobre sexo diurno? Eu não estava brincando. Essa é realmente a resposta de como passar horas com essa pessoa que você meio que conhece e meio que não conhece.

— Estou animada que você está prestes a trazer um humano ao mundo — eu disse. — Você e o Theo vão ser ótimos pais.

— Nós percebemos ontem à noite que, quando nosso filho se formar no ensino médio, ele vai estar com a idade do meu pai daqui a três anos.

— Theo é jovem de espírito.

— Hmm... jovem com refluxo... isso existe?

— Jovem peidando? — contrapus.

— Me mantenha informada.

— Obrigado, Vivvy — falei. — Você também.

* * *

No banheiro, ouvi vozes do lado de fora e descobri que, se subisse a persiana da janela virada para o norte, conseguia ver Noah e seu treinador. O treinador estava de costas e Noah de frente para mim, segurando um *kettlebell* prateado perto do ombro esquerdo e, em seguida, impulsionando-o para cima com as duas mãos. Eu tinha quase certeza de que ele não conseguia me ver — nenhuma luz estava acesa no banheiro — e observei a cena por alguns minutos. O suor formava uma linha confusa na frente de sua camiseta cinza e também aparecia em grandes manchas quando ele levantava os braços, e novamente senti uma onda de tesão. Ele fez alguns abdominais, e me perguntei se seu corpo estava dolorido por causa do sexo, dolorido no bom sentido, como o meu. Ele voltou a levantar o peso e, mais por não querer parecer esquisita do que por ter perdido o interesse, fechei a persiana. Em seguida, me deitei na cama com a última edição do *The New Yorker* e li as legendas das charges até meu celular vibrar.

Ei, acabei de terminar, Noah tinha enviado.

Eu te vi pela janela, respondi. *Você estava bonitinho.*

Suado também, ele respondeu.

Suado de um jeito bonitinho, respondi. *Quer vir visitar o seu próprio quarto de hóspedes?*

Eu adoraria!, ele respondeu.

Noah apareceu cerca de um minuto depois, desta vez carregando dois copos de água. Peguei os dois e os coloquei na mesa ao lado da poltrona, então o abracei e beijei. Ele me beijou de volta antes de dizer:

— Tem certeza de que não se importa se eu estou suado?

— Tenho certeza.

Um tempo depois, quando ele desabou em cima de mim e eu estava passando as pontas dos dedos em suas costas, eu perguntei:

— Você, uh, namorou muito durante a pandemia?

— Bom — ele respondeu —, a última pessoa com quem eu transei foi você. E a pessoa anterior também foi você, e a pessoa anterior *também* foi você.

— Quem foi a pessoa antes disso?

Ele levantou a cabeça.

— Essa é uma resposta meio complicada. O último relacionamento sério que eu tive foi com uma mulher chamada Louisiana. Nós terminamos há quase quatro anos.

— Eu sei quem é — falei. — E sei que você namorou com ela. — Essa era a designer de joias/herdeira de uma fortuna de pesticidas.

— Nós nunca reatamos oficialmente, mas... bom, por falta de um jeito melhor de dizer, nós ficamos algumas vezes ao longo dos anos. Incluindo o mês de abril agora. E eu não quero parecer desrespeitoso com ela, mas rapidamente lembrei por que nós terminamos. Sempre foi assim com ela.

— Você pode ser mais específico e minucioso sobre as qualidades desagradáveis dela?

Noah riu.

— Posso imaginá-la vestindo uma camiseta *Good Vibes Only* — ele disse. — Que tal isso? Ou, talvez isso seja muito mais sério, mas ela se preocupa bastante com comida, com peso e com a contagem de calorias. Ela é extremamente magra. E eu sinto muito por ela, mas já tenho problemas demais nessa área e considero desafiador estar por perto dela.

— Ela estava ficando aqui?

— Às vezes. Ela mora em Malibu.

Me perguntei, mas não verbalizei, se a casa dela em Malibu tinha sido financiada por baratas ou colares.

— Terminar com ela de novo foi o que me fez decidir te mandar um e-mail — Noah disse. — Eu ainda demorei um pouco para criar coragem. Mas me senti sozinho depois de ficar doente, com tudo fechado. E então estar perto da Louisiana parecia solitário do mesmo jeito. Não era culpa dela, mas faltava alguma coisa.

Com o polegar e o indicador, toquei seu bíceps esquerdo.

— Quase me ofende o jeito como você é bom em dizer as coisas perfeitas.

— Sério, perfeitas? *Pff.* — Ele se inclinou e beijou minha testa. — Quem foi a última pessoa com quem você se envolveu?

— Antes da covid, tinha um cara com quem nunca namorei, mas, sabe, a gente saía. Tipo amizade colorida, se bem que não éramos amigos.

— Aposto que ele estava apaixonado por você.

— Ele definitivamente não estava. E eu definitivamente não estava apaixonada por ele. Era confortável para os dois. A última vez que o vi foi em 2019, em setembro ou outubro. Ficamos sem nos falar por alguns meses, aí eu mandei uma mensagem para ele, e ele respondeu que estava namorando, mas me desejou boa sorte. — A cabeça de Noah ainda estava erguida e eu revirei os olhos. — E essa é a história de como eu fui descartada pelo meu pau amigo medíocre.

— Isso me dá arrepios na espinha.

— Qual parte?

— Ser chamado de pau amigo medíocre, pra começar. Coitado do cara.

— Você não é um pau amigo medíocre. Você é um pau amigo espetacular.

Fiquei um pouco surpresa por Noah não dar risada ou ao menos parecer sorridente.

— De um jeito ou de outro — eu disse —, a dinâmica entre Gene e eu era completamente diferente da nossa dinâmica. Ele e eu nunca conversamos sobre nada. E não porque sentíamos uma atração tão animal que arrancávamos a roupa um do outro no minuto em que nos encontrávamos. Nossas conversas eram simplesmente inúteis e desinteressantes. A gente falava que era uma loucura o Natal estar quase chegando, ou se dava para acreditar naquela tempestade que tinha acontecido. E também... — Fiz uma pausa. — Eu menti para ele sobre o meu trabalho. E eu já tinha feito isso antes, tinha mentido para outros caras. Falei que ainda escrevia um boletim médico porque não queria contar para eles sobre o *TNO* e não queria que me pedissem ingressos. Depois da mensagem em que Gene me falou que estava namorando, ele mandou outra dizendo: *Aliás, que legal que você é roteirista no TNO.* Perguntei como ele sabia, e ele disse que tinha visto uma jaqueta de lã com o logotipo do *TNO* no meu apartamento e presumiu que eu a tivesse comprado na lojinha do Edifício 66, mas depois também viu uma caneca que Henrietta tinha feito para um dos meus aniversários estampada com uma foto minha, dela e de Viv. Então ele jogou meu nome no Google. — Fiquei quieta e Noah olhou para mim.

— Como você se sente sobre isso?

— Arrependida. Não porque ele merecia algo melhor, embora claramente merecesse, mas porque a quem eu realmente estava tentando enganar? O que eu estava conseguindo dormindo com uma pessoa para quem eu não queria contar as informações mais básicas sobre a minha vida?

— Antes de sair com Louisiana — Noah disse —, eu não transava fazia quase um ano. Em 2019 eu tive vários primeiros encontros e alguns segundos encontros, mas senti que já sabia com antecedência como eles iriam se desenrolar e simplesmente não valia a pena gastar energia. Se você tem a nossa idade e é solteiro, namorar meio que tem que ser um ato de otimismo imprudente, certo? O triunfo da esperança sobre a experiência?

— Você ficou sem transar por quase um ano?

— Sim.

— Não estou te julgando, só estou surpresa.

— Porque sou homem?

— Em parte.

— Você acredita nessa coisa de que todos os homens vivem com tesão o tempo todo? Achei que os funcionários mais jovens do *TNO* estivessem ensinando a você que os estereótipos de gênero não fazem sentido.

— Não sei se você sabe, mas você também é uma celebridade. Uma celebridade bonita. As mulheres não jogam sutiãs em cima de você no palco?

— Acho que na vida real isso não acontece.

— Nunca? Nem mesmo uma ou duas vezes?

Ele sorriu de um jeito tímido.

— Talvez uma ou duas vezes. — Então ele se enterrou em mim. — Eu *tenho* tesão por você o tempo todo, caso isso não esteja claro.

* * *

Margit e Glenn voltaram à tarde e, por mais que eu soubesse que eles não eram os pais de Noah, senti um pouco como se fossem, e eu queria a aprovação deles. Eles pareciam estar na casa dos sessenta — Margit era pequena e tinha o cabelo escuro, e Glenn era alto —, e percebi também que meio que esperava que eles estivessem usando uniformes como os criados de dramas de época britânicos. Em vez disso, eles vestiam shorts e camisetas e, quando Noah nos apresentou na cozinha, eles me cumprimentaram de maneira amigável, porém breve, então Noah disse a Margit que não tínhamos comido o salmão na noite anterior e que provavelmente seria bom fazê-lo para o jantar. Em um tom igualmente casual, Noah falou para mim:

— Você quer que Glenn passe o aspirador no seu carro?

— Ah — falei. — Não, não precisa.

— Se mudar de ideia, é só entregar as chaves para ele.

Depois fomos para a piscina, mergulhamos e ficamos na água por um tempo e permanecemos na parte rasa pressionados um contra o outro, dando uns amassos — será que Margit, que eu tinha a vaga impressão de que ainda estava na cozinha, não se incomodava? Será que tinha visto outras versões disso muitas vezes? —, então Noah disse:

— Acho muito importante que você seja beijada enquanto está em uma piscina, porque ouvi dizer que Martin Biersch foi negligente nesse aspecto.

— Agradeço por isso — eu disse.

Então nos deitamos nas boias e eu quase adormeci, com o céu azul ensolarado de Topanga acima de nós e as colinas verdes ao nosso redor e uma espécie de som ambiente no ar. É claro que eu não estava totalmente segura de minha aparência usando biquíni, mas não estava tão envergonhada quanto esperava. Primeiro por causa de todo o sexo que tínhamos feito e segundo porque, de acordo com a conversa estimulante de Viv, eu ficaria só mais três dias, até quinta-feira ao meio-dia, então, honestamente, não teria sido perda de tempo me preocupar com minhas coxas ou minha barriga?

Em seguida, ele me mostrou o estúdio: a sala de gravação, que abrigava outro piano de cauda e uma bateria, além de uma dezena de violões de diversos formatos e tamanhos guardados em estantes; a sala de controle, com uma enorme mesa de mixagem como a da sala de controle do *TNO*; e a cabine de isolamento, com suas paredes cobertas de espuma e um microfone num pedestal. De volta à sala de gravação, ele pegou um violão, afinou e, olhando para mim, começou a tocar uma música que logo reconheci como "Revolution", dos Beatles. Ele continuou tocando enquanto conversávamos sobre outra coisa, e eu senti um tsunami no estômago com o lembrete dessa tarefa que ele podia executar com facilidade e excepcionalmente bem e a estranha preciosidade de ele fazer isso quando ninguém além de mim estava por perto.

Ele parou de tocar e perguntou:

— É estranho nunca termos falado sobre isso, mas você toca algum instrumento?

Balancei a cabeça.

— Quem me dera.

Ele começou a tocar outra música.

— Conhece essa?

Levei um momento, então respondi:

— "Sultans of Swing"?

Ele assentiu, fechou os olhos e cantou. Lembrei do constrangimento que vivi ao vê-lo ensaiar suas músicas no *TNO* e, pensando bem, parecia ter sido uma espécie de previsão, mas também uma espécie de mal-entendido. Não fiquei envergonhada em seu estúdio; senti admiração. E meu constrangimento de antes agora se parecia com cautela.

— A última — ele avisou, e começou "Ain't No Sunshine" (o título era revelado no primeiro verso). Seus olhos estavam fechados novamente e ele estava cantando a plenos pulmões, e eu me perguntei naquele momento se sempre haveria certa solidão em amar uma pessoa muito talentosa porque o talento dela era só dela, não de vocês dois, e aí eu pensei *Jesus Cristo, eu amo Noah? Cheguei aqui ontem!* E então pensei, será que alguém se sentiria sozinho por causa do meu talento? Eu era tão talentosa quanto Noah? Eu era competente, mas ninguém gostaria de ficar parado me observando. Se você fosse escritor, poderia ser impressionante de uma maneira intelectual, mas, se fosse músico, conseguiria ser visceralmente mágico.

Tão casualmente quanto pegou o violão, ele o colocou de volta e segurou minha mão.

Voltamos para a casa principal e comemos a refeição que Margit tinha feito, embora só tenhamos visto Margit na metade do jantar, quando ela veio verificar se precisávamos de alguma coisa e depois voltou para lavar os pratos. (Era repreensível que um casal na casa dos sessenta trabalhasse para Noah dessa maneira? Ou estava tudo bem? Cabia a mim decidir?)

Depois, no quarto de Noah, assistimos a um filme futurista sobre astronautas, mas no meio do caminho começamos a nos pegar e o filme ainda estava passando na tela presa na parede enquanto ele tirava meu jeans e minha calcinha e beijava a parte interna das minhas coxas, a ponto de minha consciência ficar dividida entre o êxtase surreal de sua boca em mim enquanto meus olhos estavam fechados e os personagens dizendo coisas como "Mas o comandante não faz ideia de que as correntes eletromagnéticas da tempestade danificaram o satélite!",

Acordei na manhã seguinte e me mudei da cama de Noah para a cama do quarto de hóspedes (com uma parada longa e, espero, furtiva no banheiro) não às 4h15, mas às 5h27, o que me pareceu um avanço. Na manhã seguinte, acordei e mudei de cama às 5h55. Na quarta manhã, acordei às 6h10, fui ao banheiro de hóspedes, depois voltei para a cama dele e, quando o fiz, ele veio sonolento em minha direção e me envolveu em seus braços.

Esse era o dia que eu planejara ir embora, um plano que nunca mencionei a Noah, um plano que parecia, do ponto de vista de sua cama e seus braços, ridículo.

* * *

Um ritmo se impôs: refeições escandalosamente deliciosas e saudáveis preparadas por Margit e consumidas ao ar livre; a visita do treinador de Noah a cada dois dias, que era quando eu realizava a tarefa sisífica de depilar o corpo, mas com gilete e pinças em vez de uma pedra; responder e-mails ou, no caso de Noah, atender telefonemas após o almoço; dirigir até diversas trilhas no final da tarde para caminhar e às vezes nadar na volta; assistir a filmes antes de dormir; e períodos aleatórios, mas frequentes, de pausas para o sexo, que às vezes era divertido e alegre, quase brincalhão, e às vezes apaixonado e sério, como se fôssemos astronautas futuristas que conseguiram voltar de uma missão com sucesso e finalmente poderiam tirar os trajes espaciais e copular em nossa carne terrena.

Foi em algum momento desses que me lembrei do jogo de palavras Mad Libs e o convenci a terminar, e minha frase favorita de nossa parceria foi *"Certamente!"*, eu disse, *"A Califórnia é de fato o umbigo mais axiomático e mordaz no qual já dancei quadrilha!"*. Foi também durante esses momentos em que eu estava lendo à beira da piscina em uma tarde, enquanto Noah estava ao telefone com seu empresário discutindo um show que seria filmado em setembro em uma sala de concertos sem público. A conversa se estendeu por muito tempo e, em algum momento, percebi uma saudade leve, mas persistente. E então pensei: *Estou com saudade dele*.

Foi no nono dia da minha visita, enquanto estávamos nus em sua cama às 11h40, que ele deu um tapinha no hamster no meu bíceps direito e disse:

— Essa ainda é a melhor tatuagem de todos os tempos. — Eu estava deitada de costas e ele estava de lado, de frente para mim.

— Ela sintetiza claramente meu estilo de vida durão, não é? — Toquei a parte interna de seu antebraço esquerdo, as notas musicais em uma pauta. Agora eu sabia, diferente de quando os vislumbres e a proximidade de sua pele me atormentaram durante o *TNO*, que ele tatuara as notas de "Blackbird" depois que seu primeiro álbum foi lançado, o corvo depois que seu colega de banda Christopher morreu e o nó celta após seu primeiro ano de sobriedade. Eu quis saber:

— Você acha que sua arte corporal está completa ou não?

— Provavelmente. E você?

— Também provavelmente, a menos que eu crie uma ligação inesperada com um porquinho-da-índia ou um guaxinim.

Ele riu e eu falei:

— Tenho uma pergunta. Sabe quando perguntei por e-mail se você estava tentando me seduzir no ensaio da sua música no *TNO*? Quando você disse que não, eu meio que interpretei como se estivesse dizendo que não estava interessado em mim.

Ele fez que não com a cabeça rapidamente.

— Eu sabia que estava no fio da navalha com aquilo. Nos e-mails, quero dizer. E eu estraguei tudo, né? Foi a palavra *seduzir* que me confundiu... eu penso nela como sendo desprezível, como o que um canalha faz com uma jovem inocente em um romance do século XIX. Eu não tinha entendido o que você perguntou. Se você tivesse perguntado simplesmente "Você gosta de mim?", eu poderia ter dito: "Claro que sim".

Eu ri.

— E se eu tivesse perguntado "Você gosta de mim de um jeito puro e não canalha?".

— Não. — Ele estava fazendo que não com a cabeça novamente. — Nunca foi de um jeito puro. Mas eu não sabia se era seguro comunicar isso nos e-mails.

— Você não percebeu que "Você gosta de mim?" era basicamente o que eu estava perguntando quando tive aquele surto no e-mail? E você disse: "Não faço ideia do que nós estamos fazendo, mas é divertido, né?" — Cutuquei o peito dele com um dedo. — Eu precisava de mais afirmação do que aquilo.

— Depois que você me repreendeu com aquela coisa de que eu não sou um narcisista tóxico por muito pouco, eu sabia que tinha estragado tudo, mas não entendia como.

— Mas depois eu me desculpei.

— Se desculpou? — Noah estava me olhando em dúvida.

— Eu expressei remorso! — Talvez eu tenha, até aquele momento, relutado em deixar escapar que tinha praticamente decorado nossos e-mails, mas a lembrança que ele tinha parecia igualmente detalhada. E ele estava certo sobre eu não ter realmente escrito as palavras *Me desculpe.*

— Não me importo de te dar afirmação — ele disse. — Eu quero te dar afirmação. Mas, se eu não der o suficiente, você precisa pedir.

— Mas pedir afirmação não é, sei lá, carente?

Ele parecia perplexo.

— O objetivo de viver uma coisa assim não é que a outra pessoa tente atender às suas necessidades e você tente atender às dela?

Fiquei quieta por alguns segundos antes de dizer:

— É isso que ensinam na terapia? Porque você está me enlouquecendo.

Ele riu.

— Eu tenho uma ideia. Em vez de voltar para Nova York em setembro, que tal você se demitir do *TNO* e ficar aqui? Se você quer virar roteirista de filmes, LA não é melhor?

Levantei um braço para gesticular ao redor da sala.

— Isto aqui é muito legal. Mas não é real.

— Não é real em que sentido?

— Transar o tempo todo enquanto a gente quase não interage com qualquer outro ser humano.

— *Deveria* ser real. — Ele ergueu a cabeça e a apoiou na mão esquerda, o cotovelo logo abaixo do travesseiro. Nossos rostos estavam a poucos centímetros de distância.

Olhei para uma viga de madeira no teto.

— Preciso te dizer uma coisa. Eu me senti tão sobrecarregada por ficar aqui com você que, depois que cheguei, prometi a mim mesma que só ficaria três dias. Tenho agido de um jeito descontraído, como se essa situação toda não me intimidasse, mas a verdade é que eu sou superansiosa. Por isso não é real.

Carinhosamente, ele apontou:

— Você acha que não percebi que você está ansiosa?

— Espera, sério?

— Parece que você descobriu maneiras de administrar a sua ansiedade que funcionam para você. E, assim, vindo de um histórico de recuperação, três dias é impressionante. A maioria de nós vive um dia de cada vez. — Eu não disse nada e ele acrescentou: — O objetivo não é viver com os nossos demônios em vez de esperar que eles desapareçam?

— Além disso... — falei, e em seguida me interrompi.

— Além disso... — ele repetiu.

— Às vezes, quando eu falo, sinto que estou escrevendo um diálogo para a minha própria personagem. Estou personificando um ser humano normal quando na verdade sou uma maluca confusa.

Ele riu.

— Todos nós somos malucos confusos. É que a maioria não é roteirista profissional. — Fizemos contato visual e ele disse: — Parece que você está descrevendo o que todo mundo faz em todo tipo de situação. Faça de conta até dar certo. Como você acha que eu me senti na primeira vez que me apresentei em uma grande premiação? Enquanto ainda era virgem, caso você não se lembre. — Ele se inclinou para a frente e me beijou nos lábios. — Na verdade nós estamos quites, porque eu tenho fingido que não me sinto intimidado por estar perto de alguém muito mais inteligente do que eu.

— Isso foi bem cavalheiresco da sua parte — elogiei. — Mas qual é?

— Você é tão terrivelmente, incrivelmente inteligente. Essa coisa de escrever diálogos para a sua própria personagem, isso é tão genial. Eu gostaria de ter pensado nisso há alguns anos, aí eu poderia ter fingido que estava fazendo o papel de um músico promovendo um álbum nas entrevistas.

Isso era mais do que eu imaginei que poderia desejar, que um homem gentil, atencioso e gostoso pensasse que eu era terrivelmente, incrivelmente inteligente. Que ele entendia o quanto eu era neurótica e parecia não se importar. Que ele via a carência não como uma coisa irritante, mas normal. Não parecia improvável que eu realmente tivesse feito as pazes com o fato de nunca ter encontrado alguém como Noah, exceto talvez nas páginas de um roteiro que eu escrevera?

Ele estendeu a mão e alisou meu cabelo para trás, algo que fazia com frequência. E então disse:

— Nada disso significa que o que está acontecendo entre nós não é real.

* * *

Tínhamos feito uma trilha no Temescal Canyon, percorrendo um circuito de pouco menos de seis quilômetros, e era final de tarde quando voltamos ao início da trilha. Nós dois usávamos bonés de beisebol, e Noah carregava uma mochila que continha nossas garrafas de água e as embalagens da mesma marca de barras de proteína que ele tinha enviado para mim em Kansas City. Comemos as barras sentados em uma pedra perto de um afloramento aparentemente conhecido como Skull Rock, de onde podíamos ver a baía de Santa Monica. Gesticulando para a vista, eu disse:

— Como é desagradável ser lembrada de que a presunção das pessoas que moram na Califórnia é justificada.

Ao nos aproximarmos do início da trilha, estávamos conversando sobre o desejo de Noah de ter um cachorro.

— Você acha que um golden retriever significaria que meus pais burgueses finalmente fizeram uma lavagem cerebral em mim?

— Que tal um beagle? — falei. — Para renunciar à sua burguesia e também porque eles são objetivamente os melhores cães.

Ele pegou minha mão.

— Os beagles são os melhores cães pequenos. Isso eu tenho que admitir.

— Mas eles não são cachorros pequenos. Quer dizer, tenho certeza de que nenhum beagle pensa isso. Cachorro pequeno é o lulu da Pomerânia ou o chihuahua.

— Não depende do tipo de beagle? — Chegamos ao estacionamento e estávamos caminhando em direção ao carro de Noah, que era um Lexus SUV híbrido prateado.

— A Sugar pesa onze quilos — eu disse. — Onze quilos da mais linda, brilhante e maravilhosa bola de pelos que nunca caberia na bolsa de alguém.

— Não estou discordando que a Sugar... — Noah começou a falar, mas foi interrompido por uma voz masculina dizendo com alguma urgência: "Ei, Noah!".

Imediatamente, Noah largou minha mão e disse bem baixinho:

— Continue andando.

O estacionamento estava meio cheio, e cerca de dez pessoas em configurações de dois e três estavam circulando. Depois de examinar a fila de carros para descobrir quem tinha falado, vi um homem ajoelhado ao lado de um Volvo sedã.

— Noah, quem é a sua amiga? — o homem disse. — Qual é o nome dela? — Ele parecia estar na casa dos vinte anos, segurando uma grande câmera preta com a lente estendida, e, no silêncio que se seguiu, pude ouvir o clique do obturador repetidamente.

— Qual é, cara — Noah disse. — Agora não.

— Você cortou o cabelo, né? — o homem falou. — Raspou a cabeça? Quando você fez isso?

Noah estava andando tão rápido que fiquei uns trinta centímetros atrás dele. Ele tirou as chaves do bolso da bermuda e um bipe soou pouco antes de ele entrar pela porta do lado do motorista do Lexus e ligar o motor. Quando entrei no lado do passageiro, o paparazzo me perguntou:

— Ei, qual é o seu nome? Você e o Noah estão namorando? Há quanto tempo você conhece o Noah?

A mandíbula de Noah estava cerrada quando ele deu ré para sair do estacionamento e dirigiu em direção à saída. Olhei para o paparazzo, e Noah pediu em voz baixa:

— Não olhe para ele. — Noah tinha pegado a estrada quando, ainda com a voz tensa, disse: — Pensei que esses caras iriam me deixar em paz, com tudo que está acontecendo agora.

Não respondi, e, quando ele virou a cabeça para mim, fizemos contato visual pela primeira vez em vários minutos.

— Você está bem? — ele perguntou.

Nós dois ficamos quietos quando passamos por uma escola que era baixa e enfeitada com palmeiras como escolas de filmes, e finalmente falei:

— Você tem medo de que ele venda uma foto sua segurando minha mão? — Eu podia ouvir que minha voz estava estranha também, embora não como a de Noah. A minha era afiada e distante. Tínhamos o hábito de falar um com o outro de maneira calorosamente provocativa, e isso era o oposto.

— Para o seu bem, espero que não — Noah disse.

— Ah, é mesmo? Para o meu bem?

Noah me olhou novamente.

— Você está me acusando de alguma coisa? Porque é o que parece.

— Se eu fosse uma atriz gostosa de vinte e cinco anos, você teria largado a minha mão daquele jeito?

Ele semicerrou os olhos.

— Está falando sério? Você queria que o cara tirasse uma foto nossa?

— Foi bastante... — Fiz uma pausa. — Instintivo. O jeito como você se afastou de mim.

— Eu pensei que você fosse odiar. Sim, você. Não eu. Você. Porque você é uma pessoa reservada, e sei que já atravessou tapetes vermelhos algumas vezes, mas acho que não está acostumada a ser emboscada na vida normal como eu.

À nossa frente, o oceano reaparecia, turquesa sob um céu de centáurea, e a beleza da vista era um contraste desagradável com a energia antipática dentro do carro. Ao menos sessenta segundos se passaram quando, me esforçando para manter o tom prosaico em vez de ressentido, eu disse:

— Você não me prometeu nada. Eu sou cúmplice dessa coisa indefinida que nós estamos fazendo. Admito isso. E eu acredito que você gosta de mim de verdade, ou pelo menos gosta de mim o suficiente para eu ser sua ficante secreta da pandemia. Mas acho que eu não tenho uma opinião desprezível o bastante sobre mim mesma para ser sua ficante secreta da pandemia.

— Uau — ele disse. — Não sei nem por onde começar. O simples fato de você pensar tudo isso é tão fora da realidade que sou obrigado a me perguntar se nós estamos tendo experiências completamente diferentes durante todo o tempo em que você esteve aqui. Achei que a gente estivesse se divertindo muito.

— Ficantes secretas da pandemia e diversão não são mutuamente exclusivos.

Enquanto olhava para a frente, ele parou o carro em um acostamento adjacente a uma encosta poeirenta pontilhada de arbustos de sálvia. Mudou a marcha para parado antes de me encarar, com a expressão confusa e descontente.

— Lembra quando eu falei que me senti atraído por você desde o momento em que você começou a falar na reunião de apresentação no escritório do Nigel?

— Sim.

— Uma parte do motivo é que você parecia tão confiante, tipo uma das mulheres mais confiantes que eu já conheci. Uma das *pessoas* mais confiantes. Você tinha ideias muito claras para as suas esquetes, e era óbvio que sabia que poderia transformá-las em realidade. E você falou de um jeito que parecia que tinha planejado ser educada e profissional comigo, mas supôs que eu não fosse muito inteligente e estava preparada para contornar minha falta de inteligência. Eu já trabalhei com milhares de pessoas criativas, milhares de pessoas talentosas, mas tinha alguma coisa tão revigorante em você, alguma coisa tão legal, que você sabia mesmo quem era e como fazer as coisas acontecerem. Eu tive uma sensação avassaladora de *Eu quero conhecer essa mulher. Quero estar perto dela*. Então, na sua sala, você foi gentil demais e acolhedora. Você provavelmente já me disse sete vezes, contando com aquela noite, que é uma idiota, só que você quase nunca age como uma idiota. Ou, quando age, é como se fosse algum tipo de bravata. Não parece ser quem você é de verdade.

Fiquei fascinada, completamente em silêncio e sem saber para onde isso tudo estava caminhando. Do outro lado do para-brisa, um grande pássaro branco que não consegui identificar deu um rasante e depois voltou a subir.

Noah exalou profundamente.

— Nós convivemos pessoalmente durante aquela semana no *TNO* e foi divertido e ótimo. Mesmo depois que as coisas saíram do prumo no bar, eu me senti como se houvesse uma conversa que nós não tínhamos terminado, e nos dois anos seguintes me perguntei como teria sido o resto. Desde o minuto em que você respondeu ao meu primeiro e-mail, foi como se a conversa continuasse exatamente de onde tinha parado. Trocar e-mails com você foi divertido e ótimo, e depois nós conversamos por telefone, e foi divertido e ótimo, aí você veio até aqui e, claro, não é fácil, tem pequenos obstáculos e a gente precisa entender como conviver um com o outro. Mas a vida é assim, e ter você aqui tem sido ainda melhor do que divertido e ótimo. Quando estamos na piscina e quando estamos assistindo a um filme e principalmente quando estamos fazendo amor, e eu já sei que você vai tirar sarro de mim por dizer *fazer amor*, mas é isso mesmo, tudo isso é incrível. Esperei a vida inteira para me sentir conectado com alguém do jeito que me sinto conectado a você. Nem sei se você se deu conta, mas, quando a gente estava trocando e-mails, depois que eu fiquei preocupado por ter te ofendido quando pedi para você me mandar um pdf sobre o seu divórcio, eu disse que nunca queria que você parasse de me escrever. Mas antes disso eu escrevi uma frase diferente que fiquei com muito medo de mandar. Ela dizia que eu queria que você fizesse parte da minha vida para sempre. Quero que você e a minha irmã se conheçam e quero apresentar você a todas as minhas pessoas favoritas com quem eu trabalho. Quando as coisas não estiverem mais fechadas, tem tantas experiências que eu quero compartilhar com você, por exemplo, te levar para conhecer um restaurante superlegal em Tóquio ou para o meu parque favorito em Sydney. Eu penso em *me casar* com você. E me sentir assim e depois ouvir você dizer besteira sobre eu ficar envergonhado de segurar sua mão na frente de um maldito paparazzo... é como se a Regra Danny Horst não fosse só uma ideia engraçada para uma esquete. É a sua filosofia de vida. Aquela versão de você no escritório do Nigel pela qual me apaixonei, você *é* aquela pessoa e tem aquela confiança. Mas, ao mesmo tempo, você deve ser a pessoa adulta mais insegura que já conheci.

Eu estava verdadeiramente em completo silêncio. Nunca tinha recebido esse tipo de... bom, eu nem sabia o que era. Uma bronca? Uma declaração? Um elogio? Nada do que ele dissera estava errado; grande parte era lisonjeiro a ponto de parar o coração; uma parte pequena, mas significativa, era humilhante.

— Não sei o que dizer.

— Eu te amo, Sally. O fato de você sugerir que eu tenho vergonha de você... você não está insultando só a si mesma. Você está me ofendendo.

Ele me ama? Ele me ama! Ou ele me amava até cinco minutos atrás, mas tinha mudado de ideia por causa do que eu disse quando nós saímos do estacionamento?

— Só para constar — rebati —, acho que é mais fácil descartar padrões de namoro arraigados quando você pode namorar com quem quiser.

Ele não disse nada.

— Deixando de lado a generalização da Regra Danny Horst — continuei —, acho que o que eu não entendo é que você pode arranjar coisa melhor do que eu. Você pode encontrar uma pessoa mais bonita.

Ele estava olhando para mim com uma expressão nada calorosa.

— Isso é uma pergunta que eu devo responder?

— Por favor.

— Será que você pode pelo menos reconhecer quão escroto é o fato de que primeiro você me acusa de não te achar atraente o suficiente para namorar, e, depois que eu digo que isso não é verdade, você pergunta por que não estou namorando com uma pessoa mais bonita?

— Você acabou de admitir que gostou de mim no começo porque percebeu que eu não te achava inteligente. Qual é aquela frase do Groucho Marx sobre não querer pertencer a nenhum clube que te aceite como membro?

Ele virou a cabeça para olhar pelo para-brisa novamente.

— Tem uma foto do elenco e da equipe do *TNO* que vocês tiram todo ano no palco principal, não tem? Tenho certeza de que já vi na internet ou em uma revista. Se eu estivesse olhando para ela, eu escolheria você entre todos os outros e diria: "Essa é a mulher mais linda que eu já vi"? Sendo bem sincero, não. Mas os seres humanos não são imagens estáticas. Nós somos dinâmicos e cinéticos, e é como eu falei antes: imediatamente eu quis conversar com você, e, toda vez que conversei com você desde então, eu sempre quis continuar conversando.

O fato de eu não ter me sentido totalmente isenta de ofensa por ele admitir que eu não era a mulher mais linda que ele já vira significava... o quê? Que eu alimentara alguma esperança particular de que ele pensasse que eu fosse? Seja porque ele tinha um gosto incomum ou porque eu me apegava à crença de que, como acontece com muitas mocinhas de comédias românticas, eu era muito mais bonita do que imaginava? Ao mesmo tempo, não senti o impulso de me apegar à ofensa como faria quando era mais jovem; apreciei a franqueza dele. Perguntei:

— Você sabe o que significa *sapiossexual*?

— Não.

— Significa se sentir atraído pelo cérebro de alguém.

— Eu me sinto atraído pelo seu cérebro — ele disse. — Mas também me sinto atraído pelo resto de você. — Nós dois ficamos em silêncio por alguns segundos, então ele disse: — Quando você me contou que desistiu de namorar pessoas do *TNO* porque Elliot rejeitou você, uma parte de mim disse: *Graças a Deus por isso*. Mesmo que a sua decisão pareça exagerada, se você não tivesse feito essa opção, provavelmente estaria casada com outro roteirista. Mas agora eu me pergunto se é um alerta sobre o seu desejo de se afogar na sua própria solidão. Porque, obviamente, eu sou discreto quando estou namorando uma pessoa nova para evitar o teatro da mídia, mas não sou eu quem leva os encontros secretos como um estilo de vida.

— Por que eu iria querer me afogar na minha solidão?

— Porque você tem medo.

— Tenho medo de quê?

— De se machucar. De saber tudo sobre outra pessoa e a outra pessoa saber tudo sobre você. Sentimentos dos quais você não pode tirar sarro. Interações que duram o suficiente para se tornarem um pouco estranhas ou um pouco tediosas, em vez de terminar depois de dez minutos com uma piadinha.

— Se você está se referindo aos esquetes do *TNO*, elas duram uns cinco minutos. Dez minutos são uma eternidade na TV.

Ele me encarou.

— Tá bom, Sally. — E deu a partida no carro.

— Eu também te amo — deixei escapar.

— Ama mesmo? — A testa dele estava franzida.

— A verdade é que eu nem acredito que você existe. Eu nunca conheci ninguém com a combinação de qualidades que você tem. Você é tão profundamente legal e tão humilde e tão inteligente de um jeito nada exibicionista. E, mesmo que a sua fama foda com a minha cabeça, eu respeito muito a sua criatividade, o seu talento e a sua ética profissional. Às vezes eu me sinto boba porque sou a pessoa de número cinquenta milhões e um a dizer isso para você, mas acho as suas canções lindas. E estar com você *é* divertido e ótimo. Tudo o que você disse, eu sinto isso também, amei conviver com você no *TNO* e amei trocar e-mails com você e amei falar com você por telefone e eu amo... — Fiz uma pausa, mas então me forcei a dizer. — Eu amo quando fazemos amor. É definitivamente diferente de tudo que já experimentei. E eu não consigo acreditar que nós nos conhecemos e eu sou a pessoa que está jantando com você, fazendo trilha com você e ficando nua com você. Por falar nisso, sou a pessoa que ergo a cabeça e lá está você no mesmo ambiente que eu e, sim, você é gostoso pra caramba. E eu fico cármica e existencialmente apavorada pelo fato de você ser tão único e incrível. Porque como é que alguém poderia te merecer, ainda mais eu? Mas eu também sou muito grata porque sempre quis sentir descrença na minha própria sorte. Na minha sorte romântica, quero dizer, não na minha sorte relacionada ao Nigel fazendo minha carreira deslanchar.

A essa altura, Noah estava sorrindo, olhando para mim com aquele carinho imenso — com amor —, e, quando se inclinou e me beijou, fiquei impressionada com quão compreensivo ele era por não me fazer rastejar.

— Vamos para casa — ele disse. — Está bem? Já que nós dois achamos que somos bons em ficar nus juntos... vamos nessa.

— Você me faz querer ser um homem melhor — falei. — É isso que estou tentando dizer.

* * *

De volta à casa dele, na cama dele, olhamos nos olhos um do outro mais do que nunca, nos tocamos com mais ternura e em alguns momentos eu não tinha certeza se conseguiria manter o contato visual, mas consegui. A certa altura ele parou de se mover enquanto ainda estava dentro de mim e sorriu, seu rosto acima e tão perto do meu. Silenciosamente, eu disse:

— Nunca estive tão feliz como agora.

Então nos beijamos por um longo tempo, movendo-nos juntos.

Depois, enquanto eu descansava a cabeça em seu peito, ele começou:

— Sabe aquilo que eu falei sobre ver uma foto do elenco e da equipe do *TNO*? Eu fiquei achando que me expressei mal, porque você *é* muito bonita. — Ele apertou minha cintura. — Eu amo cada parte de você.

— Quando não te achei inteligente na reunião de apresentação, durou só dez minutos — aproveitei para falar. — Desde então, eu sempre achei que você fosse.

Ele riu.

— Tem um elogio que eu queria te fazer, mas não tenho certeza se sei como dizer de um jeito que não me faça parecer egocêntrico.

— Todo mundo é egocêntrico — eu disse. — Vá em frente.

— Lembra quando a gente estava no telefone e você perguntou se eu sou o tipo de anfitrião de Airbnb que deixa fotos de família à mostra e minha comida na geladeira, e eu disse que deixaria minha casa bem limpa para que você me desse cinco estrelas?

— Sim.

— Eu sei que a minha resposta não foi, tipo, nível *TNO* de qualidade. Mas eu fiquei orgulhoso de mim mesmo porque, honestamente, meu raciocínio não costuma ser tão rápido. Você extrai esse lado de mim. Sabe aquele conselho de sempre jogar tênis com pessoas melhores? Quando estou falando com você, sou uma versão mais engraçada e inteligente de mim mesmo, porque você é engraçada e inteligente.

— Ironicamente — eu disse —, joguei tênis umas duas vezes e sou péssima.

Mas a voz de Noah estava séria agora.

— Por muito tempo eu soube que as melhores partes da minha vida eram as partes públicas. Não posso reclamar, porque essas partes foram ótimas, tipo fazer uma turnê em outro país ou participar de uma cerimônia na Casa Branca. Mas nos meus relacionamentos românticos, longe do público e das câmeras... não quero me desfazer das mulheres que eu namorei, porque é preciso duas pessoas para ter conversas comuns, mas elas *eram* comuns. Foi tipo o que você contou sobre aquele tal de Gene. Ou nós conversávamos sobre tópicos previsíveis ou conversávamos sobre tópicos potencialmente interessantes de maneira previsível. Às vezes eu dizia a mim mesmo: "Bom, claro, é difícil a vida normal se igualar depois que você convive com os Obama". Mas outras vezes eu sentia que, nos bastidores, existia um vazio. À noite, quando eu ia para a cama, me sentia mais relaxado quando estava sozinho, não importava se estivesse namorando ou não, quando a pessoa não estava lá naquela noite. Eu queria encontrar uma parceira de verdade, mas não conseguia imaginar quem seria. — Ele fez uma pausa. Meu ouvido estava sobre seu coração, e eu escutava o batimento constante. — Quando estou com você — ele continuou —, a melhor e mais interessante parte da minha vida são os bastidores. Eu senti isso depois que mandei um e-mail pra você, e senti isso inclusive na sua sala do *TNO* quando você estava ajudando com a minha esquete. Tipo, ninguém no mundo sabe o que nós estamos fazendo além de nós mesmos, e isso é incrível. Não é para as redes sociais, não é para um documentário sobre a produção de um álbum, não é uma história para contar em um programa de auditório. É simplesmente porque nós achamos divertido e gostamos um do outro e gostamos de estar juntos.

Ouvindo ele falar, me ocorreu dizer "Estou honrada por você me achar mais interessante do que os Obama", mas o que saiu da minha boca foi:

— Essa foi a coisa mais legal que alguém já me disse em toda a minha vida. — Levantei a cabeça para olhar para ele. — E não acho que é egocêntrico.

— Ah, que bom. — Ele sorriu.

— Só para constar — prossegui —, você não estava errado sobre eu ser reservada e odiar que tirem fotos minhas, principalmente se for um cara aleatório pulando dos arbustos.

— Eu sabia — afirmou ele. — Porque você ameaçou ficar em um hotel quando mencionei que poderia ter paparazzi naquele shopping quando você chegasse. Se não me engano, você também me falou uma vez que era um goblin e nunca apareceu no palco do *TNO*.

— Ah, claro. — Levei a mão ao rosto, envergonhada. — Quer dizer, não existiu um segundo em que eu realmente quis ficar em um hotel. Sempre quis ficar com você. Eu só estava ansiosa.

— Eu gosto que você seja reservada. Você sabe que tem mulheres que namoraram comigo para conseguir fotos em revistas, né?

Esse era um aspecto da situação que eu não tinha considerado.

— Aposto que era mais um benefício secundário do que o motivo principal — retruquei. — Tenho certeza de que você ser charmoso e maravilhoso foi o principal motivo.

Secamente, ele rebateu:
— Você se surpreenderia.
— Posso ter um defeito ou dois, mas juro solenemente que nunca vou usar você para tentar alavancar minha carreira de modelo. Ou para fazer meu pequeno negócio de compotas e geleias com infusão de cannabis decolar.
Ele riu.
— Isso me lembra que tem duas piadas que eu pensei em fazer sempre que nós estamos — ele deu um tapinha em meu quadril nu — assim. Devo testá-las em você?
— Você definitivamente deve.
— A primeira: a parte engraçada não é o sentimento. É o contexto do passado.
Eu estava sorrindo quando disse:
— Sem querer desencorajar você, explicar uma piada raramente a deixa melhor.
— Tudo bem — ele disse. — Baby, você não sabe como é bonita. Você é tão perfeita, nunca pensei que encontraria isso, estou no céu? — Quando eu ri, ele disse: — Você sabe a que isso faz referência?
— Sim. — Eu me inclinei e o beijei. — E achei engraçado.
— Mas você também entende que é realmente como eu me sinto? É por esse motivo que eu penso nisso sempre que estamos na cama.
— Obrigada por essa visão delirantemente generosa de mim. Qual é a outra piada?
— Essa é um pouco vulgar.
— Melhor ainda.
— Estou tão feliz que não consigo tirar o sorriso do meu pênis.
Desta vez eu ri muito, muito mesmo, e ele comemorou:
— Sério, o som da sua risada... não tem nada que se compare.

* * *

Para minha surpresa, a primeira pessoa a me falar sobre as fotos não foi Henrietta; foi Danny. *Mano, Risadinha*, dizia a mensagem, que chegou naquela noite, pouco depois das dez horas, horário do Pacífico. Ele incluiu um link para um tabloide com a manchete "Noah Brewster é flagrado em trilha com mulher misteriosa". Noah e eu estávamos assistindo a um filme na sala de estar ao lado da cozinha, mas paramos enquanto ele se levantava para fazer xixi.

A mensagem seguinte de Danny foi *Você é uma caixinha de surpresas, hein?*

Quem diria, né?, respondi. *Como você está?*

De Danny: *Tentando esconder o quanto eu curto a pandemia*. Em seguida, ele enviou uma foto de uma piscina plácida e vazia em primeiro plano, outra de algumas sebes bem cuidadas, depois outra de parte de uma vasta casa de tijolos brancos que supus ser a mansão de Nigel nos Hamptons, uma suposição comprovada quando Danny acrescentou: *Nigel gosta de manter deliciosos 27 graus*

Na piscina?, respondi. *Ou os Hamptons inteiros?*

De Danny: *Você e NB estão juntos?*

Respondi com o emoji da mulher de pele branca e cabelo castanho dando de ombros e então acrescentei: *Tenho certeza de que Noah mantém a temperatura dele próxima dos 23 graus*

Danny: *Cada um com seu sugar daddy*

Não gostei disso, nem estava convencida de que a implicação era injusta.

Aliás, ele e Annabel nunca namoraram de verdade em 2018, escrevi.

Danny: *Notícia velha, Risadinha*

Danny: *Bom ver você se divertindo pra variar*

A mensagem seguinte foi de fato de Henrietta, depois da captura de tela de um site de fofocas diferente: *Minha manchete hétero favorita de todos os tempos!* Esta dizia "Noah Brewster tem uma nova namorada?"

Deslizei pelas duas matérias. Descobri que já havia muitas outras, todas regurgitando as mesmas informações ínfimas — *Noah, estreando um visual novo, e a mulher não identificada fazendo uma caminhada no famoso parque Temescal Canyon... Brewster, que foi vinculado pela última vez à designer de joias Louisiana Williams... Noah Brewster, quase irreconhecível sem seu cabelo comprido característico, e sua acompanhante morena eram só sorrisos dando um passeio à tarde...* As fotos, que pareciam ser apenas três, eram de antes de percebemos que o paparazzo estava lá, quando estávamos de mãos dadas e ambos olhando ligeiramente para baixo, para o caminho à nossa frente, exceto uma em que Noah estava olhando para mim e falando. Embora eu estivesse usando o que considerava minha legging mais fofa e elegante, minhas coxas pareciam mais grossas do que na minha imaginação. No site de fofocas, algumas das fotos incluíam setas verdes brilhantes sobrepostas apontando para a ausência do cabelo de Noah sob o boné de beisebol.

Ouvi Noah voltando e tive o impulso de jogar o celular atrás de uma almofada, mas ainda não tinha feito isso quando ele apareceu.

— Está tudo bem? — ele perguntou.

Hesitei e disse:

— Acho que as fotos estão na internet. Quer dizer, elas *estão* na internet.

Ele parecia descontente.

— Posso sugerir uma coisa? Ignore completamente e vamos deixar meu assessor lidar com qualquer coisa que precise ser tratada amanhã.

Hesitei — não queria chateá-lo, mas era estranho esconder dele — e disse:

— Essas são as primeiras fotos depois que você raspou a cabeça?

Ele fez uma careta.

— É disso que eles estão falando?

— Em parte. Essa também é uma das razões pelas quais você não queria que tirassem fotos suas? — Meu erro essencial foi supor que seu descontentamento no estacionamento estava relacionado a mim?

Mas ele fez que não com a cabeça.

— Quando tive covid, fiquei imaginando se iria morrer. Ou, eu sei que te falei isso, mas se eu perderia a voz para sempre. E, comparado a qualquer uma dessas coisas, se quiserem tirar sarro de mim por causa de um corte de cabelo — ele deu de ombros —, que assim seja.

— Estão tratando isso mais como uma notícia urgente do que tirando sarro. Mas sim. — Ele ainda estava de pé, e eu abri os braços. — Que se fodam — eu disse. Ele se sentou e se inclinou em minha direção, permitindo que eu o envolvesse de lado, e eu o abracei com força.

No entanto, minha capacidade de manter as coisas em perspectiva durou pouco. Coloquei o celular na mesa em frente ao sofá e, depois que o filme acabou, olhei para ele e recuei; eu tinha doze novas mensagens, o que era muito para mim, especialmente àquela hora. Enquanto Noah escovava os dentes, coloquei o telefone no chão do corredor do lado de fora do quarto dele e fechei a porta. Nós nos abraçamos sem transar antes de ele adormecer (*acho que a paixão se foi para sempre*, pensei), então fiquei acordada por duas horas inteiras, adormeci brevemente, acordei e corri para o quarto de hóspedes para ler todas as matérias e todos os comentários. Entre os comentários, insultos flagrantes como *Noah Brewster nunca namoraria uma mulher com essa cara, ela é obviamente a assistente dele* e *A música dele é uma merda, ele parece tão velho sem cabelo agora, não me admira que ele não consiga pegar nenhuma gata* estavam intercalados com elogios indiretos ao longo das linhas de *Em tempos superficiais, respeito Noah ainda mais por não se importar com a aparência de sua namorada!* Também li todas as mensagens de texto e e-mails que recebi durante a noite de cerca de cinquenta pessoas, incluindo minha colega de quarto na faculdade, Denise; uma babá de infância; e um colega de trabalho da revista de cartão de crédito. Também do meu agente, gerente e diretor de publicidade do *TNO*; aparentemente, em algum momento, fui identificada por nome e ocupação, e as matérias foram atualizadas para refletir essas informações.

Tinha um e-mail não relacionado às fotos, e era de Jerry; o assunto era Alimente Seus Pensamentos. *Querida Sally*, ele escrevera, *Você sabia que existe uma coisa chamada "pupcakes"? São cupcakes para cachorros! A maioria dos ingredientes é adequada para pessoas, mas eles colocam um osso no topo para "decorar". Sugar e eu estamos com saudade! Com amor, Jerry*

Se eu fosse responder a alguma das mensagens, essa seria a que eu teria escolhido. Mas eu estava muito agitada por maratonar fofocas sobre mim mesma, exausta e imóvel. Não respondi nada e deixei o celular no quarto de hóspedes quando voltei para Noah.

* * *

Dois dias se passaram, dias durante os quais nós dois nos comunicamos um número absurdo de vezes com nossos respectivos agentes e empresários, e todos eles se falaram. O tom dessas conversas poderia ter feito um observador concluir que estávamos discutindo um tópico de grande importância — uma pandemia respiratória, digamos, ou o racismo estrutural —, mas, mesmo com meu estômago embrulhado, achei difícil ser evasiva. O consenso era que o assessor de Noah não diria nada por enquanto e esperaria até que fôssemos fotografados novamente para fazer uma declaração, e a declaração, que seria divulgada a uma revista semanal conhecida por seu tratamento puxa-saco com celebridades e atribuída a uma fonte que conhecia nós dois, seria: Noah e Sally desenvolveram uma amizade quando ele apresentou o *The Night Owls* em 2018. Eles agora estão passando um tempo juntos e vendo onde isso vai dar.

Para nós, as conversas para elaborar essa não declaração paliativa ocorreram principalmente à mesa da cozinha, às vezes pelo Zoom no computador de Noah e outras vezes pelo telefone de Noah, depositado na mesa de centro com o viva voz ativado. Antes que a última ligação terminasse, Noah disse às outras sete pessoas que estavam na chamada:

— Eu sei que a razão para não gritar aos quatro ventos que estou perdidamente apaixonado pela Sally é que isso seria uma isca para os paparazzi. Mas, só para deixar claro, estou perdidamente apaixonado pela Sally.

Houve um silêncio incomum por parte dos agentes e empresários e, finalmente, de uma forma que desmentia o sentimento, uma voz feminina que pensei pertencer à agente de Noah disse:

— Que notícia maravilhosa, Noah.

Depois que a ligação terminou, eu disse:

— Pelo menos agora eu entendo por que você soltou minha mão no estacionamento. — Eu pretendia que o comentário soasse pesaroso, mas senti que soou amargo.

Ele pegou minha mão, então a levou à boca e beijou as costas dela.

— Essa parte acabou — ele disse.

* * *

Foi depois do almoço no dia seguinte — Margit preparou uma fritada de espinafre e frutas frescas — que Noah disse:

— Tenho uma coisa para te mostrar. — Ele me levou até o escritório, abriu a porta, olhou para mim e perguntou, com uma espécie de orgulho infantil: — O que você acha?

Exatamente como quando ele me apresentara o espaço no dia da minha chegada, a longa e rústica mesa estava vazia, exceto por um abajur de cerâmica azul-escuro, e a sala estava organizada. Então percebi que as prateleiras embutidas atrás da mesa, que antes estavam cerca de um terço cheias, estavam totalmente vazias. Ele fez um sinal na direção da mesa e abriu uma gaveta grande e rasa. Também estava vazia.

— É seu — ele disse. — Esta sala é o seu escritório para que você possa ficar para sempre e escrever seus roteiros.

Eu não tinha tirado meu computador da mochila desde que chegara à casa dele. Lentamente, respondi:

— Mas eu tenho um emprego.

— Do qual você tem me dito nos últimos dois anos que quer pedir demissão.

— Mas eu assinei um contrato dizendo que voltaria.

— Não é para isso que servem os agentes?

— Mas eu não sou instável. Sou responsável.

Olhamos um para o outro e ele falou:

— Eu não queria chatear você. Só quis fazer você se sentir bem-vinda.

— Se eu ficar aqui para sempre, o que isso significa? Eu tenho que pagar aluguel para você?

— Claro que não.

— Então, de repente, eu me tornei uma pessoa que não gera renda enquanto mora na mansão de um homem qualquer?

— Vou ficar chocado se os estúdios não brigarem para comprar qualquer roteiro que você escreva. — Sua voz estava mais fria quando ele disse: — E não penso em mim como um homem qualquer, mas acho que você sim.

— Se eu saísse do *TNO* e ficasse aqui, você não teria nada a perder. Se nós terminarmos daqui a dois meses, ou daqui a oito meses, você pode seguir com a sua vida como se isso nunca tivesse acontecido. Mas eu iria abrir mão do meu emprego, do meu apartamento e da minha vida na cidade onde tenho amigos.

— Então fique com o seu apartamento.

— Eu teria aberto mão da minha *identidade*. Em vez de ser uma roteirista do *TNO*, eu vou ser tipo o Item Sete em um artigo sobre dezenove celebridades que estão namorando firme com pessoas comuns. As pessoas me procuraram mais para falar sobre aquelas fotos do estacionamento do que sobre qualquer esquete que já escrevi.

— Achei que você pudesse gostar de ter um lugar para escrever, mas estou vendo que estava indo rápido demais e sendo presunçoso. Sally, desculpe por não ter pensado em como isso iria parecer do seu ponto de vista. — Mas em sua voz, com arrependimento, tinha impaciência.

— Não é que você tenha feito nada errado — expliquei —, mas não sei como fazer isso.

— Isso o quê?

— Eu não sei como estar em um relacionamento. Acho que eu devia ir embora. Tipo ficar em outro lugar por alguns dias e só tentar ver as coisas de outro ponto de vista. Não quero desistir da minha carreira só porque você me chupa de um jeito gostoso. — Imediatamente, percebi que tinha distraído a nós dois com a especificidade desse exemplo, que existia uma saída para a conversa que estávamos tendo, bem como o curso de ação que eu sugeri. E talvez eu estivesse me precipitando, mas também estava sendo sincera: não queria sair do *TNO* por causa de Noah. Eu queria sair do *TNO* porque era a hora de sair do *TNO*. Como se isso resolvesse alguma coisa, acrescentei: — Preciso pensar melhor sobre isso.

* * *

Uma vez, anos antes, eu tinha permanecido na cidade alguns dias depois da cerimônia do Emmy, depois de sair do hotel no centro onde a emissora tinha nos hospedado para um quarto de frente para o mar em um hotel boutique em Santa Monica. Isso tinha sido no início, quando eu podia pagar por algo assim, e fiz poucas coisas durante minha estada — li, caminhei na praia e comi comida de delivery na varanda — e, basicamente de forma contínua, vivi incrédula pela minha boa sorte. Eu não morava mais no Missouri nem na Carolina do Norte! Eu não trabalhava para um boletim médico! Eu não era casada com um homem que achava que eu não era engraçada! Eu era uma roteirista do *TNO* que tinha sido indicada ao Emmy e podia ficar em um hotel que custava quatrocentos dólares por noite!

Voltando ao mesmo hotel boutique, tentei me lembrar de que esses fatos ainda eram verdadeiros — a essa altura, eu tinha ganhado Emmys e podia me hospedar em um hotel que atualmente custava quinhentos e trinta dólares por noite —, mas me sentia desamparada. Embora a praia estivesse aberta, o píer, que eu podia ver da minha varanda, estava estranhamente vazio e as ruas próximas estavam silenciosas. Um forte sentimento de apreensão começou a tomar conta de mim no quarto de hóspedes de Noah, enquanto eu colocava minhas roupas na mala e carregava o carro da tia Donna, que eu não dirigia desde que estacionara na propriedade dele. Ele tinha saído até a garagem comigo, e, quando beijou minha bochecha com uma formalidade desconhecida, me perguntei se já o tinha perdido. Meu arrependimento não foi total enquanto seguia para o sul pelas estradas de Topanga. Mas já estava forte, e ficou mais forte com o passar dos minutos e horas. Por que eu tinha partido voluntariamente? O que eu estava tentando provar e para quem? Era ali que meu interlúdio com Noah começaria a retroceder como um sonho febril de pandemia?

Fiz o check-in no hotel às três e meia da tarde, depois deitei na cama por um tempo, planejando ler, e, em vez disso, chorei até dormir a soneca da tarde. Quando acordei, não tinha certeza de que horas eram, ou, a princípio, onde estava, e então percebi: 19h18, e em um hotel. Pensei em pedir o jantar, mas em vez disso mandei uma mensagem para Viv e Henrietta: *Tive uma conversa ruim com NB, agora tô num hotel, talvez as coisas tenham acabado*

De Viv: *Ah, não, o que aconteceu*

De Henrietta: *Você está bem?*

De mim: *A parte estranha é que eu acho que ele quer um relacionamento sério / quer que eu fique aqui*

De Viv: *Claro que quer, você é uma gata*

De Henrietta: *Foi por causa disso a briga?*

De mim: *Mais ou menos*

De mim: *Seria muito louco se eu não voltasse para o TNO?*

De Henrietta: *Quem vai escrever minhas esquetes sobre a mulher de 35 anos que ainda não descobriu como usar um absorvente*

De Henrietta: *Brincadeirinha, essa é sua mais selvagem e inestimável*

De Viv: *Você QUER ficar por aí*

De mim: *Não sei*

De Viv: *Finja que é segunda-feira e você está prestes a sair do seu apto e vir para o 66 e se sentar no escritório de Nigel para a reunião de apresentação*

De Viv: *Você está empolgada para voltar ou já superou?*

De Henrietta: *Enquanto inala o aroma dos arrotos do Danny*

De Henrietta: *Ou talvez não, porque todos nós vamos estar usando máscaras?*

Por quase um minuto, segurei o celular, mordendo o lábio. Então eu escrevi: *Fico triste só de pensar em não ver vocês no meio da noite*

De Henrietta: *Só pra você saber, estou disposta a assombrar seus sonhos*

* * *

De manhã, saí para comprar um café e um sanduíche de ovo que comi do lado de fora da cafeteria, depois caminhei na praia antes que enchesse, enquanto as ondas rugiam ao meu lado, sem lavar meus pensamentos. De volta ao quarto, pensei em enviar uma mensagem para Noah, mas em vez disso pesquisei o nome dele no Google. As principais notícias eram sobre nossa caminhada, e eu olhei para as fotos novamente, e mais uma vez fiquei consternada com o caimento da minha legging, embora o desânimo tenha sido quase imediatamente eclipsado pela saudade daquele momento quatro dias antes, quando estávamos casualmente de mãos dadas e conversando.

Levei meu computador para a varanda, me sentei e criei um novo documento que chamei de *Prós/Contras*. Então observei o cursor piscando, sem listar nem os prós nem os contras de me demitir do *TNO* e me mudar para LA. Eu precisava de um pouco de música clássica para me ajudar. Entrei no quarto para procurar meus fones e, quando voltei para a varanda, meu celular estava vibrando com uma mensagem de texto recebida, mas não era de Noah e sim de Viv.

Como você está se sentindo hoje?

Bem, respondi. *Obrigada por perguntar. Como você está?*

Ela respondeu com uma foto na qual ela estava de perfil na frente de um espelho, sua barriga verdadeiramente enorme por baixo de um top cinza.

Incrível!!!!, respondi. *Você parece ótima*

Quando o celular tocou novamente, supus que fosse ela, mas desta vez era uma mensagem de Noah: *Oi*

Meu coração apertou.

Oi, eu escrevi de volta. *Como você está?*

Os três pontos piscaram pelo que pareceram quinze minutos, mas provavelmente foram dez segundos. Então, finalmente: *A casa está muito silenciosa sem você*

Isso foi tão... legal? Maduro? Sem joguinhos?

Quando comecei a digitar, outra mensagem dele apareceu: *Desculpe por ter feito você pensar que não respeito o seu trabalho*

Dele: *Eu respeito o seu trabalho*

De mim: *Desculpe por não ter expressado a menor consideração por você ter limpado o seu escritório para mim*

De mim: *Isso foi muito gentil da sua parte*

De mim: *Mesmo que eu tenha transformado o gesto em uma coisa estranha e simbólica*

Digitei *Sinto sua falta*, mas, antes que pudesse enviar, ele escreveu: *Indo malhar com o Bobby*

Dele: *Tenha um bom dia*

Esperei alguns segundos e apaguei o *Sinto sua falta*

* * *

À tarde, eu estava pesquisando quanto custaria transportar o carro da tia Donna de volta para Kansas City se eu voasse diretamente de Los Angeles para Nova York. Embora normalmente eu não precisasse voltar ao *TNO* até a última semana de setembro, havia rumores de que teríamos dias adicionais de treinamento para os novos protocolos da covid e que o comparecimento poderia ser escalonado devido ao número-limite de pessoas que seriam permitidas na sala de cada vez. Além disso, eu estivera ausente por quatro meses; talvez fizesse sentido voltar mais cedo, para me reaclimatar à cidade em plena pandemia. À noite, no entanto, decidi que onze anos de reuniões de apresentação — com onze anos de madrugadas nas terças, leituras nas quartas, reescritas nas quintas, ensaios nas sextas e, sim, até mesmo programas ao vivo aos sábados — eram suficientes. Eu não precisava de um décimo segundo ano. E existiam mais razões pelas quais eu não queria um décimo segundo ano do que razões pelas quais eu queria.

Continuei transitando entre certeza e incerteza, compostura e desespero. Enquanto o sol se punha sobre o oceano, uma solidão incessante se apoderou de mim. A essa altura, eram nove horas em Los Angeles e meia-noite na Costa Leste, e, embora existisse um tempo no passado em que eu não hesitaria em ligar para Viv ou Henrietta à meia-noite, isso tinha sido antes de elas e seus cônjuges ficarem extremamente grávidos. *Eu realmente deveria ter feito mais de dois amigos quando ainda era possível fazer amigos*, pensei, e então me lembrei: *Danny*.

Mandei a mensagem *Você pode falar agora?*, e alguns segundos depois ele estava me encarando, vestindo uma camiseta tie-dye, reclinado em um sofá florido. Ele disse:

— O que tá pegando, Risadinha?

— Você consegue imaginar Noah sendo meu namorado? Não só como um caso de pandemia, mas como uma coisa real a longo prazo.

— Hank e Roy sempre acharam que você fosse uma eunuca, e eu ficava tipo "Nem, caras, ela tem um coração batendo".

— Obrigada?

— Você está em uma caverna agora?

— Estou em um hotel e só a luz do banheiro está acesa.

— Isso não parece nada deprimente. — Assim que decidi que ligar para ele tinha sido um erro, sua expressão ficou séria. — Você tá bem, Risadinha?

— Na verdade, não. Eu não falava com Noah desde quando ele apresentou o programa até mais ou menos um mês atrás, daí ele me mandou um e-mail, e nós tivemos uma troca de e-mails frenética, depois eu vim de carro para LA e a gente se divertiu muito, e então eu estraguei tudo. Acho que eu quero sair do *TNO* e ficar aqui com ele, mas por que eu deveria ser a namorada do Noah? O que me faz merecer isso? E, de qualquer forma, estar em um relacionamento com uma pessoa famosa não é meio terrível?

— O.k., volta a fita. Só pra ver se eu entendi, você e Noah estão fodendo?

— Correto.

— Você fez perguntas separadas, então vamos na ordem. Por que você deveria ser a namorada do Noah? Vocês trabalham em setores que se sobrepõem, vocês se conheceram e obviamente se deram bem, afinal ele ainda estava pensando em você dois anos depois. E a foda é decente?

— Sim.

— E você é uma pessoa fácil de conversar, então isso resolve a parte da conversa. Não é necessariamente mais complicado do que isso. Depois, o que te faz merecedora? Você é engraçada, legal e finge ser durona, mas é molenga.

— Desculpe pescar elogios, mas eu não sou a pessoa menos legal que você conhece?

— Não estou querendo dizer que aceitaria conselhos de você sobre qual tênis comprar. Eu quis dizer legal no sentido de ter a cabeça no lugar. Para a pergunta estar-em-um-relacionamento-com-uma-pessoa-famosa-não-é-terrível... sim, provavelmente. Ou tem algumas partes ruins, mas todos os relacionamentos têm partes ruins. Aqui vai a minha pergunta pra você. Você gosta dele muito ou pouco?

— Mais do que de qualquer pessoa que eu já conheci.

— Então qual é o problema?

— Várias pessoas não conseguem o que querem na vida. Por que eu deveria?

— Nós já não falamos sobre isso?

— Acho que eu funciono melhor usando raiva e decepção para alimentar minha criatividade. A felicidade me deixa inquieta.

Quando ele riu, eu disse:

— Eu gostaria que fosse brincadeira.

— Eu sei que não é. Aqui vai outro jeito de olhar para a situação. Você tem, tipo, quarenta anos, certo?

— Trinta e oito.

— Mas você já viveu sua parcela de encontros e relacionamentos que não deram certo. Elliot ou quem quer que seja?

— Quem te disse que eu tenho uma queda pelo Elliot? Foi o Elliot?

— Eu nunca revelo as minhas fontes. O que eu quero dizer é que, mesmo que Noah seja o amor da sua vida, a sua média de rebatidas ainda é muito ruim. Assim como a minha, e também como a da maioria das pessoas. De todos os casais que já existiram, a maioria não está mais junto agora. Você não está com seu ex-marido. Eu não estou com a Annabel. Eu acho que você é ruim em namorar, mas você pode ser ruim em namorar e ainda assim se apaixonar uma vez na vida.

— Essa lógica é tentadora, mas muito, muito frágil.

Ele sorriu.

— Eu sou bom em me apaixonar, e isso torna minha média de rebatidas muito pior do que a sua.

— Como estão as coisas entre você e Lucy?

— Já terminamos de falar sobre você e Noah?

— O fato de ele ser muito mais atraente do que eu... você acha mesmo que isso não importa?

— Ah, cara, estou animado por você ter me perguntado isso. Existem três tópicos em que eu sou autoridade. Você sabe quais são?

Fiz que não com a cabeça.

— Os filmes da Bethany Brick. O cardápio do restaurante de frango na Rua 48. E, não sei se você já ouviu falar disso, mas existe uma coisa chamada Regra Danny Horst. E o incrível é que *eu sou* o Danny Horst.

— Touché.

— Risadinha, você e Noah são os únicos que decidem se isso importa. Não parece que importa para ele, então só sobra você.

— Quando você coloca dessa forma, quase me faz parecer uma idiota autossabotadora.

— Não vou dizer que a regra não existe, mas é tipo o Papai Noel. Só é real se você acreditar.

— Bom, se você é judeu e eu sou agnóstica... obrigada por isso, Danny.

— Disponha, Risadinha. E as coisas estão bem entre Lucy e eu.

— Mande lembranças ao Nigel.

* * *

Quando meu celular tocou na manhã seguinte às sete, pensei novamente, é claro, que era Noah, até que vi na tela que a ligação era da tia Donna.

— Ah, Sally, Jerry não está bem — ela disse assim que eu atendi. — Eu acho que ele pegou.

— Você acha que ele pegou... — Fiz uma pausa, mas já sabia. — Covid?

— No domingo nós fomos até a casa da Barbara e estávamos sentados no deque, mas começou a chover e nós entramos. Tentamos ficar a um metro e meio de distância, mas aí Barbara testou positivo e tenho certeza de que é porque os netos estão morando com ela e o Nicholas trabalha no Starbucks.

— Quando você diz que Jerry não está bem, você quer dizer... o que você quer dizer?

— Falei com ele por telefone agora pouco, ele parece fraco e um pouco, bom, um pouco desorientado. Ele falou alguma coisa sobre limpar a neve da entrada da garagem. Querida, eu quero ajudar, mas, com a minha diabetes e a cardiomiopatia do Richard, tenho medo de todos nós acabarmos pegando. Fui lá hoje de manhã e toquei a campainha, esperando que ele viesse até a janela para que eu pudesse vê-lo pessoalmente, mas ele não veio. Quem é a mãe da família vizinha?

— Charlotte?

— Ela saiu quando me viu na varanda de Jerry e disse que às cinco da manhã Sugar estava vagando no quintal sem coleira. Eles também não tiveram resposta quando bateram na porta de Jerry, e ela disse que estava a ponto de chamar a polícia quando me viu estacionar o carro de Richard.

— Onde está a Sugar agora?

— Eu disse a ela que Jerry não está bem e ela disse que vão cuidar dela.

Ainda mais alarmante do que a ideia de Jerry ter covid era a ideia de ele deixar Sugar vagar pela vizinhança sem vigilância; Jerry nunca tinha feito isso.

— Tudo bem — eu disse. — Vou voltar. Se eu entrar no carro agora — eu quis dizer, é claro, no carro de Donna —, consigo estar lá amanhã de manhã, mas vou checar os voos também.

Eu me perguntei se ela tentaria me dissuadir. Em vez disso, ela disse:

— Sally, ele me pediu para não ligar para você, mas achei que você deveria saber.

* * *

— Oi — Noah disse quando atendeu o telefone, e sua voz estava carregada pela aspereza do sono.

— Acho que Jerry está com covid — avisei. — Eu tentei ligar para ele agora pouco, mas ele não atendeu. Desculpe por acordar você.

— Não, está tudo bem. Você está pensando em voltar para lá? — A ausência de qualquer irritação da parte dele, a presença da solidariedade, a disposição imediata de suspender a tensão não resolvida entre nós, parecia um dado significativo, um que eu poderia ter adivinhado, mas não ter certeza.

— Definitivamente vou voltar, mas estou tentando decidir se devo ir de carro ou de avião.

— Quão doente ele está?

— Não sei. A irmã dele, minha tia Donna, ligou, e ela tem problemas de saúde, então ela não o visitou, mas ela disse que ele está desorientado e os vizinhos encontraram a Sugar no quintal deles hoje de manhã. Jerry é bastante saudável para quem tem oitenta e um anos, mas... bom, ele tem oitenta e um.

— Você devia ir de avião. Deixa eu dar uns telefonemas.

Eu poderia ter fingido que não entendi o que ele quis dizer, ou poderia ter protestado que era muito extravagante, porque eu já sabia que não pagaria pelo voo. Em vez disso, eu disse:

— Obrigada, Noah.

* * *

Era um jatinho da Gulfstream, com oito poltronas de couro branco na cabine. Além dos dois pilotos, tinha dois comissários de bordo, todos de uniforme azul-marinho e dourado, todos de máscara, como Noah e eu estávamos. A presença de Noah no avião era a surpresa. Ele me ligou de volta quarenta minutos depois que eu liguei para ele e disse: "Tudo bem, Leah e eu vamos até você, ela vai nos levar para o aeroporto, você dá as chaves do carro e ela vai hoje mais tarde até o seu hotel para pegar seu carro e levá-lo de volta para minha casa. O voo sai de Van Nuys, não do LAX". Leah, que eu não conhecia, era a assistente pessoal dele.

Eu tinha voado em aviões particulares algumas vezes, inclusive quando a cerimônia do Emmy Awards de 2015 aconteceu na mesma semana em que a verdadeira Hillary Clinton — e não apenas a integrante do elenco Lynette, que a interpretara — estava participando do *TNO* e eu estava escrevendo a esquete. Naquelas ocasiões em aviões privados, sempre à custa do *TNO*, eu me sentia um misto de impostora e turista, discretamente tirando fotos do interior para enviar à minha mãe. Desta vez era decididamente menos festivo.

Na pista, depois que descemos do carro e caminhamos até a escada de embarque, Noah estendeu o braço para indicar que eu subisse primeiro. Na parte da frente da cabine, quatro dos assentos de couro branco estavam dispostos em pares, um de frente para o outro, com uma mesa entre eles com garrafas de água e um prato de balas de menta. Olhei por cima do ombro, sem saber onde deveria me sentar, e Noah disse: "Por que você não se senta ali?", e acenou com a cabeça em direção ao assento da janela no par voltado para a frente. Depois que eu o fiz, ele deslizou ao meu lado, subiu o apoio de braço de couro branco entre nossas poltronas e, sem dizer nada, colocou o braço direito em volta do meu ombro. Eu silenciosamente virei o rosto em seu peito e fechei os olhos. Através da minha máscara, seu pescoço tinha o mesmo cheiro de quando ele acordava, uma combinação de estar na floresta e pão, e pensei em como a ideia dele nas últimas semanas às vezes me deixava nervosa, mas a realidade dele sempre me confortava.

Um dos comissários nos ofereceu café, que aceitamos, e muffins de mirtilo, que ele recusou e eu aceitei, puxando minha máscara para baixo para dar uma mordida. Pelo sistema de som, o piloto se desculpou por nossa decolagem turbulenta, depois a viagem se acalmou e o comissário voltou a encher nossas canecas. Eu estava rolando a tela do meu celular e Noah estava rolando a de seu iPad, e ele disse:

— Quer assistir a um filme? — Ele me disse para escolher, e eu escolhi um drama histórico que, embora não fosse tão bem escrito quanto parecia, pelo menos nos distrairia. Quando os créditos rolaram, estávamos a vinte minutos do pouso.

— A menos que ele esteja realmente numa condição péssima, ele não deveria ir para o hospital — eu disse. — Né? Porque não poderia ser ainda pior em termos de superlotação e falta de ventiladores?

— Leah localizou um médico, que deve nos encontrar em casa às três. Acho que podemos deixá-lo avaliar. — Noah apertou minha mão. — E ela pediu um carro para nos buscar no aeroporto.

Confusa, olhei para ele.

— Tipo um médico que atende em casa?

— Isso — ele disse. — Tipo um médico que atende em casa.

* * *

Tirei a chave da casa de Jerry do chaveiro antes de entregar as chaves do carro para Leah, a tirei do bolso da calça jeans enquanto percorríamos o caminho que levava à porta da frente. A casa para a qual minha mãe e eu nos mudamos em 1983 era um modesto modelo colonial com persianas marrons. Noah e eu mantivemos nossas máscaras quando entramos.

Desde que o avião decolara, eu tinha sido tomada por preocupações mutuamente exclusivas. A primeira era que encontraríamos Jerry fazendo ioga na cadeira ou comendo cereal, tentando adivinhar o motivo do alvoroço, e aí acabaria que eu teria usado a ligação de Donna como desculpa para atrair Noah ou para testá-lo. A outra preocupação era que encontraríamos Jerry morto.

Chamei o nome dele várias vezes, mas não houve resposta. Com Noah logo atrás de mim, subi correndo os degraus, cobertos por um tapete bege da época da minha juventude. A porta do quarto de Jerry estava aberta e, quando confirmei o ligeiro subir e descer de seu corpo sob o lençol, também suspirei.

— Jerry, é a Sally — eu disse. — Voltei de LA.

Ele estava deitado de lado, de frente para a porta. Seus olhos piscaram ao se abrirem em seu rosto longo e magro. Ele parecia confuso, e algo em sua expressão era estranhamente infantil, uma sensação exacerbada pelo um muco claro que escorria de uma das narinas.

— É a Sally — eu disse novamente. — Estou de máscara por causa da covid.

— Oi, querida — disse ele em voz baixa.

Me ajoelhei ao lado da cama.

— Como você está se sentindo? Você acha que precisa ir para o hospital? — Encostei minha palma contra sua testa, e estava queimando.

— É a minha garganta. — Ele tocou seu pescoço e, em sua voz suave, disse: — Não está boa.

— Você comeu ou bebeu alguma coisa ultimamente?

Atrás de mim, Noah disse:

— Vou pegar um pouco de água para ele.

Jerry fechou os olhos e eu me lembrei de não ter respondido ao seu e-mail sobre os bolinhos. Era difícil não pensar no que eu estava fazendo enquanto ele estava definhando... caminhando com Noah, transando com Noah, declarando a Noah que seu escritório vazio era uma afronta à minha independência.

Noah voltou com dois copos de água, um com gelo e outro sem, e estendeu os dois para mim. Quando peguei o sem gelo, ele disse:

— Não consegui encontrar nenhum canudo, mas posso ir comprar alguns. — Pelo fato de Jerry estar perto da beirada da cama, inquietantemente perto, eu não conseguia me empoleirar ao lado dele no colchão. Em vez disso, continuei ajoelhada no tapete e segurei o copo em seus lábios. Embora um pouco de água escorresse pelo queixo e pescoço, ele bebeu vários goles.

— Que tal alguns biscoitos? — Noah disse. — Ou purê de maçã?

— Talvez biscoitos — eu disse. — Acho que ele não tem purê de maçã.

Desta vez, quando Noah saiu do quarto, eu disse:

— Esse é o amigo que eu estava visitando em Los Angeles, Noah. Ele veio comigo para... — Fiz uma pausa. — Ver como você estava.

— Sim — Jerry disse, e seus olhos se fecharam novamente.

Ao entrar no quarto, eu tinha me perguntado se eu estava sentindo cheiro de morte, mas rapidamente percebi que estava sentindo cheiro de fezes, e não vinha do banheiro. Lenços de papel estavam espalhados sobre o lençol e no chão, e havia um ruído baixo de raspagem que logo deduzi ser um umidificador sem água. Coloquei o copo no móvel ao lado da cama, caminhei até a tomada e puxei o fio.

Noah trouxe um pequeno recipiente de plástico com pudim de baunilha e uma colher de chá em um prato com alguns biscoitos. Eu disse:

— Se eu levantar ele, você afofa os travesseiros para ficar mais alto?

Quando estendi os dois braços ao redor de Jerry, ele parecia incrivelmente frágil.

— Que tal beliscar um pouco de comida? — perguntei. — Para ganhar um pouco de energia?

Jerry não respondeu e eu continuei:

— Quer um pouco de pudim?

— Pudim — ele repetiu.

Puxei a aba do copo de plástico, mas, antes de retirar o papel-alumínio, disse:

— Ah, precisamos lavar as mãos.

— Eu lavei na cozinha. — Noah acenou com a cabeça para o pudim. — Quer que eu faça isso?

Passei o pudim para ele e entrei no banheiro de Jerry para usar a torneira.

Quando voltei, Noah estava ajoelhado onde eu estivera antes, segurando a colher de chá nos lábios de Jerry com o líquido cremoso. Enquanto eu observava, Jerry abriu ligeiramente os lábios e Noah deslizou a colher para dentro.

Jerry engoliu em seco.

— Já está bom. — Mais uma vez, ele fechou os olhos.

— Quanto ele comeu? — perguntei.

Noah ergueu o recipiente, que ainda estava quase cheio.

— Três ou quatro colheres. — Ele se levantou, apontando com o polegar para a porta. — Quer ir conversar?

Eu o conduzi pelo corredor até meu quarto; nenhum de nós comentou sobre os móveis de vime branco. Instintivamente, me sentei de lado na cadeira da escrivaninha, e Noah se sentou na cama e baixou a máscara até o queixo. Ele disse:

— Eu pretendia trazer o oxímetro de pulso que Margit comprou quando eu estava doente, mas esqueci. Vou sair e ver se consigo encontrar um.

— Ele parece horrível, não?

— Ele não parece muito bem, mas é difícil separar o que é velhice, o que é o fato de ele estar deitado na cama por alguns dias sem comer ou beber direito e o que é covid. E nem sabemos se ele está com covid mesmo.

— Ele não é assim em circunstâncias normais. Ele não é daqueles idosos que correm maratonas, mas anda por aí e diz coisas que fazem sentido.

— Vou procurar um oxímetro de pulso e canudos. Devo chamar um Uber ou pegar o carro dele?

— Você se sente confortável dirigindo um Buick 2002?

Noah sorriu levemente e eu insisti:

— Estou falando sério.

— Cadê as chaves?

— E também, sem ofensa, mas se você estiver indo para a Target ou algo assim, você sabe como faz para comprar na Target? Você já fez isso antes?

— Sim — Noah disse. — Eu sei fazer compras na Target.

Nós dois descemos e eu encontrei as chaves onde Jerry sempre as deixava, em um gancho logo após a porta que dava para a garagem; o chaveiro era oval de couro com um pato de metal dourado no perfil, algo que Jerry usava desde que me lembro.

Noah passou os braços ao meu redor. Eu o abracei de volta, e nenhum de nós disse nada.

* * *

Leah mandou uma mensagem para Noah dizendo que o médico estava atrasado e ele apareceu não às três, mas quase às sete horas. O dr. Fischer chegou sozinho, o que eu não esperava, e usando tantos equipamentos de proteção que mal era possível reconhecê-lo como humano, o que suspeitei que deixasse Jerry ainda mais desorientado. Eu certamente não poderia culpar o dr. Fischer por isso, mas, além de uma máscara branca sobre o nariz e a boca, ele usava um capuz com um escudo transparente na frente e, no corpo, um macacão de plástico azul-claro. Nas mãos havia luvas de látex e, sobre os sapatos, botas brancas. Ele passou a haste de um teste de covid dentro das narinas de Jerry, o primeiro teste de covid que eu via, e disse que seu consultório nos informaria o resultado no dia seguinte, mas que deveríamos trabalhar supondo que Jerry estava com a doença. Devíamos observar se a pele ou os lábios de Jerry ficavam azuis, qualquer incapacidade de recuperar o fôlego ou queixas de dor no peito; caso algum desses sintomas ocorresse, deveríamos chamar uma ambulância ou levá-lo para o hospital imediatamente. Enquanto isso, devíamos incentivá-lo a beber líquido e usar o oxímetro de pulso nele duas vezes ao dia.

Achei que a presença de um médico em casa seria reconfortante, mas não foi. E isso foi antes mesmo de eu perguntar "Quão preocupada devo ficar?" e, um pouco impaciente, embora talvez estivesse apenas cansado, o dr. Fischer responder: "Ele está na casa dos oitenta. Seria altamente irresponsável da minha parte fazer qualquer tipo de promessa".

* * *

Os dias seguintes foram um borrão, uma espécie de inversão do borrão divertido que tinha sido minha chegada à casa de Noah. O oxímetro funcionava assim: eu o fixava no dedo indicador de Jerry e conferia se o número do nível de oxigênio em seu sangue estava acima de noventa; se não estivesse, ele deveria ir para o hospital.

Na Target, além de comprar o oxímetro de pulso, um pacote enorme de caixas de lenços de papel e várias garrafas de Gatorade, Noah comprou um penico móvel (era cinza com apoios de braços que o tornavam parecido com um trono de um jeito sombrio); um mictório portátil (que consistia em uma garrafa térmica de plástico inclinada para o lado com uma tampa que brilhava no escuro); e uma cadeira médica de banho (muito parecida com uma cadeira comum de plástico e alumínio, exceto pelo assento mais largo e as ventosas na parte inferior das pernas). Em algum momento daquele primeiro dia interminavelmente longo em Kansas City, depois que Jerry comeu um quarto de um ovo mexido que eu fiz, Noah e eu o colocamos no chuveiro e, enquanto Noah usava uma máscara, vestia short de corrida e nada mais e Jerry não vestia nada, Noah deu banho nele e eu troquei a roupa de cama. Enquanto o fazia, coloquei Indigo Girls para tocar no meu celular em volume baixo, para me distrair e ter companhia ao mesmo tempo que conseguia ouvir Noah e Jerry no chuveiro e ajudar se precisassem de mim.

Quando Jerry foi depositado novamente em lençóis limpos, saí, atravessei o jardim da frente e toquei a campainha da família Larsen. Para não ficar muito perto quando a porta se abriu, me virei e desci os três degraus de volta à calçada. Charlotte e seu marido, Keith, saíram, e eu os agradeci profundamente por terem ficado com Sugar durante o dia. Eles disseram que tinha sido o ponto alto da pandemia para suas filhas. Keith foi buscar Sugar enquanto Charlotte perguntava como Jerry estava, e, quando Sugar saltou em minha direção, ver seus olhos tristes e o rabo abanando (era dois terços preto e um terço branco, na ponta) quase me fez chorar. Em vez disso, ergui Sugar nos braços e agradeci novamente.

— Nos avise se precisar de alguma coisa — Keith disse, e eu voltei para a casa de Jerry.

— Sally, me perdoe se for uma pergunta estranha — Charlotte disse, então eu parei, Keith falou "Agora não, Char", e Charlotte continuou: — Mas você está namorando Noah Brewster?

— Ah. — Eu hesitei.

Charlotte tinha trinta e poucos anos e trabalhava como compradora para uma empresa de produtos eletrônicos, e foi a filha mais velha dos Larsen, Stella, de onze anos, que pensara ter causado a pandemia ao dizer à mãe que viajava demais.

— Não tenho certeza — respondi.

— É que ele é meu cantor *favorito*. Sério, desde adolescente.

— Ah, uau — eu disse. Parecia seguro supor que revelar a presença de Noah dentro da casa de Jerry, a cerca de seis metros de distância, complicaria em vez de simplificar as coisas.

— Eu sei que você conhece muitas pessoas famosas no seu trabalho, mas aquelas fotos... era você mesmo?

— Charlotte, deixe ela em paz — disse Keith.

— Eu conheço Noah — eu disse. — Tenha uma boa noite!

Quando entramos no quarto de Jerry, Sugar pulou na cama e lambeu o rosto dele, o que talvez fosse desaconselhável do ponto de vista médico. Mas então, com a voz fraca, Jerry disse:

— Aí está minha boa menina.

* * *

Naquela noite, quando contei a Noah que dormiria no chão do quarto de Jerry, ele disse:

— De máscara? Você não vai dormir de um jeito terrível?

— Provavelmente — respondi, e fui procurar um saco de dormir antigo no porão. Noah dormiu na minha cama com cabeceira de vime.

Na segunda tarde, alguém do consultório do dr. Fischer ligou para dizer que o teste de covid de Jerry dera positivo e me ofereceu a oportunidade de falar com o dr. Fischer depois que ele terminasse de atender os pacientes, mas em vez disso liguei para minha colega de quarto pediatra da época da faculdade, Denise. Embora o conselho de Denise ecoasse as recomendações do dr. Fischer, eu tinha aprendido a lição e, em vez de perguntar o quanto deveria ficar preocupada, perguntei:

— É completamente plausível que ele se recupere, né?

Imediatamente, ela disse:

— Ah, com certeza.

Na segunda noite, dormi novamente no chão do quarto de Jerry e na terceira noite dormi na minha antiga cama com Noah. Em contraste com a Califórnia, nosso contato físico era mínimo e decente.

Durante esse tempo, Jerry continuou a ter febre, a relatar dor de garganta e a dormir praticamente o tempo todo e ainda assim parecer exausto quando acordava, mas, com nosso incentivo, comeu pequenas quantidades de banana, purê de maçã, caldo de galinha e torradas. Ele não parecia ter perdido o paladar ou o olfato, não vomitava e, uma vez estabelecidos os ritmos do mictório e do penico, ele não fazia mais as necessidades na cama. Geralmente era eu quem esvaziava o mictório, que ele usava sozinho depois que eu o ajudava a se sentar, e Noah geralmente era quem o ajudava a sentar no penico.

Com o passar dos dias, Noah e eu nos revezamos cada vez mais para fazer outras coisas além de cuidar de Jerry. Assisti a um drama de fantasia cheio de dragões e sangue, Noah se exercitou no quintal, aparentemente enquanto conversava com Bobby, e saiu para correr no bairro. Em uma de suas idas quase diárias à Target, ele comprou um caderno e um violão, e eu o encontrava tocando no terraço, com paradas esporádicas para fazer anotações nas páginas, enquanto Sugar tomava banho de sol a seus pés.

— Kansas City é uma verdadeira inspiração criativa, hein? — eu disse a primeira vez que me deparei com esse cenário, que foi em nosso quinto dia na casa de Jerry. — Mais ou menos como Paris na década de 1930. — Eu tinha acabado de carregar uma tigela de sopa do quarto de Jerry para a pia da cozinha, vi Noah pela janela e abri as portas de vidro e tela.

Noah sorriu.

— Kansas City produziu você.

Pisei no terraço e Sugar imediatamente rolou para a posição de carinho na barriga. Noah estava sentado em uma cadeira dobrável de tecido cinza, usando um boné de beisebol e óculos escuros. Eram onze da manhã e fazia trinta graus, o que não era ruim para os padrões de verão do meio-oeste.

— Minha mãe morreu de câncer no estômago, então foi, sabe, muito complicado — eu disse enquanto me agachava para acariciar Sugar. — Já passei por uma coisa parecida com isso. Mas às vezes ainda não consigo acreditar como a vida é injusta e triste.

— Eu sei o que você quer dizer — ele disse —, mas tenho certeza de que faz uma grande diferença para o Jerry você estar aqui. — Nós dois estávamos quietos, e o som de um aspersor próximo tornou-se perceptível. — Eu gostaria de poder tornar isso mais fácil para você — Noah acrescentou.

— Você está tornando — eu disse. — De um milhão de maneiras. Já esteve perto de uma pessoa superdoente antes?

— Tinha um produtor, um cara querido chamado Billy Rodriguez, que morreu em 2010 de glioblastoma. Trabalhei com ele em todos os meus álbuns, exceto um. Eu não estava exatamente limpando a sujeira dele, por assim dizer, mas eu o vi várias vezes no hospital e uma vez no hospício e, enfim... é difícil.

— Se você quiser voltar para Los Angeles, espero que saiba que está tudo bem. Não quero que se sinta preso aqui.

— Você quer que eu volte para Los Angeles?

— Não.

Mais uma vez, ficamos em silêncio, e Sugar abanou o rabo contra o chão do terraço e o aspersor fez *tck, tck, tck*. Eu estava imaginando ou tinha uma cabeça e um par de ombros na janela do banheiro do segundo andar dos Larsen, uma figura nos observando? O que provavelmente poderia tanto ser Charlotte quanto uma de suas filhas.

— Não quero voltar para Los Angeles — Noah disse. — Vou querer depois de um tempo. Mas não agora.

* * *

Naquela tarde, por cortesia de Viv e Henrietta, chegou uma caixa enorme de uma mercearia gourmet de Nova York: frutas secas, cafés finos e queijos embrulhados em pacotes de gel e vários tipos de bolachas e biscoitos. Fiquei comovida e tinha quase certeza de que Noah não comeria nada daquilo. À noite ele preparou salmão grelhado para o jantar e, enquanto limpávamos a cozinha, eu disse:

— Tenho uma pergunta.

Noah ergueu as sobrancelhas.

— Você ainda quer ser meu namorado... ou algo do tipo... agora que você deu banho no meu padrasto?

Ele riu.

— Eu adoraria ser seu namorado ou algo do tipo. Mas tenho uma condição.

Uma onda de nervosismo me atravessou.

— Se alguma coisa te incomodar — ele disse —, tudo bem você precisar pausar a conversa ou ir para outro cômodo, mas não quero que você jogue tudo para o alto, porque é muito estressante viver assim.

— O que você quer dizer com jogar tudo para o alto?

— Quero dizer ir a um hotel. Ou jogar uma bomba sobre eu namorar modelos para não nos falarmos por dois anos.

Engoli em seco.

— Eu acho que é justo — eu disse. — Você conhece a técnica cinematográfica *lampshading*?

— Não.

— É quando alguma coisa na trama ou na lógica de um filme não faz muito sentido e o roteiro faz os personagens reconhecerem o problema sem resolvê-lo. É um truque para garantir ao público que você não está tentando enganá-lo.

— Tá. — Ele parecia confuso.

— Quero que a gente fique junto — eu disse. — Eu quero ser sua namorada. E sei que, se eu for, a sua identidade profissional vai ofuscar a minha identidade profissional e os trogloditas da internet vão criticar a minha aparência e dizer que não conseguem acreditar que você está comigo. Posso trabalhar para não me importar com essas coisas ou não prestar atenção nelas, mas não tenho como impedir que elas aconteçam.

— Se ajudar, eu posso te lembrar de que trogloditas da internet são só trogloditas da internet.

— Vou aplicar a técnica *lampshading* nesse caso, porque não sei como resolver. Mas você vale o risco. Até eu sei que desistir seria um grande erro.

— Ah é? — Ele estava sorrindo. — Até você?

— Isso pode soar errado, mas não tinha certeza até agora se você sabia como ser uma pessoa normal. Como celebridade, você é incrível. Mas eu não sabia se você sabia como comprar comida para viagem ou viver sem assistentes ou ficar em uma casinha modesta com carpete de parede a parede. E eu não acho que você está tentando provar a si mesmo, mas se estivesse, está claro que você é muito melhor em ser uma pessoa normal do que eu.

— Estou sempre tentando me provar para você. — Ele fez uma careta. — Mas talvez eu tenha sorte de você me subestimar, então não é tão difícil.

— Faz tempo que estou pra te perguntar: as pessoas reconhecem você na Target?

— Acho que não. Eu sou um careca de meia-idade usando boné de beisebol e máscara.

— Acho que é questão de tempo até que a vizinha perceba que você está aqui, se é que já não percebeu. Pelo jeito, ela é muito, muito sua fã. — Apontei para a janela que dava para a lateral da casa dos Larsen.

— Ela disse alguma coisa? — Noah parecia imperturbável.

— Que ela é muito sua fã. — Revirei os olhos. — Ela é uma pessoa legal, e não acho que ela vá alertar a mídia ou algo assim, mas talvez eu tenha que desenvolver algumas habilidades para interferir por você.

— Se as pessoas pedirem coisas minhas, você pode sempre ignorá-las ou encaminhá-las para Leah e deixar que ela resolva.

— Não tenho a menor vontade de ser sua secretária, mas você não está preocupado que eu deixe passar alguma coisa importante?

— As pessoas tendem a ser persistentes quando é importante. E elas não deveriam estar entrando em contato com você de qualquer maneira. Quanto à vizinha...

— Charlotte.

— Em relação a Charlotte, fico feliz em conhecê-la. Não consigo ser tudo para todo mundo, mas conhecer a família que cuidou da Sugar? É um prazer.

— Que bom, e espero que você não se arrependa. — Eu estava limpando a mesa da cozinha e espremi o pano sobre a pia. — De qualquer forma — eu disse —, enquanto eu viver, sempre vou lembrar que você comprou um penico móvel para Jerry.

— Não esqueça da cadeira de banho.

— E a cadeira de banho. E o mictório portátil com a tampa que brilha no escuro.

— O mais engraçado — ele disse — é que, quando você estava naquele hotel em Santa Monica, eu fiquei pensando em maneiras de te reconquistar. Eu estava pensando que as comédias românticas geralmente terminam com uma das pessoas correndo para encontrar a outra e declarando seu amor publicamente. Tipo em uma festa ou em um aeroporto. Eu não sabia que precisava comprar um mictório na Target.

— O termo para isso é "grande gesto".

— Fiquei me perguntando o que você pensaria se eu fosse até o seu hotel e, bom, fizesse uma serenata para você. Na frente de outras pessoas, digo, na calçada.

— Boa pergunta. Acho que talvez eu odiaria por fora, mas adoraria por dentro.

— Por que seria melhor odiar? Porque é brega?

— Bom — falei —, uma vez ouvi uma pessoa inteligente dizer que é difícil determinar onde está a fronteira entre a cafonice e extravagância emocional aceitável.

Ele sorriu novamente.

— Eu não te disse na época, mas sei exatamente onde está a fronteira. Quando acontece com outras pessoas, é cafona. Quando acontece com você, é maravilhoso.

* * *

Fui para a cama alguns minutos depois dele naquela noite, vestindo camiseta e calcinha, e imediatamente, antes que eu apagasse a luz, ele me puxou para si, contra seu peito quente, musculoso e com cheiro de floresta e pão — ele estava só de cueca boxer —, e foi uma alegria ficar perto dele novamente, com boa parte das nossas peles se tocando. Quando ele estava em cima de mim, depositei minhas mãos de cada lado de sua cabeça, minhas palmas contra sua barba por fazer, e disse:

— Eu queria dizer isso desde que cheguei na sua casa, mas, na verdade, você fica mais bonito ainda com a cabeça raspada.

Ele sorriu um pouco.

— Na verdade? — ele perguntou. — Eu fico?

— Estou falando sério. Seu cabelo de antes... ele era legal, mas tinha um quê de galã adolescente. Agora você parece um homem adulto. Da mesma forma que eu acho que nos conhecermos no final dos nossos trinta anos nos tornou mais interessantes um para o outro, acho que você é ainda mais atraente agora do que era vinte anos atrás.

Ele desviou os olhos por alguns segundos, em seguida olhou de volta para mim.

— Eu preciso confessar uma coisa — ele disse. — Antes, eu às vezes usava apliques de cabelo. Quando eu estava apresentando o *TNO*, aquele cabelo todo não era real.

— Bom, o *TNO* é a sede mundial do uso de perucas, então bem-vindo ao clube. — Senti que não queria envergonhá-lo, mas também não queria fingir espanto. Não queria mentir para ele, mesmo que fosse sobre algo pequeno.

— Eu não diria que usei uma peruca completa. Só tive uma ajudinha. — Ele parecia estranhamente envergonhado. — Você acha que isso é assustador?

Fiz que não com a cabeça.

— Estou muito familiarizada com pessoas públicas fazendo coisas assim. E não quero dizer só na frente das câmera. Mas, do jeito que está agora, neste momento, você não poderia estar mais bonito. — Eu parei. — Considerando tudo o que foi escrito e dito sobre como você está bem de aparência nos últimos vinte anos, você *gosta* de ouvir isso ou é uma chatice?

Com o rosto a poucos centímetros do meu, ele sorriu.

— Se eu gosto quando a mulher que eu amo me diz que eu estou bonito? Sim, Sally. Eu gosto quando você me diz isso.

* * *

O progresso de Jerry podia ser medido por quão distante de sua cama ele se aventurava: primeiro até seu banheiro para usar o vaso; dois dias depois, até a cozinha no andar de baixo vestindo seu roupão listrado; no dia seguinte, até o terraço. Em um dos dias, ele anunciou que queria um cachorro-quente para o almoço e, enquanto nós dois esperávamos a salsicha ferver na cozinha, ele disse:

— Espero que o enfermeiro não seja muito caro.

Eu semicerrei os olhos.

— Você diz Noah?

— Quem é Noah? — Jerry perguntou.

— Meu amigo. Ou, uh, meu namorado? O cara que está ficando aqui em casa.

Jerry parecia sereno e nem um pouco interessado quando disse:

— Achei que o nome dele fosse David.

* * *

Na selfie que Viv enviou do hospital para Henrietta e para mim, ela estava usando uma máscara azul e uma bata hospitalar verde, seus olhos estavam esbugalhados e ela fazia um sinal de paz.

Contrações com 3 minutos de intervalo, colo do útero dilatado para 5 cm, ela escreveu.

Então: *Gloria, a doula, é minha nova melhor amiga*

Depois: *Anestesia divina*

AI MEU DEUS!! Eu escrevi. *Como você está se sentindo?*

Então a resposta de Henrietta chegou e era uma foto de Lisa, que tinha planejado um parto em casa, reclinada com os seios nus contra a parede interna de uma piscina inflável, parecendo extasiada, segurando um bebê de verdade — um bebê minúsculo, de bochechas enormes, uma criaturinha nua de olhos fechados.

De Henrietta: *Incrível e também... conheçam Olivia Rose*

De Viv: *COMO ASSIM?!!!*

Viv: *Parabéns, suas superdotadas*

Viv: *Mas quando foi que Lisa colocou isso para fora?!?*

Henrietta: *3,6 kg, nascida às 7h46 desta manhã*

Henrietta: *Mãe, mamãe e Olivia, atualmente nas nuvens*

Henrietta: *Você vai se sair muito bem, Viv*

Eu: *H estou tão feliz por você e Lisa!!*

Eu: *Vivvy, espero que você sinta todo o amor que estou te enviando*

Eu: *Eu sei que Theo e Gloria vão cuidar muito bem de você*

Então Henrietta mandou uma mensagem no meu privado: *Não quero dizer isso pra Viv, mas o trabalho de parto da Lisa foi tão feio que parecia uma guerra de comida*

Então Viv mandou uma mensagem no meu privado: *Não diga a Henrietta que eu disse isso, mas existe ALGUMA COISA mais nojenta do que dar à luz em uma banheira*

A primeira mensagem de Viv chegou um pouco depois das nove horas, horário central. Seis horas depois, chegaram duas mensagens de Theo: primeiro a foto de um bebê com grandes olhos castanhos, usando um gorrinho branco e enrolado em um cobertor listrado. E em seguida uma mensagem: *Caleb Elijah Elman, 3,35 kg. Caleb e Viv estão ótimos!*

* * *

Convidei Charlotte Larsen para vir ao nosso terraço para conhecer Noah, e ela veio depois do jantar, irradiando alegria e pânico, claramente vestida com uma blusa florida sem mangas, jeans branco e mules com salto plataforma. Quando ela subiu os degraus do quintal em direção ao terraço, eu disse:

— Charlotte, este é Noah, e Noah, esta é Charlotte.

Aí ela disse:

— Ai meu Deus, eu te amo tanto, Noah. — Então começou a chorar.

Enquanto enxugava os olhos, ela disse:

— Desculpe, mas "Making Love in July"... e também "Arlington Dawn"... e "Sober & Thirsty"... desculpa, não consigo nem falar, mas a primeira dança no nosso casamento foi ao som de "Making Love in July." Minha irmã e eu sabemos de cor todas as músicas do álbum.

Quando Noah falou, foi com um tipo de simpatia contida e profissional que eu não tinha visto nem durante a semana que ele apresentou o *TNO*, uma cordialidade reservada.

— Obrigado — ele disse com leveza. — Sou realmente grato por isso.

— Mas o que aconteceu com o seu cabelo?

Agradavelmente, ele respondeu:

— Estava na hora de mudar.

— Tudo bem se eu tirar uma foto? — Charlotte perguntou. — Sally me disse para não postar nada, mas é só para mostrar à minha irmã. Ela não vai acreditar se eu não tiver provas.

Quando Charlotte me passou seu celular e eles se posicionaram lado a lado — "Eu colocaria meu braço em volta de você se não fosse a pandemia", Noah disse, mantendo alguns metros de distância entre eles —, pensei novamente em algo que outro roteirista do *TNO* me disse anos antes sobre pessoas não famosas quererem que suas interações com pessoas famosas terminassem o mais rápido possível para que pudessem contar a seus outros amigos não famosos sobre elas. E, de fato, Charlotte estava a dez minutos de caminhar de volta para sua própria casa.

Sussurrei para Noah:

— Aposto cinquenta paus que ela vai colocar aquela foto no Facebook hoje à noite.

Ele sussurrou de volta:

— O que tiver que ser será.

Charlotte desapareceu da vista e eu disse:

— Sério, você é muito bom nisso.

— Eu tenho prática — ele respondeu.

* * *

Me sentei à mesa de vime para escrever o e-mail para Nigel. Dois dias antes, eu tinha conversado exaustivamente com meu agente, que retransmitira os detalhes da nossa conversa para as pessoas relevantes do *TNO*, o que significava que entrar em contato com Nigel era um ato respeitoso da minha parte, e não uma revelação. Se eu tivesse mais fé em minha capacidade de me expressar na fala, teria ligado para ele, mas é claro que o que me impulsionou em direção ao *TNO* em primeiro lugar foi minha fé na minha capacidade de escrever.

Caro Nigel, digitei no meu computador,

Jamais vou poder agradecer o suficiente por você ter me dado a oportunidade de ser roteirista no TNO. Quando penso nos melhores, mais felizes e divertidos momentos da minha vida, uma proporção altíssima deles aconteceu dentro do estúdio do TNO ou no décimo sétimo andar. Já ouvi você dizer mais de uma vez que o TNO não é um lugar para lobos solitários ou perfeccionistas, mas foi o lugar ideal para mim porque me ensinou a ser muito menos solitária e muito menos perfeccionista. Você criou uma comunidade cômica singular, e sempre vou me sentir maravilhada por ter feito parte dela.

Um abraço,
Sally

A resposta de Nigel chegou dez minutos depois.

Sally, aparentemente "lobo solitário" é um nome equivocado. Um lobo que ataca sozinho tende a fazê-lo apenas temporariamente, até passar para o próximo estágio, antes de encontrar uma nova matilha.
Quanto ao perfeccionismo, quem já passou algum tempo dentro do estúdio do TNO sabe que algo tão evanescente e bobo só acontece com um trabalho prodigiosamente árduo.
Não deixe de entrar em contato. N

* * *

Acabamos ficando em Kansas City por dezesseis dias. A febre de Jerry cedeu depois de cinco e, muito lentamente, ele continuou a recuperar as energias. Quando decidimos que não havia problema em ir embora, ele não era o mesmo de antes, mas estava muito melhor do que quando Noah e eu chegamos. A irmã dele, Donna, me prometeu que o veria todos os dias.

Para um jantar de despedida, grelhamos camarões no terraço na noite anterior à nossa partida. Os Larsen também estavam lá, e Chloe, que tinha nove anos, perguntou:

— Você acha que Sugar sabe que ela é uma cachorra?

Antes que eu pudesse responder, Stella, de onze anos, olhou para a salada grega que Noah tinha feito e disse:

— Não gosto de pepino porque a melhor parte do pepino tem gosto da pior parte da melancia.

Noah e eu nos entreolhamos e eu falei:

— Não dá para discordar.

Como uma surpresa para Jerry, fiz "pupcakes" de sobremesa — encontrei uma receita que era de fato comestível tanto para humanos quanto para cães, com farinha e manteiga de amendoim como ingredientes principais —, mas, depois que terminamos o jantar, Noah disse:

— Antes de você trazer o você-sabe-o-quê, tem uma coisa que eu quero fazer. Volto já.

Quando ele saiu da casa, estava carregando um violão — não o da Target com o qual se contentara por alguns dias, mas um de seus modelos mais sofisticados que Leah tinha enviado da Califórnia com algumas roupas depois que ficou claro que permaneceríamos ali por um tempo —, e ouvi Charlotte Larsen suspirar. No pescoço, Noah usava uma engenhoca de metal que à primeira vista parecia uma espécie enorme de aparelho ortodôntico, mas na verdade era uma gaita em um suporte. Ele caminhou para o lado leste do terraço e ficou de pé, encostado na grade. Noah olhou para Jerry e para mim, depois para os Larsen, depois de volta para mim, e disse:

— Quero dedicar uma música a você, Sally.

Dirigindo-se às outras cinco pessoas e a uma cachorra, ele disse:

— Sally e eu nos conhecemos há alguns anos, mas só nos reconectamos há pouco tempo. Eu me sinto muito grato. E, como expresso meus sentimentos através da música, quero cantar uma coisinha esta noite. Obrigado a todos por permitirem isso. — Olhando para mim, ele disse: — Então, Sally Milz, essa vai para você.

Ao lado de Jerry, sentada à mesa onde tínhamos acabado de comer, senti uma espécie de abalo interno. Noah tinha escrito uma música para mim? Ele estava me desafiando depois de eu dizer que talvez gostasse disso? Eu poderia lidar com isso na frente de Jerry e dos Larsen? De uma maneira diferente, Charlotte Larsen poderia lidar com isso?

Então Noah olhou para baixo e começou a dedilhar. Eu soube imediatamente, logo nos primeiros acordes, antes mesmo de ele olhar para mim e cantar: "I heard that you were drunk and mean / Down at the Dairy Queen..."[6]

Não precisei fingir um sorriso; não precisei fazer nenhum esforço para expressar minha alegria ou esconder minha angústia. Foi melhor do que se ele tivesse escrito uma música para mim, embora talvez, como percebi que não era o caso, eu meio que esperasse que ele escrevesse no futuro. Também era melhor do que se ele tivesse cantado alguma balada de felizes para sempre. Não tinha nada sobre Noah Brewster parado no terraço de Jerry cantando "Dairy Queen" que eu não amasse.

Ele cantou: "Ain't it funny how we lose one day / And a lifetime slips away",[7] e no terceiro verso, após "It was good for a time / I am told",[8] ele pressionou os lábios contra a gaita e fechou os olhos enquanto o som magnificamente nasal e vibrante do instrumento preenchia o ar, e Charlotte Larsen gritava e batia palmas.

A parte estranha era que, embora eu tivesse ouvido a música centenas de vezes e visto as Indigo Girls tocá-la, sempre me concentrara no que considerava os versos mais espetacularmente devastadores sobre um relacionamento que não havia durado. Eu mal havia notado que a música terminava com os versos "Hey, I love you more and more / Oh, I love you more and more"[9] — com esses versos no tempo presente. Observando Noah enquanto ele cantava, enquanto ele me observava — seus olhos estavam abertos novamente —, eu

6 "Ouvi dizer que você estava bêbada e cruel / Lá na Dairy Queen" (tradução livre). [N. T.]

7 "Não é engraçado como perdemos um dia / E uma vida inteira se esvai." [N. T.]

8 "Foi bom por um tempo / me disseram." [N. T.]

9 "Ei, eu te amo mais e mais / Oh, eu te amo mais e mais." [N. T.]

me perguntei se sempre entendera a música um pouco errado, ou se possivelmente sempre entendera a vida um pouco errado. Pensar nisso não foi ruim; foi um alívio lindo e inesperado.

Ele abaixou a cabeça mais uma vez para soprar na gaita enquanto dedilhava rapidamente as cordas do violão, então desacelerou, terminando com um último floreio alongado. Erguendo a cabeça, ele disse:

— Sally, eu te amo cada vez mais. E sou eu quem está falando, Noah, não as Indigo Girls, embora eu aposte que as elas também amariam você, se te conhecessem.

Como éramos apenas seis, não dá para dizer que os aplausos foram ensurdecedores. Mas certamente estavam animados quando me levantei, caminhei até Noah e o beijei. Sussurrei em seu ouvido:

— Foi um grande gesto perfeito.

Uma hora depois, quando eu estava saindo da garagem para pegar algumas últimas coisas no supermercado para Jerry antes de partirmos na manhã seguinte, a vizinha do outro lado da casa acenou para que eu parasse. Quando baixei o vidro, ela disse:

— Jerry está aprendendo a tocar violão? Porque o som é maravilhoso.

EPÍLOGO ABRIL DE 2023

Como o TNO vai ao ar ao vivo, o programa começa às oito e meia na Costa Oeste, no horário em que Noah e eu terminamos de jantar em uma noite normal em casa. A primeira vez que assistimos juntos depois que saí do programa, me senti tensa e territorial, e tinha certeza de que conseguia adivinhar quem tinha escrito quais esquetes e tinha opiniões fortes sobre como elas poderiam ser melhoradas. Viv ainda estava de licença-maternidade na estreia da temporada de 2020, mas Henrietta estava de volta, e eu queria mandar uma mensagem para as duas imediatamente após as despedidas ao mesmo tempo que queria deixá-las em paz — Viv para dormir, ou amamentar, ou qualquer outra coisa que ela estivesse fazendo, e Henrietta para ir à festa e não sentir o celular vibrar. Acho que estava tentando me proteger de ser ignorada. Meu coração se encheu quando, enquanto os créditos ainda rolavam, chegou uma mensagem de Viv para Henrietta e para mim: *Saudade de vocês, vadias*

Simultaneamente, Henrietta e eu respondemos: *Também!*

Com o passar das semanas e meses, meus sentimentos de tensão, territorialidade e nostalgia enquanto assistia ao programa se dissiparam. Não posso afirmar que sou imparcial hoje em dia, mas o impulso de criticar foi substituído por uma nostalgia mais relaxada. Danny, que agora divide um escritório com seu coautor do News Desk, Roy, às vezes me manda mensagens de texto ameaçando escrever uma esquete chamada A Regra Sally Milz.

No verão de 2021, Noah voltou a fazer turnês de forma adaptada, e fui com ele a alguns shows, inclusive quando ele se apresentou em Kansas City e também em Washington, onde conheci seus pais. Ele os descrevera com precisão — palpavelmente ricos, não especialmente agradáveis —, embora a boa notícia seja que ele também descrevera sua irmã com precisão, e Vicky e eu nos tornamos próximas. Mas geralmente, quando Noah viaja, eu fico em Topanga.

O primeiro longa para o qual escrevi um roteiro está agora em pré-produção e programado para ser filmado em Los Angeles no verão. Não é uma comédia romântica, no fim das contas. Em vez disso, é um filme sobre amizade estrelado por Viv e Henrietta interpretando ex-esposas de dois bilionários do Vale do Silício. Embora seus personagens estivessem fortemente envolvidos com a fundação da *startup* que enriqueceu seus ex-maridos, elas receberam pouco dinheiro e mérito, então se unem para corrigir a situação e ir atrás de justiça. O título provisório é *Manas Tech*, embora eu já tenha tido várias discussões de muitas horas com os executivos do estúdio sobre por que eles pensam, e por que eu não concordo, que deveria ser *Irmãs Tech*, ou ainda mais absurdo, *Maninhas Tech*. Nigel é um dos produtores.

Depois que Noah e eu saímos de Kansas City em 2020, voltei duas semanas depois (pela Delta Air Lines, não em um jato particular) para ver como Jerry estava. Em novembro daquele ano, voei novamente para Kansas City (em um jato particular, não pela Delta Air Lines) e, conforme planejado, Jerry e Sugar voltaram comigo para Los Angeles no Dia de Ação de Graças e ficaram até março, montando acampamento na edícula. Repetimos esse padrão em 2021, e em 2022 eles vieram e simplesmente ficaram. O que quer dizer que, independentemente de você considerar os beagles pequenos ou médios, esse é o tipo de cachorro com o qual Noah vive agora. Às vezes, no fim da tarde, Jerry e eu fazemos ioga na cadeira à beira da piscina, embora também façamos regularmente hidroginástica. A Califórnia combina com ele.

Em julho de 2021, Noah e eu nos casamos. Numa manhã de sexta-feira, fomos juntos obter a licença, que custou oitenta e cinco dólares, e informei a data da dissolução do meu casamento anterior. Aprendi que, embora existam paparazzi que espreitam em vários tribunais de Los Angeles na esperança de flagrar pessoas importantes nessa exata missão, também existe uma licença de casamento confidencial na Califórnia — não foi projetada para acomodar celebridades, mas sim o conveniente resultado de uma lei de 1800 destinada a permitir que casais já coabitantes se casassem sem passar por qualquer humilhação. Esse foi o tipo de licença que obtivemos, então fomos imediatamente para um hotel em Montecito, onde alugamos uma casa com vista para a costa. No gramado da casa, o gerente geral do hotel oficializou a cerimônia sem outras testemunhas.

Não sei se esse era o casamento que Noah e eu teríamos tido se não fosse pela covid, mas claramente não sei se teríamos tido algum casamento se não fosse pela covid; não sei se teríamos nos encontrado novamente. E percebo que não foi o casamento do qual a maioria das pessoas gostaria, mas encontrei uma beleza profunda em sua irredutibilidade. Passamos aquele fim de semana pedindo serviço de quarto, maravilhados com nossas novas circunstâncias e, bom, fazendo amor em julho. Naquela segunda-feira, voltamos para Topanga e ligamos para nossa família e amigos para contar a eles. Na terça-feira, o assessor de Noah divulgou um comunicado anunciando nosso casamento e sugerindo que qualquer pessoa que quisesse nos ajudar a comemorar poderia fazer uma doação para uma organização sem fins lucrativos que trabalha para eleger mulheres democratas. "Precisamos compensar minha reentrada na instituição heteropatriarcal definitiva", eu disse, e ele riu e respondeu: "Como as esposas recém-casadas costumam dizer aos maridos". O fato de, entre muitos dos meus ex-colegas, tanto Autumn quanto Elliot terem contribuído me pareceu desnecessariamente generoso da parte deles.

A internet tinha opiniões sobre Noah se casar comigo, e, embora eu tenha deduzido que algumas pessoas enxergaram isso como uma tragédia para ele enquanto outras consideraram uma vitória para o feminismo e/ou mulheres heterossexuais de aparência sem graça do mundo (duas entidades que não são, de fato, intercambiáveis), consegui evitar a leitura da grande maioria dos comentários.

Na época em que nos casamos, Noah e eu criamos, com esforço, o hábito de deixar nossos celulares em uma gaveta da cozinha durante a noite. Quando acordo de manhã, às vezes vou até aquele outro banheiro distante, mas sempre volto. Noah geralmente está dormindo quando eu faço isso, e seu rosto vulnerável é surpreendentemente bonito; a verdade é que ainda não consigo acreditar que um homem gostoso, inteligente e gentil me ame também. Muitas vezes, quando subo na cama, ele estende a mão para mim, abrindo os olhos e sorrindo porque está feliz em me ver. Há, provavelmente, reportagens e tuítes e matérias que estou perdendo, mas nesses momentos nenhum deles me parece tão urgente.

AGRADECIMENTOS

Estou em dívida com muitas fontes pelos fatos, anedotas e análises. Isso inclui os livros *Live From New York: The Complete, Uncensored History of Saturday Night Live as Told by Its Stars, Writers, and Invites*, editado por James Andrew Miller e Tom Shales; *A Very Punchable Face*, de Colin Jost; *Gasping for Airtime: Two Years in the Trenches of Saturday Night Live*, de Jay Mohr; *Bossypants*, de Tina Fey; *Yes Please*, de Amy Poehler; *Girl Walks into a Bar...: Comedy Calamities, Dating Disasters, and a Midlife Miracle*, de Rachel Dratch; *I Am the New Black*, de Tracy Morgan e Anthony Bozza; *Hello, Molly!*, de Molly Shannon e Sean Wilsey; e *The Bedwetter: Stories of Courage, Redemption, and Pee*, de Sarah Silverman. Também me inspirei com a leitura do artigo do *New York Times* "Lives of the After-Party", de Paul Brownfield; o artigo da *New York Magazine*, "Comedy Isn't Funny", de Chris Smith; e o artigo do *New Yorker*, "Leslie Jones: Always Funny, Finally Famous", de Andrew Marantz. Ouvi os podcasts *WTF with Marc Maron; Mike Birbiglia's Working It Out; Conan O'Brien Needs a Friend;* e *Fly on the Wall*, com Dana Carvey e David Spade. E assisti ao documentário *Saturday Night*, dirigido por James Franco, bem como ao canal do YouTube do *Saturday Night Live* e seus vídeos "Creating Saturday Night Live". Por fim, embora espere que isso já esteja claro, fui inspirada por quase cinco décadas de episódios do *Saturday Night Live* e sou grata a seus criadores, produtores, roteiristas, membros do elenco, apresentadores e equipe.

Artigos sobre outros tópicos que ajudaram a guiar minha escrita incluem: "I'm Not Ready to Perform", de Will Butler, e "The Day the Live Concert Returns", de Dave Grohl, ambos no *The Atlantic*; e "Why America's Black Mothers and Babies Are in a Life-or-Death Crisis", de Linda Villarosa no *The New York Times*.

Tenho muita sorte de trabalhar com pessoas na área editorial que são superinteligentes e gentis. Entre elas estão minha editora, Jennifer Hershey; minha agente, Claudia Ballard; e minha assessora, Maria Braeckel. Também na Random House, tenho o apoio de Gina Centrello, Andy Ward, Susan Corcoran, Rachel Rokicki, Windy Dorresteyn, Madison Dettlinger, Jordan Pace, Wendy Wong, Marni Folkman, Paolo Pepe, Cassie Gonzales, Robbin Schiff, Kelly Chian, Theresa Zoro, Leigh Marchant, Benjamin Dreyer e Elizabeth Eno. Na WME, tenho o apoio de Anna DeRoy, Tracy Fisher, Suzanne Gluck, Fiona Baird, Oma Naraine e Stephanie Shipman. E, na Transworld, sou extremamente grata a Jane Lawson, Larry Finlay, Patsy Irwin, Vicky Palmer e Richard Ogle.

O primeiro leitor deste livro foi meu irmão, P. G. Sittenfeld, cuja perspicácia e inteligência tornaram a escrita mais divertida e cuja força, otimismo e grande coração fizeram dele minha inspiração. Outros leitores iniciais foram Ellen Battistelli, Tiernan Sittenfeld, Matt Carlson, Essie Chambers, Dessa, Julius Ramsay, Lewis Robinson, Aminatou Sow, Erin White, Bryan Miller e Rebecca Hollander-Blumoff. Agradeço especialmente as percepções diferenciadas de Essie Chambers e Dessa. Celeste Ballard e Claire Mulaney demonstraram grande generosidade e paciência. Estou muito feliz por fazer parte de uma comunidade ampla de escritores que inclui Susanna Daniel, Emily Jeanne Miller, Sheena MJ Cook, Cammie McGovern, Sugi Ganeshananthan, Sally Franson, Lesley Nneka Arimah, Will McGrath, Frank Bures, Jennifer Weiner, Elin Hilderbrand, Sarah Dessen e Jodi Picoult. Stephanie Park Zwicker sempre será minha referência sobre as Indigo Girls; Kari Forde-Thielen é amiga dos beagles e das Curtis. E os membros da minha família, tanto humanos quanto caninos, são companhias deliciosas para sentar no sofá e assistir à TV. Obrigada a todos.

Fontes DRUK, SIGNIFIER
Papel PÓLEN BOLD 70 G/M²
Impressão GEOGRÁFICA